Rena Dumont
Paradiessucher

RENA DUMONT

PARADIES SUCHER

Carl Hanser Verlag

Unser gesamtes lieferbares Programm
und viele andere Informationen finden Sie unter
www.hanser-literaturverlage.de

1 2 3 4 5 16 15 14 13 12

ISBN 978-3-446-24164-0

Satz: Greiner & Reichel, Köln
Druck und Bindung: GGP Media GmbH, Pößneck
Printed in Germany

FSC
www.fsc.org
MIX
Papier aus verantwortungsvollen Quellen
FSC® C014496

Für Hans Pfitzinger

Dies ist eine fiktive Geschichte,
die ich im Kern so erlebt habe.

NACHRICHT

Ich öffne den Briefkasten. Ein blaues Kuvert fällt heraus. Ein großformatiger Brief, das ist ungewöhnlich. Bisher haben wir zwei dieser Briefe bekommen. Immer schlechte Nachrichten. Nicht, dass jemand krank geworden oder gestorben ist, sich getrennt hat oder durch eine Prüfung gefallen ist, nein, die schlechten Briefe bedeuten nur, dass das Leben genauso weitergehen wird wie bisher.

Ich lasse meine Schultasche fallen, mein Herz rast. Aufgeregt lese ich den Inhalt des Briefes, obwohl er nicht an mich adressiert ist. Ich weiß, das tut man nicht, aber meine Mutter liest auch meine Post. Das wird sie mir diesmal verzeihen, denke ich. Wie gelähmt stehe ich im Hausflur, und mein Herz krampft sich zusammen.

Das gibt es nicht. Nein, die haben sich vertan. Meine Gedanken verschwimmen. Ich lese die Zeilen noch mal, um mich zu vergewissern, dass ich nicht träume. Ich träume nicht. Glauben kann ich es trotzdem nicht. Ich lese den Brief ein drittes Mal.

Die Mütter aus unserem Haus gehen mit riesigen Einkaufstaschen an mir vorbei und grüßen, die Kinder kommen scharenweise aus der Schule, ein betrunkener Nachbar torkelt ebenfalls die mit grauem Linoleum bedeckten Stufen hoch. Das Linoleum ist so schlecht gelegt, so wellig, dass er bei jeder Stufe stolpert.

Wie eine Rakete schieße ich die drei Stockwerke hoch und sperre hastig das Schloss unserer Wohnung auf. Meine Mutter ist nicht zu Hause, das weiß ich. Sie hat diese Woche Nachmittagsschicht. Das ist einerseits angenehm, weil ich mir in Ruhe die neue Lebenssituation ausmalen kann. Und zwar verdammt bunt. Andererseits fühle ich mich einsam. Ich würde zu gern meine Aufregung mit ihr teilen.

Ich fühle mich immer einsam. Einsam in meiner kleinen mährischen Stadt Přerov, mittendrin in der Tschechoslowakei. Meine Mutter arbeitet viel. Von 14 bis 22 Uhr schuftet sie in diesem beliebten Friseursalon. Ja, er ist geradezu »populär«. Alle Frauen in ganz Přerov versuchen, dort einen Termin zu bekommen. Doch nur den wenigsten gelingt es. Nur Freundinnen meiner Mutter oder Frauen, die »wichtig« sind oder deren Männer einflussreiche Berufe ausüben, oder Frauen, die etwas Interessantes oder Begehrenswertes besorgen können, dürfen sich anmelden. Das normale Volk hat es schwer. Ja, bei meiner Mutter in dem Friseursalon namens »Oficina« geht die Post ab.

Mama wird, wie immer, um 22 Uhr 15 nach Hause kommen. Mist. Noch siebeneinhalb Stunden muss ich warten. Ich bringe ihr diese Wahnsinnsnachricht in die »Oficina«, denke ich. Oder vielleicht nicht. Oder doch. Sollte meine Mutter auf den Brief mit einem Heulkrampf, Zittern oder sonstigen Anfällen reagieren, könnten die vier Drachen, die mit ihr zusammenarbeiten, von dem blauen Kuvert erfahren. Das wäre schlecht. Neid und Missgunst würde sich in dem Laden ausbreiten, innerhalb von 24 Stunden wüsste es ganz Přerov. Samt Polizei. Dann wäre der Ofen aus, und sie würden uns bis ans Lebensende an Přerov fesseln. Ich bleibe zu Hause.

Ich setze mich an den Schreibtisch. Und grübele. Mir ist klar, dass das Jahr 1986 das entscheidende Jahr in meinem Leben sein wird. Der Papierstapel vor mir wächst und wächst, ich sollte Hausaufgaben machen, hab aber keinen Bock. Ich würde viel lieber Schauspielerfotos aus diversen Zeitschriften ausschneiden und sie in mein Heft kleben, wenn es mir nicht so peinlich wäre. Ich kann doch nicht mit siebzehn Bildchen kleben, als wäre ich zehn, und gleichzeitig so wichtige Entscheidungen über meine Zukunft treffen?!

Die Hausaufgaben sind mir in den letzten Jahren am Gymnasium so lästig geworden, dass ich, um sie zu erledigen, einen anderen Weg gefunden habe. Der Weg heißt Evička. Eine Klassenkameradin. Sie ist meine größte Hilfe. Sie ist klug, sitzt direkt hinter mir, ist immer gut gelaunt, nie schadenfroh und kommt nie zu spät. So kann ich die verhassten Hausaufgaben morgens vor dem Unterricht mühelos von Evička abschreiben. Denn Evička mag mich. Es ist sowieso bequemer, die Lehrbücher in der Schule zu lassen, statt sie nach Hause zu schleppen.

Ich hole den Stapel mit den Kinozeitschriften und lege ihn auf den Schreibtisch. Mein Heft, in dem jede Seite einer Schauspielerin gehört, liegt schon bereit, die Schere auch. Manche Schauspielerinnen haben mehrere Seiten, das hängt von der Popularität ab. Beim Blättern stoße ich auf Romy Schneider. Eine Schauspielerin, die ich noch nie im Film gesehen habe. Ich mag sie auch nicht besonders, weil sie traurig und ernst aussieht, und seit ich aus den Nachrichten mitbekommen habe, dass sie sich umgebracht hat, mag ich sie noch weniger. Die lachenden Schauspielerinnen sind mir lieber. Plötzlich halte ich inne. Es kommt mir auf einmal sinnlos vor, mein Heft damit zu bekleben. Ich darf es wahrscheinlich gar nicht mitnehmen.

DIE AUGEN EINES SCHMETTERLINGS

Ich springe zum Telefon und wähle Pavels Nummer. Ich kenne sie auswendig. Ist auch nicht so schwer, sie besteht aus drei Zahlen. Ich kenne sonst kaum Leute, die ein Telefon besitzen. Ein Überbleibsel meines Vaters. Wir sind sozusagen die Vorreiter der Technik! Unser Telefon sieht gut aus: Orangefarben, aus einem sehr glänzenden Plastik, und es ist so leicht, dass das ganze Telefon mit abhebt, wenn ich den Hörer nehme. Die Telefonschnur ist erstaunlich kurz und trotzdem meistens verheddert. Ich hasse es. Während ich darauf warte, dass er rangeht, denke ich an ihn, meinen Freund. Ein Schauer durchläuft meinen Körper. Ich liebe ihn, und das stellt ein Problem dar.

Wie kann sich meine Mutter über diesen wunderschönen Jungen lustig machen?! Ihn »Emanuel« nennen. Es hat eine Weile gedauert, bis ich überhaupt kapiert habe, was sie mit »Emanuel« meint. Das »Mohnpüppchenmärchen« natürlich. Die Zeichentrickserie aus dem Fernsehen. Da gab es einen Schmetterling »Emanuel«, in den sich das »Mohnpüppchen« verliebte! Gut, Pavel hat schon extrem große Augen, mein Freund, aber keine Glupschaugen wie dieser Schmetterling »Emanuel«! Und dann ist »Emanuel« ein Kavalier im Herrenanzug. Das kann man von Pavel wirklich nicht behaupten. Der furzt, was das Zeug hält, macht nur schweinische Witze und liebt alles, was illegal ist.

Oder meint sie das kreisrunde Gesicht? Das wiederum hat »Emanuel« nicht. Eine Gemeinheit. Pavel ist für mich der schönste Junge, den die Mutter Erde hervorgebracht hat. Was macht da schon das Mondgesicht, was machen die Glupschaugen, wenn alles, was ich an ihm sehe, wie aus dem Katalog ist!

Ich verstehe schon, der Mund! Es muss der winzige Mund sein, der wie ein Stecknadelkopf in einem Ball steckt. Ja, den haben tatsächlich beide. »Emanuel« und Pavel.

»Ja ...« Ich erkenne die Stimme seiner Schwester am Telefon.

»Hier ist ...«

»Ich weiß«, unterbricht mich die freche Göre. »Er ist nicht da.«

»Wo ist er?«

»Keine Ahnung.«

»Tschüss.«

»Tschüss.«

Super, solche Gespräche liebe ich. Wenn *die* am Telefon ist, kommt man echt weiter. Verdammt. Wo steckt er? Kann doch nicht wahr sein. Gerade jetzt, wo ich ihn so dringend brauche, treibt er sich mit seinen idiotischen Kumpanen herum! Und übrigens hat er X-Beine, und seine Fußspitzen zeigen absurd nach außen. Von seinen schiefen Zähnen, die in alle Richtungen ragen, ganz zu schweigen. Verdammt noch mal, ich sehne mich nach ihm, weiß aber nicht, was ich ihm sagen soll. Es ist Schicksal, dass er nicht zu erreichen ist.

Langsam schlendere ich durch die sonnendurchflutete Wohnung. Sie ist gemütlich und warm. Ich öffne das Fenster und betrachte die jungen Birken, die sich sanft im Wind hin und her wiegen. Sie sind so zart und jung, dass ich sie am liebsten mitnehmen würde, an diesen Ort, den ich noch nicht kenne, irgendwohin, in eine andere Welt.

Pavel ist für mich wie ein Erwachsener. Ich weiß, er ist mit seinen 17 Jahren ohnehin quasi erwachsen, aber solchen Mut, solche Durchsetzungskraft, so ein Selbstwertgefühl hat kein 17-Jähriger.

Kennengelernt haben wir uns auf dem Gymnasium. Also, ich ihn, nicht er mich. Ich habe ihn ein Jahr lang durch die Gitterstäbe unserer Garderobe beobachtet. Tag für Tag habe ich seine braunen Augen angestarrt, fixiert, während er in seine Filzpantoffeln schlüpfte. Diese Augen, die mich nie gesehen, aber von Anfang an gefesselt haben. Seine Haut erinnerte mich an einen Pfirsich und die roten Bäckchen an blühende Rosen.

Dieser Junge hatte Geschmack. Er kam in Jeans, die ich noch nie zuvor gesehen hatte, die ich mir nie hätte vorstellen können. Mit unzähligen Taschen und Reißverschlüssen ausgestattet, einfach fabelhaft. Seine Mutter hatte sie ihm aus dem westlichsten Westen besorgt. Sie sehen absolut amerikanisch aus. Jeder möchte sie haben. Und er trägt sie, trotz des Jeansverbots, in der Schule! Er hat Mut, dieser Mann. Und Glück. Die Lehrer, die seine Jeans am liebsten selber hätten, haben sie bewusst übersehen, anders kann ich es mir nicht erklären.

SCHLAFLOS IM LEBEN

Es ist 22 Uhr. Ich liege im Bett und kann wieder nicht einschlafen. Heute ist aber auch ein besonderer Tag gewesen, wegen des blauen Briefs, versteht sich. Und ich konnte den ganzen Tag mit keiner Menschenseele darüber sprechen.

Ich fühle mich, als würde ich gleich platzen. Meine Mutter ist immer noch nicht zu Hause! Mindestens fünfzehn Minuten muss ich noch warten.

Ich kann ohnehin schlecht einschlafen. Eigentlich halte ich mich für einen gesunden Menschen, daher ist es mir rätselhaft, warum ich nachts nicht abschalten kann. Ich kenne niemanden, der nicht schläft. Nur mich. Mit wem soll ich mich beraten? Keine Ahnung. Meine Mutter denkt, dass ich übertreibe und dass es nur eine Phase ist. Sie sagt immer, ich soll nicht so viel grübeln, an keine Blödsinnigkeiten denken, dann werde ich auch schlafen können. Dabei habe ich keine Blödsinnigkeiten im Kopf. Ich denke an gar nichts. Ich schlafe nur nicht. Klugscheißerin.

Je mehr ich ans Schlafen denke, umso mehr fürchte ich mich vor dem Abend. Ich fürchte mich schon am Nachmittag vor dem Abend. Ich denke am Nachmittag, was ich später im Bett denken soll. Meistens vergesse ich es am Abend im Bett und denke an etwas anderes, aber egal, an was ich denke, nichts lässt mich einschlafen. Ich fürchte mich vor dem Bett im Kinderzimmer, es ist mein Feind. Deshalb schlafe ich seit Kurzem in Mutters Schlafzimmer. In ihrem Ehebett. Sie hat Platz genug. Es gibt keinen Ehemann in ihrem Bett. Sie schnarcht zwar, aber das nehme ich in Kauf. Morgens stehe ich auf und habe ein zerknautschtes Gesicht. Am besten ist es, wenn ich den Spiegel mit einem T-Shirt verdecke und mir das Gesicht mit eiskaltem Wasser wasche. Manchmal habe ich das Gefühl, dass meine Augen zwei winzige Punkte von der Größe einer Stecknadel sind, die irgendwann verschwinden. Sie brennen wie Feuer.

OHNE ANTWORT

Das Schloss wird aufgesperrt, meine Mutter kommt endlich nach Hause.

»Mami, Mami, komm her!«, rufe ich aufgeregt.

»Leni, was ist denn? Du schläfst noch nicht?«

»Ich kann nicht schlafen. Komm doch endlich her.«

»Warte, ich muss mir die Schuhe ausziehen.« Während sie näher kommt und mit ihr der Geruch von Haarspray und Zigaretten, sagt sie: »Weißt du, dass es schon 11 Uhr ist? Ich konnte nicht früher kommen, ich hatte so viele Weiber zu versorgen. Unerträglich. Und dann traf ich Lojza, hab noch einen Abstecher ins Avion gemacht. Leni, du sollst nicht auf mich warten. Das haben wir doch schon besprochen?«

»Wir haben ein Visum nach Deutschland bekommen«, sage ich vorsichtig, weil ich mindestens einen hysterischen Anfall erwarte.

»Wie bitte?«

»Ja!«

»Sag bloß!«

»Ja! Wir haben beide ein Visum nach Deutschland bekommen!«

»Schrei nicht! Die Nachbarn können alles hören! Oh Gott. Haben wir einen Brief bekommen?« Sie streift ihr Jäckchen ab.

»Ja, hier.« Und ich reiche ihr den Schatz. Er ist warm, ich habe ihn unter meiner Decke gehalten. Sie liest, einmal, zweimal, so wie ich heute Mittag. Dabei sagt sie hin und wieder »Jesus« oder »Oje« oder »Auweia« und fasst sich mit einer Hand an den Hals.

»Und? Was sagst du dazu?«

Sie sagt nichts, schaut mich an, sieht mich aber nicht.

»Leni, wir müssen sehr, sehr leise sprechen.« Sie studiert den Briefumschlag. »Aus Vorsicht. Es wäre fatal, die Wände sind aus Papier.«

»Ja.« Sie schweigt wieder. Ich könnte verrückt werden. »Was sagst du dazu?«, flüstere ich.

»Nur deiner Familie kannst du trauen.« Sie hält wieder inne. »Nein, nur deiner Mutter kannst du trauen.«

»Gut, Mami, aber was hältst du davon? Ich komme auf gar keinen Fall zurück«, sage ich entschieden.

Sie schweigt.

»Ja, ich eigentlich auch nicht, aber wir müssen uns alles genau überlegen. Das ist nicht so einfach, wie du glaubst, Leni. Mach dir darüber jetzt keine Gedanken. Schlaf jetzt.«

»Nein, nein, das ist mir schon klar, dass wir es durchdenken müssen, aber eins muss klar sein, wir kommen auf keinen Fall zurück!«

»Warte doch, Leni, ich kann es dir doch nicht sagen. Oder versprechen … jetzt! Jetzt, wo sie uns tatsächlich ein Visum gegeben haben!«

Die letzten Worte stößt sie heftiger hervor. Sie bricht plötzlich ab und hält sich die Hand vor den Mund, wie ein Kind, das etwas Verbotenes gesagt hat.

»Mami, wenn du nicht gehen willst, dann gehe ich alleine«, sage ich drohend und schüttele erwachsen den Kopf.

Das kann meine Mutter nicht leiden. Ich merke, wie sie sich zurückhält. Am liebsten würde sie mich sofort ohrfeigen, stattdessen sagt sie nur:

»Nirgendwo gehst du hin! So ein lächerlicher Fratz wie du hat nichts zu entscheiden!«

»Ich bin schon fast 17!«

»Das ist nichts!«

»Doch, ich bin fast erwachsen!«

»Noch ein Wort! Mir juckt schon die Hand!«

»Aber …«

»Noch ein Wort!«, unterbricht sie mich.

Ich halte lieber meine Schnauze. Ich merke, dass es keinen Sinn hat, sie ist in einer merkwürdigen Verfassung. So kenne ich sie gar nicht.

»Alles Weitere besprechen wir morgen. Gute Nacht.«

Sie geht ins Wohnzimmer und ich liege mit weit aufgerissenen Augen in ihrem Ehebett.

Wieso sie jetzt so verängstigt ist, ist mir nicht klar. Wieso sie auf einmal kneift, erst recht nicht. Will sie auf einmal kein neues Leben in Deutschland beginnen? Dabei war *sie* diejenige, die immer abhauen und den Dreckhaufen hier hinter sich lassen wollte. Sie hat mir den Floh ins Ohr gesetzt, von einer besseren Welt »da drüben«. Ich dachte, wir ziehen beide an einem Strang. Von wegen! Wo ist ihr Mut geblieben?

»Wo ist er hin?«, flüstere ich, als sich meine Mutter nach einer Weile neben mich ins Bett legt.

»Wer?«

»Dein Mut.«

»Wieso bist du noch wach?«

»Warum machst du jetzt, wo sich die Chance ergibt, schlapp?«

»Ich habe dich was anderes gefragt«, sagt sie schwach.

»Oh, Mama. Haben sie dich so kleingekriegt, dass du dich nicht mehr traust, dich zu wehren? Erinnerst du dich, wie du vor 17 Jahren mit meinem Vater nach Kanada gehen wolltest? Als es noch möglich war, bevor ich geboren wurde. Ihr habt es nicht getan, ihr hattet Angst. Und jetzt hast du wieder Angst.«

»Da war ich auch mit dir schwanger.«

»Angst hattest du.«

»Berechtigt.«

»Was hätte passieren können?«

»Du hast keine Ahnung. Und hör auf, so spät noch auf mich einzureden.«

»Dein Leben lang hast du es bereut! Erinnere dich, was du immer gesagt hast. Wärst du damals mit ihm nach Kanada gegangen, hätte er dich vielleicht nicht verlassen.«

»Er hätte mich auch so verlassen.«

»Nein, in Kanada hätte er die andere Frau nicht kennengelernt.«

»Dann hätte er sich eine Kanadierin gesucht.«

»Das kannst du nicht wissen. Ich wäre in Kanada auf die Welt gekommen, wir würden perfekt Englisch sprechen und den Luxus im Westen genießen. Wir alle drei! Erinnere dich daran, es waren deine Worte: Diese Kleinstadt hat unsere Beziehung zerstört.«

»Meine Güte, das weißt du noch?«

»Jetzt ziehst du wieder den Schwanz ein. Erinnere dich an die Schikanen deiner Vorgesetzten. Wie diese opportunistischen Arschlöcher mich nicht auf das ›großartige Prager Konservatorium‹ gelassen haben, wie erniedrigend das war, wie wir geheult haben. Und du hast noch geflüstert: Steckt euch das großartige Prager Konservatorium in den –«

»Leni, ich kann nicht.«

»Wir dürfen nie etwas sagen, wir halten das Leben lang die Schnauze. Demonstrieren für Lenin, Breschnew, Husák! Die *komančos* gehen uns doch am Arsch vorbei!«

»Nenn sie nicht so.«

»Na gut, von mir aus unsere kommunistischen Brüder, wenn's dir Freude macht! Mama! Wie hältst du das aus? Weißt du noch, als wir uns monatelang den Arsch mit der Zeitung abwischen mussten, bis wir Hämorrhoiden hatten – weißt du noch?«

»Es waren keine Hämorrhoiden.«

»Und weißt du, warum? Nur weil es die Scheißkommunisten

nicht auf die Reihe bekommen haben, eine einzige Klopapierrolle in die Regale zu bringen.

»Es waren keine Hämorrhoiden.«

»Was war es dann?«

»Du hattest einen wunden Arsch.«

»Wie erbärmlich! Wie du sie verflucht hast, Mama! Wach auf, Mama! Sei mutig! Tu es für mich!«

»Ich muss darüber nachdenken«, sagt sie in leisem, weinerlichem Ton.

Meine Mutter schnarcht zart. Sie schläft immer auf dem Rücken. Deshalb schnarcht sie. Der Mund, zu einem kleinen Kreis geformt, holt in regelmäßigen Abständen Luft, und pfeifend lässt er sie wieder frei. Ich beneide sie. Wie schön es wäre, all meine Sorgen zu vergessen und in einen tiefen, erholsamen Schlaf zu fallen, so wie sie. Stattdessen liege ich da und denke an das Vergangene.

KONSERVEN VOM FLIESSBAND

Heute Nacht denke ich an die Konservatorien. Sowohl an das eine in Brünn als auch an das andere in Prag. Beide habe ich von innen gesehen. Immer wieder tauchen die Bilder von diesen gottverfluchten Konservatorien auf.

Ich gehe weiter zurück, laufe in Gedanken zurück zum Anfang. Wie ich mit dreizehn die ersten Schauspielstunden an der Volksschule nahm.

Meine Gedanken schwirren hin und her. Plötzlich schweifen sie von der Volksschule zum Gymnasium. An das Gymnasium will ich nicht denken, es ärgert mich, macht mich noch nervöser, als ich ohnehin schon bin. Es lacht mich aus, lässt mich nicht los. Zu präsent ist es, das blöde Gymnasium. Da ist nichts zu machen. Schule ist einfach scheiße. Die macht mich kaputt.

Ich will an meine Fluchtpläne denken. Ich will mir Mut machen. Meine Lider werden schwer, ich freue mich leise, vielleicht nicke ich ein und vergesse die ganze Aufregung. Im gleichen Augenblick durchzuckt ein Stromschlag meine Glieder, die Angst, keine Ahnung wovor, rüttelt mich aus der Schläfrigkeit, und ich bin wieder am gleichen Punkt angelangt wie vorher. Ich kann nicht schlafen. Na schön, wo bin ich in meinen Gedanken stehen geblieben?

Ich will Schauspielerin werden.

Bei der Aufnahmeprüfung fürs Konservatorium in Brünn, die ich vor zwei Jahren gemacht habe, musste ich drei Monologe, zwei

Erzählungen und drei Lieder vorspielen. Das Vorklimpern auf einem beliebigen Musikinstrument nahm ich nicht ernst. Mein Schauspiellehrer von der Volksschule hatte mir die Rolle der »Káča« aus einem böhmischen Märchen empfohlen. Den Autor habe ich vergessen. Ein Bauernmädel verliebt sich in den Teufel, reitet auf seinem Rücken und macht ihm das Leben zur Hölle. Das ist im Groben die Story. Denke ich zumindest. Ich habe das Stück nie zu Ende gelesen, es war zu langweilig. Das erzählte ich meinem Schauspiellehrer natürlich nicht, der hätte einen Koller gekriegt und mir eine Predigt gehalten.

Ich hasste diese Rolle. Die »Káča«. Zu intim. Auch wenn sie sicherlich gar nicht so intim war, ich mochte sie nicht spielen. Wieso ausgerechnet *ich* Schauspielerin werden möchte, ist mir rätselhaft. Ich hasste alle meine Rollen.

Der zweite Monolog, den ich vorgesprochen habe, war nicht der Rede wert. Ein ausgedachter Text meines Schauspiellehrers. Die Story war noch blöder. Eine verspielte Katze redet mit ihrem Wollknäuel. Diese Rolle kam gar nicht dran. Gut so. Der dritte Monolog geistert mir dafür immer noch im Kopf herum. Das Stück hieß: »Das Betreten des Grundstücks ist untersagt«. Von Tennessee Williams. Auch diese Rolle widerte mich an, wegen ihrer »sexuellen Tendenzen«. Es war mir unangenehm, sie zu spielen, sie kam aber gut an.

»Willie« ist eine 13-jährige Waise der 30er-Jahre in Amerika. Sie treibt sich auf Bahnhöfen herum, ist bettelarm, träumt davon, als Prostituierte zu arbeiten, genau wie ihre Schwester. Ob sie in der Gosse verreckt oder an Tuberkulose stirbt, weiß ich nicht. Ich habe es nicht zu Ende gelesen. Mich mit solchen beschämenden Themen auseinanderzusetzen und mich dann auch noch dem »Kern der Szene« zu öffnen, wie es mein Schauspiellehrer nennt, kostete mich enorme Überwindung. Seit meinem fünfzehnten Lebensjahr geht mir diese »Willie« auf den Geist. Ich habe es meinem Schauspiellehrer nie verziehen, dass er mich »Willie« hat vorspielen lassen. Wegen seiner »ekelhaften« Fragen habe ich ein paar Mal alles hinschmeißen wollen und war fest entschlossen, mich nie wieder blicken zu lassen. Drei Tage später kam ich wieder angekrochen.

Er machte nichts falsch. Er war absolut aufrichtig. Die »Willie« war eine gute Rolle und seine Fragen waren nicht ekelhaft. Ich war das Problem. Ich war und bin es nicht gewohnt, über Persönliches zu sprechen. Ich bin verklemmt. Verkorkst.

Ich bin immer noch wach. Meine Augen brennen vor Müdigkeit. Mutter schläft auch nicht gerade ruhig, ständig wälzt sie sich hin und her. Jetzt fällt mir ein, warum ich die Rolle der »Káča« nicht ausstehen konnte. Sie wollte den Teufel unbedingt heiraten. Heiraten! Welch obszöne und pornografische Idee! Widerlich.

»Wieso willst du ihn heiraten? Was gefällt dir an dem Teufel? Konkret? Beschreibe, wie er aussieht. Gefällt dir, dass er dich auf dem Rücken trägt? Wie stark ist er? Gefällt dir seine Stärke? Wie hört sich seine Stimme an? Konkret!« Und so ging es ständig! Immer nur dieser Quatsch! Suche den inneren Vorgang, sagte er. Mein Schauspiellehrer. Nein, genau das wollte ich nicht. Ich wollte genaue inszenatorische Anweisungen und kein Suchen nach meinen inneren Vorgängen.

Am Tag meiner Schauspielprüfung in Brünn begleitete mich meine Mutter. Sie war übertrieben aufgeregt, als müsste sie die Prüfung machen, nicht ich. Das passte mir alles nicht. Ihre Anwesenheit war mir peinlich.

Mir kommt es so vor, als würde sie all das mit Absicht machen. Wenn ich sie brauche, ist sie weg, wenn ich allein sein möchte, drängt sie sich auf.

Das würde die Hartgesottensten stören, wenn die eigene Mutter am Morgen vor der Prüfung unbedingt ein weißes Rüschenhemd bügeln muss, damit die fünfzehnjährige Tochter ordentlich angezogen ist. Oma hatte es eigens für diesen Anlass genäht. Wahrscheinlich wollte auch sie an der Prüfung beteiligt sein. Das Rüschenhemd fühlte sich spießig an. Grauenhaft spießig. Die Brünner trugen moderne Hemden in pink und türkis. Ich trug ein weißes Rüschenhemd, bei dem meine Haare elektrisch zu Berge standen.

Das Konservatorium roch ähnlich wie das Gymnasium, an dem ich gerade bin. Nach Schimmelpilz, Feuchtigkeit, Kantine und Schauspielerei. Die Decken und Fenster waren so hoch und riesig, dass ich mir nicht vorstellen konnte, wie man sie reinigt. Hinter jeder Tür wurde geprüft. Verschiedene Kommissionen, die für alle möglichen Bereiche zuständig waren. Ich habe getanzt, gesungen, Spagat gezeigt, vorgespielt, improvisiert, Geschichten erzählt, Noten vorgelesen, Gitarre gespielt, geklatscht. Trotz des nicht schweißsaugenden Rüschenhemdes kam ich gut an. Das war zumindest mein Eindruck.

Ein paar Wochen später kam der Anruf: Sie haben die Begabungsprüfung bestanden, wir möchten Sie zu einer weiteren, schriftlichen Prüfung nach Brünn, am Soundsovielten, einladen. Genaueres erfahren Sie per Post. Klick.

»Mama, die Schauspielschule hat angerufen! Ich habe es geschafft! Ich soll wiederkommen!«, schrie ich aus Leibeskräften aus dem Fenster meiner Mutter zu. Sie buddelte gerade in der Erde unseres Schrebergartens und jätete Unkraut. Ben, unser Hund, suchte nach Steinen. Ben liebt Steine, deshalb hat er fast keine Zähne mehr.

Mutter sah aus wie eine Bäuerin, sie spielte sie gerne. Offensichtlich hat sie mich nicht verstanden, denn sie glotzte nur und schwieg. Ich wiederholte den Satz, erst dann riss sie sich das bunte Tuch vom Kopf und wedelte damit, als wäre sie in einem Propagandafilm der Vierzigerjahre.

»Toll, Leni! Toll! Toll! Ich gratuliere dir! Du hast es geschafft!

Ich wusste es! Ich komme hoch. Wir müssen sofort zur Oma. Berichten!«, schrie sie. »Ben, komm her! Hör auf, was tust du da?! Oh nein, er wälzt sich in irgendeinem widerlichen Zeug.« Sie roch an dem Hund. Die dunklen Flecken auf seinem Rücken waren selbst aus dem zweiten Stock zu erkennen. »Tote Maus. Pfui. Das stinkt. Du bist eine Sau, du Hund!« Dann schaute sie wieder hoch, vergaß die Maus und rief: »Lenička hat die Prüfung geschafft!«

Die schriftliche Prüfung war eine banale Prüfung aus Mathematik, Tschechisch und Russisch. Eine reine Formalität. Angeblich wollte man nur sichergehen, dass keine Bewerber mit einem IQ von -20 aufgenommen werden. Ich saß auf der Schulbank gemeinsam mit Balletttänzern, Musikern und Schauspielern in einer Klasse und kam mir wichtig vor. Mein türkisfarbenes Hemd sah fantastisch aus. Nichts konnte schiefgehen. Wir waren nicht mehr als 30 Leute, davon nur sieben Schauspieler. In Mathe schielten meine Augen gekonnt in alle Richtungen, ich schrieb alles ab. Ich bin von Evička trainiert. In den anderen Fächern konnte ich mir ausnahmsweise selber helfen. Nach 14 Tagen kam ein Brief. Eine Absage. Ohne Begründung. Ein Satz.

Das war die größte Enttäuschung meines Lebens. Ich heulte wie am Spieß. Meine Mutter auch. Das fand ich unangebracht, also hörte ich augenblicklich auf damit. Sie nahm mir die Lust am Selbstmitleid.

Das Wort Konservatorium erinnert an Konserven. Ich stelle mir vor, wie aus der Schule fertige Schauspielerkonserven auf dem Fließband herauskommen, eine künstlicher als die andere, mit einer perfekten Gesangsausbildung, Spagat und einem breiten Fächer voller Emotionen. Jede Dose ist zu jeder Zeit präsentabel. Glänzend. Kerzengerade. Schultern zurück. Beängstigend genial. Genau wie ich es nicht bin.

»Wieso haben sie mich rausgeschmissen?«, nervte ich meine Mutter immer wieder. »Da muss doch was faul sein.«

»Leni, das weiß ich nicht.«

»Ist das alles, was du mir dazu sagen kannst?«

»Leni, aber was soll ich denn sagen? Ich weiß es doch auch nicht. Ich weiß genauso wenig wie du.«

»Bist du nie an der Wahrheit interessiert? Lässt du alles mit dir geschehen, ohne dich dagegen zu wehren? Lässt du dir immer alles gefallen? Was glaubst du, wie viele Mädchen in der Klasse waren? Zwei? Drei? Dass ich nicht lache! Nur drei Mädchen für die gesamte Schauspielabteilung? Und dann nehmen sie mich nicht? Das glaub ich nicht.«

»Woher weißt du, dass außer dir nur drei andere Mädchen dabei waren?«

»Weiß ich. Ich kann zählen.«

Meine Mutter fühlte sich in die Enge getrieben und wurde streitlustig. Ich bohrte weiter: »Vielleicht haben sie eine Frau genommen, die keine schriftliche Prüfung mehr abgeben musste.«

Wir schwiegen.

»Vielleicht haben sie eine Bessere genommen, die gar keine Prüfung abgeben musste«, sagte sie.

»Das denkst du?«

»Du glaubst nicht an mich, Mutter.«

»Oh ... doch, doch, doch. Ich glaube an dich! Mehr denn je!«, sagte sie schnell.

Sie hatte ein schlechtes Gewissen bekommen. Das erkannte ich an den Runzeln auf ihrer Stirn. »Sie war sicherlich nicht besser ... Wenn du willst, fahren wir noch mal hin und informieren uns, wer an deiner Stelle aufgenommen wurde. Willst du?«

»Ja«, antwortete ich.

Wir fuhren noch mal hin. Mit dem Fiat diesmal. Sechzig Kilometer Autobahn. Eine Weltreise. Da hatten wir das Auto gerade ein paar Monate, und die längste Reise war bisher nach Olomouc gegangen. Ums Eck.

Auf dem Weg nach Brünn hatten wir eine Panne. Ein Riemen riss durch, zehn Kilometer hinter unserer Stadt. Mutter drehte fast durch, ich wollte trampen. Gott sei Dank half uns ein Vorbeifahrender. Mutter musste ihre Nylonstrumpfhose ausziehen, und sie wurde als Riemen verwendet – es war völlig grotesk. Später, als wir längst aus Brünn zurück waren, vergaßen wir die Nylonstrumpfhose und fuhren damit noch eine Weile.

Die Ferien hatten bereits begonnen, das Konservatorium war wie ausgestorben. An eine Bürotür zu klopfen trauten wir uns nicht. Uns kleinen Kommunistinnen wurde von früh auf anerzogen, vor höheren Mächten oder Autoritäten Angst zu haben. Wie kämen wir jetzt dazu, an eine Tür zu klopfen, nach einer Information zu fragen! Nie! Plötzlich erblickten wir am Ende des Gangs eine schmale Gestalt. Ich kannte sie aus dem Fernsehen. Sie sah groß, wunderschön und selbstbewusst aus. Eine richtige Schauspielerin. Ihr Vater war so berühmt wie Karel Gott. Ich schilderte ihr meine Situation.

»Die hat wahrscheinlich gar keine Prüfung gemacht«, meinte diese Studentin.

»Wie – keine Prüfung?« Ich bewunderte sie. Manchmal guckte ich auf den Boden und betrachtete ihre schmalen Fesseln. Ihre großen blauen Augen strahlten, meine Stecknadelaugen wurden noch kleiner. Ein Jammer. Sie sprach in frechem Slang, und ich dachte ständig an all ihre Auftritte im Film.

»Na, keine Prüfung«, lachte sie schelmisch. »Wahrscheinlich wurde sie protegiert. Was denkst du, dass dein Talent zählt?« Das Wort »Talent« kam ihr verächtlich über die Lippen.

»Was heißt hier protegiert?«, fragte ich und überspielte meinen Zorn. Ich ahnte schon, worauf sie hinauswollte.

»Mein Gott, bist du naiv! Sind deine Eltern *papaláši*? Nein? Ja?«, sie warf einen Blick auf meine Mutter. »Weißt du überhaupt, was *papaláši* sind?« Ich schwieg, aber am liebsten hätte ich ihr ins

Gesicht geschrien, dass mein Vater ein *papaláš* ist, und was für einer. Er ist überhaupt der größte *papaláš* der kommunistischen Partei, er ist so ein *papaláš*, dass er sogar Bananen und Westzigaretten bekommt! Die Partei liebt ihn! Mühsam sammelte ich mich.

»Na ja, mein Vater arbeitet in der Politik, wir haben aber keinen Kontakt zu ihm.«

»Na, dann wundere dich nicht«, antwortete die Studentin gelangweilt. »Der hätte für dich anrufen müssen.«

Sie trug eine tolle Frisur. Eine Cleopatra-Frisur. In Rot. »Manche zahlen in Naturalien.«

»Wie bitte?«

»Manche zahlen in Naturalien! Bist du taub?«

»Äh.«

»Einer kam mit einem frisch geschlachteten Schwein.«

»Nein!« Ich war entsetzt. Ich vergaß die Frisur, denn von einem frisch geschlachteten Schwein hatte ich noch nie gehört.

»Na logisch!«, lachte sie genüsslich auf.

So fuhren wir, schweigend unsere Brote essend, zurück nach Hause.

»Schlachtest du nächstes Mal ein Schwein für mich, Mutter?« Sie lachte, verschluckte sich und baute fast einen Unfall.

PAPALÁŠI LESEN BRAVO

Bei dem Wort *papaláš* werde ich noch wacher, als ich ohnehin schon bin. Draußen zwitschern bereits fröhlich die Vögel, es wird hell und ich bin wütend. Ich bin wütend auf den Schlaf, der spazieren gegangen ist, auf die Schauspielschule, auf die Schauspielerin, die wegen ihres berühmten Vaters Schauspielerin werden durfte, auf meine Mutter, die schlafen kann, und auf *papaláši*, das heißt meinen Vater, der mich nicht kennen möchte.

Ich stelle mir *papaláš'* Schätze vor: volle Schalen mit Trauben und Bananen, westliche Kleidung, Kakao, Spaghetti, West-Schokolade, LPs mit West-Musik, Otto-Kataloge, Bravos, Kaba mit Erdbeergeschmack, Fa-Seifen, West-Kaugummis und so weiter. Manche *papaláši* sind so verblödet, dass sie sich den sowjetischen Stern auf dem Klo aufhängen, und auf dem Boden liegt ein Stapel *Bravo*-Zeitschriften. Und zwar auf einem roten Deckchen, weil sie so kostbar sind. Das harmoniert hervorragend mit dem Rot des Sterns. Man kann gleichzeitig den Stern und die *Bravo*-Zeitschriften bewundern. Nur anschauen! Lesen kann die *Bravo*-Zeitschriften keiner. Sie sind nicht in Russisch, sondern in Deutsch! Und wer kann schon genug Deutsch, um einen Artikel in der *Bravo* zu lesen? Keiner! Schließlich haben wir in der Schule wöchentlich nur eine Stunde Deutsch. Erbärmlich. Das reicht nicht mal für einen *Bravo*-Artikel. Aber für die *komančos* ist es besser so. Das Volk soll nicht lesen. Das Volk soll nicht alles verstehen. Das Volk soll träumen, schweigen und gehorchen.

IN PRAG GAB ES NEUE KONSERVEN

Nach dem Desaster in Brünn versuchte ich es ein Jahr später am Prager Konservatorium. Dafür lernte ich zusätzlich auf die Schnelle Flötespielen. Gitarre fand ich zu schwierig. Es sei denn, man spielte miserabel und war damit zufrieden. Das Flötespielen, so riet man mir, geht schneller, man erweckt eher den Eindruck der Könnerschaft, und man kann lange Fingernägel behalten. Ich trug zwar keine langen Fingernägel, ich kaute sie ab, war aber felsenfest davon überzeugt, bald damit aufzuhören.

Am Prager Konservatorium war das Beherrschen eines Musikinstruments Pflicht. Ich war schlecht darin. Langweilig war es auch noch. Von beherrschen konnte selbstverständlich keine Rede sein, aber ich hoffte aus irgendeinem Grund, Glück zu haben und durchzukommen. Der Dozent bekam wahrscheinlich in der halben Stunde, in der ich dran war, einen Migräneanfall. Ich brachte es gerade zu ein paar einfachen Liedern, bei denen ich einigermaßen vertuschen konnte, wie dilettantisch ich spielte.

Bei der Improvisation ging es auch noch. Ich sollte ein fallendes Blatt im Herbst darstellen. So flatterte ich von einer Ecke des Raumes in die andere und mimte die Leichtigkeit eines Blattes. Möglicherweise nicht besonders gut. Danach folgte eine Wunderkerze, bei der ich über mich selbst lachen musste. Sie unterbrachen mich und sagten, ich könne mich auf dem Flur beruhigen und die kostbare Zeit anderen Bewerbern überlassen. Die dritte Improvisationsaufgabe war ein Keks unter der Fußmatte. Diesmal lachte die

Prüfungskommission allerdings mit, denn solch eine Aufgabe kann man nicht ernst nehmen. So was sieht immer grotesk aus.

Mein zweites Desaster nahm seinen Lauf. Der »Willie«-Monolog brach mir endgültig das Genick. Mit knirschenden Zähnen sprach ich den verhassten Text vor, fuchtelte mit dem Regenschirm herum und tat so, als würde ich Eisenbahngleise entlangbalancieren, wie es in der Regieanweisung stand, als die Kommission einschritt: »Frau Hrózová, ist Ihnen bewusst, was Sie uns da vorspielen?« Dabei stöberten sie wichtig in meinen Unterlagen.

»Was meinen Sie denn?«, erwiderte ich.

Die Hand, in der ich den Regenschirm hielt, sank kraftlos zu Boden. Ich wusste, dass ich den Schirm nicht mehr brauchen würde.

»Ist Ihnen klar, wer der Autor ist, dessen Monolog Sie uns vortragen?«

»Ich verstehe nicht.« Natürlich verstand ich.

»Ist Ihnen bewusst, dass Tennesee Williams ein Amerikaner war?« Die Dame sprach das Wort »Amerikaner« extra langsam und deutlich aus. Ich schwieg, nickte. Was hätte ich sagen sollen? Nein, ich dachte, er war Vietnamese? Niemand sagte etwas. Stille. Ich sah sie nicht an, mein Kopf hing herunter wie der eines Schafes, das zur Schlachtbank geführt wird. Ich starrte zu Boden. Ich hatte Angst, in Tränen auszubrechen. Vor ihnen. Die Blöße wollte ich mir nicht geben.

»Ich denke, Sie können gehen. Wir haben uns nichts mehr zu sagen, Frau Hrózová. Auf Wiedersehen«, sagte eine andere, ältere Dame mit Brille, die in der Mitte der Reihe saß.

Ich ging kleinlaut hinaus. Ich sagte nichts, jedes weitere Wort hätte die Lage noch verschlechtert. Möglicherweise würden sogar meine Mutter und mein Schauspiellehrer Schwierigkeiten bekommen. Meine Mutter kannte das ja schon. Sie lief ständig mit gesenktem Blick herum.

Da wurde es mir klar. Wir müssen abhauen!

NEBEN DIR SITZT DANA

Der Wecker klingelt. Es ist sechs Uhr morgens. Ich habe keine Sekunde geschlafen. Meine Augen sind sozusagen nicht vorhanden.

»Leni, wieso bist du wach?«, fragt meine Mutter erschrocken.

»Mutter, wir müssen hier weggehen.«

»Großer Gott, lass mich jetzt damit in Ruhe!«

Zwei Stunden später sitze ich in der Schule, ich kann mich gar nicht erinnern, wie ich hierhergekommen bin. Ich höre auch nicht, was der Lehrer sagt, ich schaue durch ihn hindurch. Wenn er mich fragen würde, welches Fach wir gerade haben, müsste ich ihm antworten: »Ich weiß es nicht, es spielt auch keine Rolle mehr, gnädiger Herr.«

»Drobi, wir hauen ab«, flüstere ich meiner Nachbarin und besten Freundin Drobina zu.

Ohne den Kopf zu mir zu drehen, flüstert sie zurück. »Was?«

»Wir hauen ab.«

»Wer?«

»Mutter und ich.«

»Wohin?«

»Nach Deutschland.«

»Was?«

»Nach Deutschland.«

»Oh Gott.«

»Hm …«

»Wie denn?«

»Wir haben ein Visum nach Deutschland bekommen.«

»Oh Gott.«

Diesmal dreht sie den Kopf zu mir und schaut mich an. Dem Mathelehrer entgeht es nicht.

»Zapletalová möchte uns etwas erklären.«

Drobina steht auf, sagt nichts. Der Lehrer quatscht etwas über seinen Mathestoff, Drobi schüttelt den Kopf und entschuldigt sich dafür, dass sie nicht aufgepasst hat. Mir reicht's.

»Ich habe sie abgelenkt, Herr Opletal«, sage ich selbstsicher.

»Na sieh mal einer an, Sie waren es also. Was hatten Sie so Wichtiges zu besprechen, Hrózová?«

Ich stehe da und fürchte mich auf einmal vor nichts. Ein herrliches Gefühl.

»Das geht Sie nichts an, Herr Opletal.«

Der Lehrer ist erstaunt über meine Frechheit. Er pflückt mich vor der Tafel auseinander, ich kann keine seiner Fragen beantworten. Mathe eben. Ich bemühe mich auch nicht, etwas zu vertuschen, ich stehe dazu, dass mich seine Fragen nicht interessieren, er ist puterrot. Verpasst mir eine Fünf und lässt mich zurück an meinen Platz gehen. Alle schauen mich mitleidig an, und ich bin glücklich.

Es läutet zur Pause, Drobi dreht sich sofort zu mir: »Was ist in dich gefahren?«

»Nichts.«

»Ihr habt ein Visum bekommen?«

Ich nicke.

»Großer Gott. Beide?«

»Diesmal ja.«

»Und?«

Sie sieht mir in die Augen. Es ist laut in der Klasse, die Mädchen kreischen, als wären sie zwölf.

»Ja, wir werden nicht zurückkommen.«

»Ist das dein Ernst?«

»Absolut, Drobi.«

»Deine Mutter ist einverstanden?«

»Klar.«

»Was tue ich ohne dich? Wer wird neben mir sitzen?«

»Dana vielleicht.« Ich muss unwillkürlich lachen.

»Dana wird es wohl sein, aber ich will doch gar nicht, dass Dana neben mir sitzt«, sagt sie.

»Ist das das Einzige, was dich grämt, wenn ich weg bin?«

»Wenn du wenigstens warten könntest, bis wir das Abi gemacht haben. Nach dem Abi kannst du abhauen, aber doch nicht jetzt. Verdammt. Das ist ja furchtbar.«

Sie schaut zu Boden, ihr Rücken krümmt sich zu einem Buckel. Wir schweigen.

»Das Brot schmeckt mir nicht.« Sie legt die Stulle in die Serviette zurück und faltet sie sorgfältig zusammen. »Nein, ich verstehe dich doch. Ich glaube eh nicht, dass du hierbleiben würdest. So eine wie du bleibt nicht hier. Du willst immer verrückte Sachen machen.«

Ich schaue sie an und überlege dabei, was ich für verrückte Sachen machen möchte. Ich kann mich an keine verrückten Sachen erinnern.

»Mein Gott, das ist ein Schlag, das sage ich dir. Wann kam der Brief?« Sie wischt sich eine Träne von der Wange.

»Gestern.«

Wieso weint sie denn, frage ich mich. Wie wird wohl mein Freund reagieren? Wem sage ich was? Was sage ich überhaupt? Die Klappe halten. Kann ich nicht.

»Gestern also. Das ist lieb von dir, dass du es mir sagst.«

»Drobi, das bleibt aber unter uns, ja?«

»Klar.«

Sie hält wieder inne. Eine Freundin kommt zu uns. Sie möchte sich mit uns unterhalten, wir wimmeln sie ab. Keine Zeit für Plaudereien.

»Schreiben werden wir uns aber schon, oder?«

»Natürlich. Du kannst meinen roten Nicki haben.«

Kaum spreche ich diesen Satz aus, hellt sich ihr Gesicht auf und der ganze Kummer scheint vergessen zu sein. »Echt? Die Deutschen sind alle Motorradfahrer in Overalls. Du musst aufpassen, dass sie dir nicht mit der Kette eins über die Rübe hauen. Alle haben Ketten.«

»Ja, ich weiß«, sage ich.

»Du musst aufpassen.«

»Ja, ja.«

»Willst du mein ›Der, die, das‹-Buch?«

»Nee, danke, meine Mutter hat das Buch zu Hause.«

»Schade, dass du Englisch hattest.«

»Ja, schade.«

Drobina heißt nicht wirklich Drobina. Es ist ein Spitzname. Sie heißt Hana. Ich nenne sie seit Jahren »Drobina«. Das heißt übersetzt »Krümel«. Weil sie als Kind so zarte, feine Glieder hatte. Als würden sie auseinanderfallen oder brechen, eben wie die Krümel eines alten Brotes. Die zarten Glieder wurden mit der Zeit muskulöser, der Spitzname blieb.

SCHWINGENDE DISCOBEINE

Kommst du heute zum Training?«, fragt sie mich.

Es läutet wieder, die Pause ist zu Ende. Physik ist dran, mein Albtraumfach.

»Ja, unbedingt. Ich muss so tun, als wäre nichts, verstehst du?«

Ich gehe nach Hause, in der Tasche zwei Fünfer. Ich denke, meine Mutter wird mir das verzeihen, sie wird verstehen, dass es nicht mehr darauf ankommt, gute Noten nach Hause zu bringen. Jetzt werde ich müde, während ich meine Füße beobachte, wie sie ununterbrochen die gleiche Bewegung machen. Sie schreiten. Viele Straßen entlang. Jeden Tag dieselben Straßen. Ich möchte mir die Augen reiben, wie ein kleines Kind es vor dem Schlafengehen tut, darf aber nicht. Meine Mascara hindert mich daran. Und das Make-up, mit dem ich heute die besonders dunklen Augenringe überschminkt habe. Mein Freund, mein Tanzverein, der Hund, Großmutter, Großvater, Georges, meine Cousine, mein Schauspiellehrer und auch der Direktor des Gymnasiums – was werden die ganzen Menschen und Tiere dazu sagen, wenn ich nicht mehr da bin?

Es ist sechs Uhr abends, das Modern Dance Training beginnt. Auch mein Freund schwingt dort seine X-Beine, allerdings in der letzten Reihe. Und meine etwas mollige Cousine Trubka darf nur deshalb hin, weil *ich* so gut tanze. Ich habe ein gutes Wort für sie eingelegt. In den letzten zwei Jahren haben Drobina und ich uns an die

Spitze des Přerover Tanzvereins getanzt. Wie die Soldaten in einer Elite-Kampftruppe fühlen wir uns. Welch ein Privileg, da mitmachen zu dürfen. Unser Tanzverein ist eine harte Schule, wie alles hier in diesem Land, was mit Sport oder Kunst zu tun hat. Professionell, dreimal die Woche. Ohne Wenn und Aber! Tanzwettbewerbe in unzähligen Städten der ganzen Tschechoslowakei sind Routine. Die Choreografie ist raffiniert, jede Bewegung muss sitzen, die Kostüme werden zwar dilettantisch, aber voller Hingabe von uns persönlich genäht. Gewichtsschwankungen werden mit Rausschmiss oder Diät bestraft. Der makellose Körper gilt als Muss – in unserem Knödelland keine leichte Aufgabe. Der Leiter und Choreograf des Vereins schimpft zwar ununterbrochen, dass wir Faulpelze und untalentierte Schwerärsche seien, lächelt aber dann zufrieden, wenn wir mit einem Pokal wieder im Bus sitzen.

Bei einem meiner ersten Wettbewerbe lernte ich einen hübschen Jungen kennen, 18 Jahre alt, mit einem lockigen Wuschelkopf. Ein Roma. Überraschend hellhäutig. Die Tanztruppe, der er immer noch angehört, galt als eine der besten für Break Dance in ganz Mähren. Das imponierte mir. An diesem einen Abend gewannen weder die Break Dancer noch wir Popper aus Přerov. Das störte mich keineswegs. Im Gegenteil. Die Verlierer hatten Freizeit, die Gewinner nicht! Ich brauchte die Zeit. In einem nahe liegenden Busch geschah es dann, nicht viel, ein bisschen knutschen und fummeln. Er wollte mehr, ich hatte Angst, gesehen zu werden, so gab ich ihm dezent einen Korb. Er bedauerte es, versuchte es immer wieder, jedoch ohne mich zu nötigen. Ich war bereit, diesen sanften Menschen, der so wunderbar tanzte, zu heiraten und mit ihm eine Familie zu gründen. Mein Herz klopfte an diesem Abend nur für ihn. Und er? Weiß ich nicht so richtig. Er sagte nicht viel. Unwesentliches Zeug. Ich fragte nicht nach seiner Meinung, ging davon aus, dass er mich auch mochte. Zwei Jahre lang betrog ich meinen Freund, der an den Wettbewerben nicht teilnehmen durfte, weil er nicht besonders gut war, mit dem wunderbaren Tänzer aus Brünn. Eine wortkarge Affäre. Moral war mir egal. Obwohl ich meinen Freund liebte, wollte ich auf den Break Dancer nicht verzichten. Solange mein Freund nichts ahnte, waren alle zufrieden.

Mein Tanzlehrer holt mich zurück ins reale Leben.

»Lenka, was ist heute mit dir los? Reiß dich zusammen. Wenn du die Drehung wie eine Taube auf dem Turm machst, macht es der Rest nach, schon klar, oder?«

»Entschuldigung.« Wir wiederholen zum zigsten Mal die Choreografie. Es gibt ständig weitere Patzer und Ungenauigkeiten. Auch das ist jetzt egal.

Ich mag die Musik mit den kräftigen Beats, zu der wir tanzen, sehr gerne. Unser Trainer hat sie dank seiner Kontakte aus dem Westen eingeschmuggelt.

Westen. Dieses Wort versetzt mir einen Schlag in die Magengrube. Immer wieder beobachte ich meinen Freund, der sich notorisch unsicher um die eigene Achse dreht. Er lächelt mich liebevoll an, ahnt nichts, seine dauergewellten Haare sind nass vom Schweiß und kräuseln sich noch mehr, und die Bäckchen glänzen purpurrot im Neonlicht des Tanzsaals. Ich fürchte mich vor ihm, möchte ihn einerseits unendlich lange küssen und ihm andererseits aus dem Weg gehen.

Morgen ist Donnerstag. Donnerstag ist ein besonderer Tag. Ich mag ihn nicht. Ich wünschte, es wäre schon Freitag. Am Donnerstag schließt mein Freund, ein paar Minuten nachdem meine Mutter das Haus verlassen hat, die Wohnung mit seinem nachgemachten Schlüssel und steigt in mein Bett. In Mutters Ehebett. Meine Mutter würde sich schwarz ärgern, wenn sie wüsste, wie wir ihr

Ehebett missbrauchen. Dieses geheime Spiel hat er sich ausgedacht. Wir schlafen jedes Mal miteinander, was ich allerdings nie richtig mitbekomme, weil ich noch sehr müde bin. Danach säubere ich mein Nachthemd von seiner »Hinterlassenschaft«, hoffe dabei, dass es keine Flecken auf dem Bettlaken gibt und kuschele mich an ihn. Das ist der schönere Teil des Spiels. Von Spaß am Sex kann bei mir keine Rede sein. Im Gegenteil, es ist unangenehm. Ich halte es irgendwie durch, in der Hoffnung, dass er es schnell hinter sich bringt.

Ich nehme an, dass ich für Sex-Angelegenheiten noch zu jung bin. Sonst kann ich mir nicht vorstellen, warum Menschen es tun. Ich war gerade 15 geworden, als ich mit meinem Freund zusammenkam. Mit allem Drum und Dran. Mutter weiß nichts davon. Die denkt immer noch, dass wir Händchen halten und ins Kino gehen. Damals hatte ich noch nicht einmal meine Periode gehabt, tat so, als kenne ich mich aus, spielte die Erwachsene. Wäre das aufgeflogen, hätte sich mein Freund sicherlich von mir getrennt. Aber mit ein bisschen Farbe in der Unterhose konnte ich ihn hinters Licht führen.

Schade, dass mich mein Freund nie fragt, ob ich Lust habe oder ob es mir gefällt, mit ihm zu schlafen. Ich würde natürlich lügen, ich vergöttere ihn schließlich, keine Frage. Aber irgendwie nimmt er sich gnadenlos, was er braucht, was ich dazu meine, scheint egal zu sein. Er vögelt mich, ohne den geringsten Gedanken darüber zu verlieren, dass ich vielleicht schwanger werden könnte. Seit ich 15 bin. In Deutschland gibt es angeblich Gummis, die verhindern, dass man schwanger wird. Das ist revolutionär. Ich hoffe, dass sie nicht zu teuer sind, ich möchte mir eine Menge davon besorgen. In unserer Mädchenklasse gab es bisher vier Mütter. Sie dachten zuerst, mithilfe der Familie würden sie die vier Jahre bis zum Abi schaffen, aber das war dann doch nicht der Fall. Zwei brachen nach ein paar Monaten ab. Die anderen beiden mussten sich, obwohl sie die Kinder fast an ihre Großeltern abgaben, mit schlechten Noten zufriedengeben. »Pech« nennt man das. Die dumme Pute. Selber schuld, sagen die Arschlöcher dann. Und was dann? Kochen. Stillen. Zu Hause sitzen. Kochen. Fernsehen. Kochen. Stillen. Putzen. Fernsehen. Wie soll man da glücklich sein?

Meine Mutter und ich sprechen nie über Intimes. Schade eigentlich. Wir schweigen, ohne zu ahnen, dass das unser größtes Problem ist. Es verursacht ständig Missverständnisse, Ängste, Einsamkeit und Unwissen. Ich springe gerade ins Leben, und sie warnt mich vor nichts, sie kritisiert. Kritik macht mich bockig, dann höre ich nicht zu. Wieso erzählt sie mir nie, wie ihre Beziehung zu meinem Vater war? Wieso wird sie bei der leisesten Erwähnung dieses Themas so emotional? Alle, die ganze Familie, ist gegen ihn, rächt sich an ihm. Deshalb vergöttere ich meinen Vater. Warum erzählt mir niemand, dass mein Großvater Alkoholiker war und nach einem schweren Suff auf der Toilette einen Schlaganfall hatte? Ich weiß es detailliert von seinen Saufkumpanen. Egal wie oft ich ihn danach frage, das Wort »Alkohol« kommt nie über seine Lippen. Meine Großmutter hat ihre zwei Kinder alleine im Wohnzimmer zur Welt gebracht. Nie erzählt sie mir davon. Stattdessen behauptet sie, dass der Storch die Babys bringt.

Die Trainingstunde ist beendet. Wir unterhalten uns über den nächsten Auftritt. Drobina schaut mich mit leidendem Blick ständig an und denkt genau das Gleiche wie ich. Sie ist meine Komplizin. Ich hoffe, dass es keiner merkt. Mein Freund sitzt neben mir und streichelt sanft mein haariges Knie. Er freut sich sicherlich auf den Morgen, wenn er mich heimlich besucht und mit mir schläft. Ich freue mich nicht, ich bin bedrückt, muss es ihm bald sagen. Wie, weiß ich nicht. Ich kann nicht emigrieren, ohne es ihm gesagt zu haben.

Langsam wird es kühler, ich hole mir einen Pulli aus dem Spind.

DONNERSTAG DER GESCHLECHTER UND DER WAHRHEIT

Meine Mutter geht in die »Oficína«. Ich höre die Absätze ihrer Schuhe, die ihren Beitrag zur täglich tiefer werdenden Spur im Linoleum leisten. Manche Stellen sind bereits zerfetzt, obwohl unser Plattenbau gar nicht so alt ist. Linoleum Marke Ost eben.

Meine Mutter ist bewundernswert. Sie schafft es jedes Mal, trotz der frühen Stunde, mein geliebtes Frühstückssalatchen zuzubereiten. Ein Paprika-Tomatensalat, winzig geschnitten, mit Essig und Öl angemacht. Wir hatten vor Jahren in einem Bulgarienurlaub diesen Salat gegessen, und ich war so verrückt nach dem Zeug, dass meine Mutter sich bereit erklärte, ihrer Tochter jeden Morgen ein Stückchen Bulgarien zu servieren. Und ich nehme es Tag für Tag dankbar entgegen. Mit dem Salat hier, das ist so 'ne Sache. Es wird generell wenig Salat gegessen, bis auf Kopfsalat in gezuckertem Essigwasser. Das schlechte Öl verwendet man hier lieber zum Braten, aber nicht als Salatdressing.

Mein Freund wird jeden Moment kommen, ich zittere. Mit niemandem bin ich im Reinen. Mutter weigert sich nach wie vor, mit mir darüber zu sprechen, alle anderen sind nicht eingeweiht, und Drobina heult, wenn ich sie nur anschaue. Gott, fühle ich mich allein.

Pavel sitzt mittlerweile am Küchentisch mit der karierten Tischdecke. Der Sex spielte sich genauso ab wie am Donnerstag davor, alles fühlt sich ein wenig wund und nass an. Er verzehrt mein Frühstückssalatchen und weiß nicht, dass es meine Delikatesse ist. Ich gönne es ihm, er wird bald traurig sein. Der Arme. Wir haben nicht viel Zeit, spätestens in einer halben Stunde müssen wir aufbrechen. Eigentlich wollte ich ihm längst alles gesagt haben, aber ich habe es nicht über mich gebracht, stattdessen starre ich ihn ständig an und nuschle nur vor mich hin, dass ich ein Feigling bin.

»Was redest du denn da ständig?«

»Ich, ich rede mit mir selber, ich glaube, ich werde noch verrückt eines Tages.«

Er kaut, lächelt mit seinen Augen, die die längsten Wimpern der Welt haben, küsst mich auf die Wange, wie ein Mann, der vollkommen zufrieden ist, und sagt: »Solange du dabei so schön aussiehst, ist es mir ziemlich egal.«

Er macht es mir noch schwerer, als es ohnehin schon ist.

»Pavli, ich muss dir was Wichtiges sagen.«

Er erstarrt, kaut auf einmal nicht mehr.

»Nein, nein, es ist nicht das, was du denkst ...«, versichere ich ihm schnell.

Ich bin überrascht, dass er an ein Kind denkt. Das hätte ich ihm gar nicht zugetraut. Vielleicht ist es alles Blödsinn, dass er sich nicht drum schert, ob ich schwanger werde, vielleicht ist er genauso verkorkst wie ich und schweigt über Intimes, oder vielleicht denkt jeder Mann an ein Kind, wenn die Frau etwas Wichtiges sagen möchte.

»Es ist was ganz anderes«, sage ich und lege behutsam meine Hand auf seine. »Ich bin nicht schwanger. Keine Angst.«

Er atmet tief aus, kaut das bisschen Essen in der Backe weiter und räuspert sich.

»Ich dachte schon, großer Gott. Ich krieg noch einen Herzinfarkt.«

Er ahnt nicht, dass das, was ich ihm in der nächsten Sekunde mitteilen werde, weit schlimmer ist. Er starrt mich an. »Was? Was ist denn?«, fragt er gespannt.

Ich sitze auf dem Stuhl mit dem blauen Bezug, der unsäglich kratzt. Ich werde immer aufgeregter, ich habe Angst vor seiner Reaktion. Endlich sage ich: »Rate.«

Er denkt, es sei ein lustiges Spiel, rät alles Mögliche: Du hast einen anderen. Du hast eine schlimme Krankheit. Du fliegst von der Schule, spielst eine Hauptrolle in irgendeinem Film, du willst mich heiraten und so weiter. Er wird immer heiterer und seine Ideen immer fantasievoller.

»Nein, nein, nein. Ich sage dir den ersten Buchstaben.«

Er schweigt.

»D.«

»D?«

In seinem runden Gesicht kommen die kleinen Grübchen zum Vorschein, die meine Mutter an den Schmetterling »Emanuel« erinnern.

Leider fällt ihm nichts ein. Wie auch, ein »D« kann alles bedeuten. Ich möchte am liebsten im Erdboden versinken.

»Ich sage dir ein Wort. Deutschland.«

Mein Herz pocht.

»Deutschland? Was soll mit Deutschland sein? Wieso Deutschland? Ich will nicht mehr raten. Ich verstehe gar nichts.«

»Wir haben ein Visum nach Deutschland bekommen.«

Eine elend lange Pause entsteht, längst hätten wir in die Schule gehen müssen.

Er versteht. Seine Augen füllen sich mit Tränen. So was habe ich nicht erwartet. Ich habe ihn in den zwei Jahren noch nie weinen sehen. Er versucht es zu verstecken, kann es aber nicht, dazu ist er zu neugierig, er braucht noch mehr Informationen.

»Ihr wollt abhauen?«, fragt er mit brechender Stimme.

»Du bist ein kluges Bürschchen«, antworte ich.

Du bist ein kluges Bürschchen. Du bist ein kluges Bürschchen! Was rede ich da?! Was meine ich Idiot damit? Es ist eine plumpe, dumme und ekelhafte Antwort. Ich bin den Dingen nicht gewachsen, sonst würde ich nicht solchen Mist von mir geben. Wie solche Dummheit verletzten kann. Er weint. Ich nicht. Nicht eine einzige Träne kann ich rauspressen. *Niente*. Je mehr er weint, umso eisiger und gelassener werde ich. Das »neue Leben« liegt vor mir, er dagegen wird zurückgestoßen, abgewiesen, einsam im »alten Leben« gelassen. Der billige Trost, dass wir uns dort, im Westen, bestimmt wiedersehen, wenn wir es nur wollen, schließlich könnte er auch ein Visum beantragen und emigrieren, klingt lächerlich. Ich weiß ganz genau, dass es das Aus für uns beide ist. Ich weiß, dass man sich mit 17 Jahren keinen Ehemann ans Bein bindet! Ich weiß, dass ich leere Versprechungen mache und wir uns sehr schnell vergessen werden. Nicht, dass es mir nicht wehtut, nein, es tut entsetzlich weh, aber ich bin fest entschlossen, wegzugehen. Ich bin realistisch. Nichts würde mich dazu bringen, meine Entscheidung zu ändern.

Er verlässt die Wohnung. Ohne mich. Ohne mit mir zu sprechen. Jetzt bereue ich es, ihm mein Geheimnis anvertraut zu haben. Jetzt habe ich Angst, dass er uns anzeigt. Langsam schlüpfe ich in meine Schuhe, werfe mir einen Strickpullover über die Schulter und gehe in die Schule. Ich bin eine Stunde zu spät, aber das lässt sich nun mal nicht ändern. Mein Kopf scheint langsam zu platzen. Sicher, niemand kann mir hier mehr etwas anhaben, trotzdem fürchte ich mich vor allem. Meine Angst wird mit jedem Schritt, der mich der Schule näher bringt, größer. Gestern noch war ich so mutig, heute fühle ich mich klein und verletzlich, wie ein Käfer auf dem Rücken.

ICH WERFE MIT DEM PAUSENBROT

Was werde ich »dort« sein? Als Tänzerin kann ich mir nicht mein tägliches Brot verdienen, dafür habe ich nicht genug drauf. Welcher Tanzstil ist dort gefragt? Der aus meinem Verein? Kaum. Nein, das ist kein Beruf mit Zukunft, da muss man schon Ballett beherrschen und nicht spaßeshalber ein bisschen Rock 'n' Roll hopsen. Sängerin wäre ich zwar gerne, aber da fehlt mir die Leidenschaft und Überzeugung. Die könnte ich wiederum bei der Schauspielerei aufweisen, kann aber kein Deutsch!

Meine Mama ist entzückend. Sie unterstützt mich bei meinem Berufswunsch, ich bin ihr dankbar dafür. Kein Mensch zwingt mich zu etwas, was mir keinen Spaß macht, kein Vater hält mir eine Predigt, dass die Schauspielerei ein brotloser Job ist, was ja durchaus stimmen mag, und keine Großeltern finden die Kunst ruchlos.

Die Schauspielerei ist ungewöhnlich für die Menschen hier. Maria, meine Tante, zitiert gerne diesen herrlichen Satz, bei dem ich lachen muss: »Ich habe Hunger wie ein Schauspieler.«

In die Fußstapfen meines Vaters hätte ich nicht treten können, selbst wenn ich gewollt hätte. Mein Vater lehrte Mathematik und Sport am hiesigen Gymnasium, bevor er uns verließ. In den Ferien arbeitete er als Reisebegleiter und in der Partei glänzte er als *papaláš*. All das liegt mir fern! Gott sei Dank habe ich ihn nie als meinen Lehrer erlebt, denn Mathe, Physik oder Geometrie waren und sind für mich in unerreichbaren Sphären. Ich ignoriere sie und bin dementsprechend schlecht darin. Oder »dumm wie Brot«, wie es Opa so galant auszudrücken pflegt.

Meine Mutter sagt manchmal: »Sei froh, dass du keinen Vater hast, wer weiß, wie er zu dir wäre. Lieber keinen Vater als einen schlechten Vater.« Ich erinnere mich kaum an die Momente mit meinem Vater, nur, dass ich ständig geflennt habe, wenn ich mit ihm zusammen war, weiß ich noch. Für harmlosen Unfug bekam man schnell eine Ohrfeige. Er hatte etwas Militärisches an sich. Das war nun mal seine Art, eine andere hatte er selber zu Hause nie erlebt. Seine Mutter war Hausfrau von Beruf, hätte sich aber Generalin nennen können.

Da er uns früh verließ, entkam ich jeglicher Art von Schikanen. Ich wuchs wohlbehütet bei meiner Mutter, meinen Großeltern mütterlicherseits, Onkel Jarek und Pudel Ben auf. Trotzdem bin ich bereit, alles zu verlassen.

Ich biege in die Straße ein, in der sich mein Gymnasium befindet. In dem kleinen Laden an der Ecke kaufe ich mir für einen Fünfer ein Brötchen mit Fleischsalat, Ei, Gurke und Kofola. Das alles verzehre ich im Stehen, das Frühstücksradio spielt leise aus dem Volksempfänger. Der Laden lebt von dem, was die Schüler aus unserem Gymnasium dort ausgeben. Sie schwitzen jetzt alle in den Klassenräumen. Alle außer mir. Die Ost-Cola namens Kofola trinke ich aus. Ich muss mich stark machen, stark zum Nachdenken, mir eine Ausrede überlegen, weshalb ich so spät komme. Ich muss mich wappnen, um den Anblick meines Freundes in der Pause auszuhalten, um nicht zu schreien, dass es mir entsetzlich leidtut. So kaufe ich mir noch einen braunen und einen rosa Indianer und stopfe sie mir rein, dass der Eierlikör aus ihrem Inneren nur so trieft. Ich lege das restliche Geld auf die Theke. Meine Tagesration ist aufgefressen. Egal, heute ist ein besonderer Tag.

Auf dem Gymnasium ist fast alles verboten. Bluejeans, transparente Klamotten, ausländische Aufschriften, tiefe Dekolletees, kurze Röcke, geschminkte Augen und Lippen, runde Taschen, Schuhe mit hohen Absätzen und so weiter und so fort. Der Direktor, ein hagerer unsympathischer Mann mit einer Hakennase, den man den »alten Nazi« nennt, ist der Meinung, die Lehrbücher, die das Eigentum des sozialistischen Staates sind, dürften nicht durch runde Taschen beschädigt werden. Die Ecken der Bücher würden sich abnutzen, meint er.

Jeans zu tragen ist ein schweres Verbrechen. Trotzdem gibt es Mutige, die sich trauen. Entweder sie können den ganzen Tag den coolen Macker spielen, oder sie werden erwischt und gezwungen, sich umzuziehen. Das ist weniger cool. Ich habe es ein Mal versucht. Die Klassenlehrerin bemühte sich, mich zu blamieren. Sie ist eine überzeugte Kommunistin, also eine *komančo*, und trägt, damit keiner merkt, dass ihre Pupillen in alle Richtungen schielen, eine überdimensionale getönte Brille, mit der sie aussieht wie ein Insekt. Wenn sie lacht, erinnert sie mich an jemanden, der die Treppe hinunterfällt und mit einem Baguette bremst.

Ich musste das verbotene, kriminelle Kleidungsstück vor allen Schulkameradinnen ausziehen und den Rest des Tages in ihrem weißen Kittel verbringen. Für mich war es nicht tragisch. Erstens sind wir eine Mädchenklasse, und zweitens kam es uns gelegen, dass die schielende Vogelscheuche mit meiner Hose beschäftigt war, statt uns mit Chemie zu malträtieren. Als die Klassenlehrerin bei meinem Strip feststellen musste, dass ich auch eine Unterhose mit dem Aufdruck »Wednesday« trug und gewillt war, diese, wie es sich gehört, ebenfalls auszuziehen, schrie sie wild: »Stopp, stopp, stopp!«

Wir haben uns sehr amüsiert.

In den gemischten Klassen ist das öffentliche Ausziehen natürlich demütigend. Die mentalen Verbote halte ich jedoch für weit gefährlicher. Die machen uns klein. Das Selbstwertgefühl sinkt auf null, das Bedürfnis, etwas Eigenes, Kreatives auf die Beine zu stellen, ist unerwünscht, es gilt als falsch und egoistisch. Von klein auf wurde uns beigebracht, die Klappe zu halten, in Marschrichtung zu laufen, nicht zu laut, nicht zu leise, nicht zu stark und nicht zu schwach zu sein. Uns niemals abzusondern.

Ich stehe vorne bei der Physiklehrerin und versuche ihr zu verklickern, dass ich verschlafen habe. Sie ist erstaunlich milde mit mir, notiert es zwar in ihrem Buch und verlangt von meiner Mutter eine unterschriebene Entschuldigung, lässt aber ansonsten meine billige Ausrede durchgehen. In diesem Moment taucht in der Tür der Kopf unserer Klassenlehrerin auf.

»Entschuldige die Störung, Magdo. Dürfte ich dir die Hrózová kurz entführen? Wo ist sie denn überhaupt?«

Ihre schwarze Brille kreist. Sie sucht mich. »Ach da?! Ach. Wird sie gerade geprüft?«

»Die Hrózová hat sich heute entschlossen, eine Stunde später in der Schule zu erscheinen.«

Die blöde Kuh verpetzt mich. Sie weiß ganz genau, in welche Schwierigkeiten sie mich bringt. Suchánkovás schwarze Brille zerspringt beinahe vor Freude. Und wieder mal gibt es einen wunderbaren Grund, mich zu schikanieren. Sie sagt nichts, macht nur eine perfide Bewegung mit dem Zeigefinger. Ein langer spitzer, knallrot lackierter Hexenfingernagel befiehlt mir mitzukommen.

»Das kannst du dem Herrn Direktor selber erzählen«, sagt sie schadenfroh. Ich bin entsetzt, dass ich wegen solch einer Lappalie gleich zum Direktor muss. Diese Ratten, denke ich. Ich verachte sie alle. Langsam bewege ich mich auf die Suchánková zu. Dann schießt mir durch den Kopf, dass sie etwas im Schilde führt.

»Wie stellst du dir das vor? Glaubst du, dass wir hier im Zirkus sind? Das wirst du uns noch erklären müssen, mein Täubchen.«

»Und wieso soll ich zum Herrn Direktor, Frau Suchánková?«

»Das weiß ich nicht. Und schweig jetzt, ich möchte nicht mehr mit dir debattieren.«

Das klingt nicht gut. Da steckt was anderes dahinter. Ich überlege, was ich in den letzten Tagen alles falsch gemacht haben könnte. Stand ich nicht am Grab des sozialistischen Freiheitskämpfers? Letzte Woche? Stundenlang? In meiner Polyesteruniform? Wie es Woche für Woche üblich ist? Und *wie* ich dastand. Wie eine Salzsäule.

»Freiheitskämpfer«, das klingt ehrenhaft. Parteigenossensesselpupser würde eher passen.

Oder hat man mich beim Feixen mit Drobina beobachtet, während der gähnend langweiligen Rede des Direktors? Nein, kann nicht sein. Drobi war letzte Woche krank.

Ich habe mir vorbildlich das Gesülze angehört, das ich längst auswendig kann. Die stinklangweiligen Demonstrationen habe ich auch nicht verpasst, die künstlich am Leben erhalten werden müssen und auf denen wir Parolen gegen den Kapitalismus und für irgendeinen Parteigenossensesselpupser ausrufen und dabei die sowjetische Fahne in der Hand halten müssen. Oder habe ich etwa während des Trauermarsches nicht laut genug gerufen: »Nieder mit dem Kapitalismus, es lebe Lenin?« Doch. Ich bin mir keiner Schuld bewusst. Warum soll ich zum Direktor?!

Die Sekretärin, eine nette Blondine, lässt mich in sein Büro. Niemand ist da, nur ein Schülerstuhl, der vor seinem monumentalen Schreibtisch steht. Dahinter an der Wand hängen die obligatorischen Porträts von Lenin, Marx und Husák. Ich setze mich auf den Stuhl. Warte. Regungslos sitze ich eine halbe Stunde da. Zu gerne würde ich in die Unterlagen auf dem Schreibtisch gucken. Trau mich aber nicht. Ich wette, er käme exakt in diesem Augenblick herein.

Ich höre Schritte. Er kommt rein, setzt sich an den Tisch, schweigt. Ich begrüße ihn höflich im Stehen. Selbstverständlich antwortet er nicht. Er studiert »meine Akte«. Dann erhebt er sich und geht zum Fenster.

»Sind Sie ausgeschlafen?«, fragt er ganz nebenbei.

»Hm, es geht.« Ich verstehe nicht, warum dieser Mensch die Angewohnheit hat, niemandem in die Augen zu schauen. Er starrt entweder aus dem Fenster oder auf den Boden.

»Ich denke, Sie müssen ausgeruht sein, wenn Sie derart zu spät kommen.«

»Ich konnte schlecht schlafen in der Nacht.«

»Wieso?«

»Schlafstörungen.«

»Haben Sie Sorgen?«

»Nein.«

»Es würde mich nicht wundern, wenn Sie Sorgen hätten.«

»Ich habe keine Sorgen, Herr Direktor.«

Er spricht, als würde er sich mit mir über das Wetter unterhalten.

»Das glaube ich kaum, Hrózová. Wir wissen eine Menge über Sie, Hrózová.«

Ich schweige, es gibt nichts, was ich darauf antworten könnte. Solche Gespräche kenne ich. Hunde, die bellen, beißen nicht.

»Mademoiselle hat sich entschieden, nach Deutschland zu fahren.«

Dieser Satz geht mir bis ins Mark. Ich bin schockiert. Das ist das einzige Thema, über das ich auf keinen Fall sprechen will. Das einzige Thema, bei dem ich mich schwach und unvorbereitet fühle. Gerade jetzt. Wie ist es möglich, dass er zwei Tage nachdem wir den Brief bekommen haben schon Bescheid weiß? Ich denke an meinen Freund. Theoretisch könnte es sein, dass er es war, der gequatscht hat. Praktisch – undenkbar. Das würde er niemals tun. Er hasst ihn genauso wie ich. Er würde ihm niemals den Knochen geben. Nein, mein Freund ist es nicht gewesen.

Drobina? Noch unwahrscheinlicher. Diese gute Seele würde sich lieber zu Tode foltern lassen als mich verraten. Ich bin mit meinem Latein am Ende und schweige, weil mir keine »richtige« Antwort einfällt.

»Du sagst nichts, was hat das zu bedeuten?«, fragt er und schaut schräg an mir vorbei. Das wäre ein Ding, wenn ich ihn auch duzen würde!

»Wie meinen Sie das?«

»Dass du mir nicht antwortest. Was das zu bedeuten hat, Hrózová?«

Mein Fehler. Peng. Einmal nicht aufgepasst, schon laufe ich in die Falle. Lieber Gott, lass mich das durchstehen, lass mich keinen Fehler mehr machen und alles zerstören, wovon ich jahrelang geträumt habe.

»Wir fahren für 14 Tage in den Urlaub.«

»Du und deine Mutter …« Er blättert in den Unterlagen. »Die Friseurin, ich kenne deine Mutter. Sie ist gut im Geschäft. Noch …« Ich lese die zynische Verachtung in seiner Fresse. »Hm … Urlaub.«

Er schweigt erneut, doch diesmal schaut er mich durchdringend an. Zum ersten Mal. Mein Herz sackt in die Hose und ich fange an zu zittern.

»Weshalb?«, fragt er.

»Weshalb? Ja, um, um, um uns die Städte anzuschauen.«

»Welche Städte? Erzähl mir doch ein bisschen, was ihr vorhabt? Welche Städte wollt ihr euch anschauen?«

Er zieht die Wörter so komisch auseinander.

Ich weiß nichts von Deutschland. Gar nichts. Die Sprache, die Menschen, die Mentalität, die historischen Ereignisse, von alldem habe ich keine Ahnung. Bis auf die Motorradfahrer mit ihren Ketten weiß ich nichts. Im Unterricht haben wir, außer einer ausführlichen Anti-West-Propaganda, ganz wenig über unsere Nachbarn erfahren. Oder es muss mir irgendwie entfallen sein. Ich versuche abzulenken: »Und außerdem wollen wir unsere entfernten Verwandten besuchen.«

Er sagt nichts, schaut mich immer noch an.

»Die wohnen in der Nähe von Stuttgart. Wir würden uns gerne Stuttgart anschauen.«

Ich fühle mich erleichtert. Wie wunderbar, dass mir Stuttgart eingefallen ist.

»Und weiter?«

»Weitere Städte?«

»Nein, die Verwandten. Die interessieren mich.«

»Hm ... die heißen ... die sind, Ivana ist die Schwester von Maria. Maria ist die Frau von Onkel Jarek und Jarek ist Mutters Bruder ... und sie ...«

»Du kannst deine Aufzählung beenden. Hast du mit ihnen bereits Kontakt aufgenommen?«

»Noch nicht, Herr Direktor.«

»Wie sind diese Personen in die Bundesrepublik gelangt?«

»Völlig legal, Herr Direktor!«

»Aha, ich habe von Legalität oder Illegalität gar nicht sprechen wollen. Das ist aber ein interessantes Thema, Hrózová. Ist es das, was dich nachts nicht schlafen lässt?«

»Nein, Herr Direktor!«

»Wie reist ihr in die Bundesrepublik?«

»Mit dem Auto.«

»Und dann?«

»Fahren wir wieder zurück.«

»Legal?«

»Wir haben doch ein Visum, Herr Direktor!«

»Ja, habt ihr?«

»Natürlich!«

»Verzeihung, das musst du besser wissen als ich. Ich kann das ja nicht ahnen. Mich wundert es sehr, dass du und deine Mutter ein

Visum bekommen habt. Unverantwortlich. Und außerdem darfst du gar nicht ausreisen, du hast Verpflichtungen hier, in deiner Heimatstadt. Du bist zur Sommerbrigade gemeldet, Hrózová.«

»Von wem haben Sie denn das mit dem Visum erfahren?«

»Spielt das eine Rolle, Hrózová?«

»Nein … Und weshalb sitze ich hier, Herr Direktor?«

Er steht auf, klappt meine Unterlagen zusammen und sagt: »Weil Sie verschlafen haben. Sie können abtreten, Hrózová.«

Ich erhebe mich, schaue ihn an, gehe zur Tür.

»Ich hätte gerne die Adresse deiner Verwandten in Aalen. Und zwar morgen.«

»Aber …«

»Abtreten.«

Beim Hinausgehen stoße ich beinahe mit der Sekretärin zusammen, die gerade dabei ist, in sein Zimmer zu treten. Durch den Türspalt sehe ich noch, dass er zum Telefonhörer greift.

Ich stehe im Flur. Die Tränen laufen mir über die Wangen, sie sind nicht zu stoppen. Eine Hitze überfällt mich, und mein Magen schrumpft auf die Größe einer Nuss. Jetzt bin ich völlig verwirrt. Was sollte das Ganze? Und wieso hat er »Aalen« gesagt? Woher konnte er das wissen, ich habe Aalen nie erwähnt.

Der Flur ist menschenleer, nur ein Wirrwarr an Stimmen dringt aus den Klassenzimmern. Die Schüler sitzen dort, die Lehrer üben ihre Autorität aus. Am liebsten würde ich weglaufen, zu meiner Mutter, auf ihren Schoß krabbeln. Der Drecksdirektor hat mich in eine Panik versetzt, eine Urangst, in etwas Schauerliches.

PLÄNE WERDEN UNTERBROCHEN

Zu Hause angekommen, sehe ich meine Mutter, wie sie im Buch »Der, die, das – Deutsch für Anfänger« blättert. Sie versteckt es kurz, doch als sie merkt, dass keine von uns beiden versteht, warum sie es versteckt, holt sie das Buch unterm Tisch hervor.

»Wo hast du das gefunden?«, frage ich überrascht.

»Hatten wir im Regal.«

»Hast du es dir überlegt?«

»Ich habe doch vor Jahren Deutsch gelernt. Muss einiges auffrischen ...«

Ich beobachte sie, wie sie wichtigtuerisch studiert, und freue mich. Ein positives Zeichen, endlich. Dann sagt sie trocken: »Tja, ich muss alles auffrischen, ich weiß nichts mehr.«

Sie stellt sich hin und glotzt wie eine Verkäuferin an der Wursttheke. »Gutetag. Sprächensä Deutsch?«

Ich muss lachen. Sie sieht verdammt komisch aus, meine Mutter.

»Was bedeutet das?«

»Guten Tag. Sprechen Sie Deutsch?«

»Toll, Mutter.«

»Ja, ne?«

Ich schmiede Pläne, packe meinen Schmuck und die Winterklamotten zusammen, ohne meiner Mutter davon zu erzählen. Mit ihr muss ich »piano« umgehen. Aber eigentlich habe ich erreicht, was ich erreichen wollte. Zwar hat sie sich zu der Flucht noch nicht entschieden, aber sie ist damit einverstanden, dann in Deutschland eine Entscheidung zu treffen. Ich denke, bis dahin habe ich sie weichgeklopft.

Ich brauche Geld. Deshalb möchte ich meine Kleidung unauffällig verkaufen. Es wird nicht einfach sein, ich muss mir zu jedem Kleidungsstück eine Geschichte ausdenken, weshalb ich es loswerden möchte. Es darf keineswegs verdächtig wirken. Da klingelt es plötzlich. Ich öffne die Tür. Mein Freund lehnt an der gegenüberliegenden Wand. Er schaut zur Seite. Normalerweise würde er selbstverständlich reingehen, mich umarmen, oder ich würde mich an ihn drücken und ihn küssen. Jetzt trauen wir uns beide nicht. Wie zwei Fremde stehen wir da.

»Hey.«

»Hallo, Pavel.«

Wir schweigen wieder. Es wird mir fast zu lang, denn eigentlich habe ich heute Nachmittag keine Zeit. Mein Schauspielunterricht ruft. Diesmal kann ich aber nicht drängen. Diesmal werde ich meine Schauspielstunde sausen lassen müssen, denn mein Freund verdient, mit Samthandschuhen angefasst zu werden. Er sieht entzückend aus, so schmal und jung, die Adern an den knochigen Handrücken treten hervor, und auf den braunen Armen zeichnen sich einige zarte Muskeln ab. Wahrscheinlich sind sie sehr warm. »Ich habe dich vermisst«, sage ich.

Er rührt sich immer noch nicht. Ich frage mich, wie es weitergehen soll. Auch ich muss über meinen Schatten springen, statt die beleidigte Leberwurst zu spielen. Auf ihn zuzugehen wäre die beste Lösung. Die schwerste. Ich warte, ob eine Reaktion von ihm kommt. Nichts. »Willst du reinkommen?«

»Bist du allein?«

»Nein, meine Mutter ist zu Hause.«

»Können wir wohin gehen?«

»Ja.«

Endlich löst sich der Knoten.

Ein paar Häuserblocks weiter befindet sich ein Bach, dahinter endet die Stadt. Bis auf einige Erbsenfelder ist dort nichts mehr. Ich liebe diese Leere. Diesen weiten Blick und den Himmel mit dem Vogelgezwitscher. Wenn es nicht so viele Ameisen gäbe, säße ich dort täglich stundenlang.

Langsam schreiten wir durch die Felder, schweigen viel, halten uns an den Händen, essen eine Menge Erbsen.

»Leni, ich bin sehr unglücklich, dass du gehst.«

»Ich weiß. Ich bin es auch, mein Liebster.«

»Weshalb gehst du dann?«

»Weil ich gehen muss, weil ich dieses Land hasse. Ich bin hier unfrei, ich möchte eine andere Sprache lernen, ich will mir Sachen kaufen, die mir gefallen, ich will ein besseres Leben haben.«

»Ist es hier so schlecht?«

»Ja. Ehrlich gesagt ist das Leben hier stinklangweilig. Weißt du, dass ich mittlerweile mit deinem Nachnamen genannt werde? Neulich ruft Aleš mir nach: ›Nývltová, wo ist dein Alter, ich muss mit ihm sprechen.‹

»Dieser Arsch!«

»Nein, er ist kein Arsch, das ist die Stadt, die Engstirnigkeit, die Gewohnheit der Menschen hier. Niemand ist daran schuld, es ist nun mal so. Aber verstehe mich, dass ich nicht mit 18 heiraten und sofort Kinder kriegen möchte. Was kommt dann? Alles vorhersehbar. Nach zwei Jahren das zweite Kind, ein Jahr später die Scheidung, dann kommt ein neuer Mann, der mir noch das dritte Kind macht, und außer kochen, stillen, putzen, fernsehen, stillen, Kaffeeklatsch, dem Mann die Zeitung bringen, weil er so schwer arbeitet, kochen, putzen usw. erlebe ich nichts. Da bin ich lieber tot.«

»Mit so was macht man keinen Spaß«, sagt er.

»Entschuldige. Das sehe ich auch so, Pavli. Die Zukunft hier sieht aber so aus. Zumindest meine. Nein, Pavli, das will ich nicht, das halte ich nicht aus.«

»Du kannst nach Prag gehen.«

»Ja, will ich aber nicht. In Prag möchte ich Schauspielerin werden. Das geht aber ohne Konservatorium nicht. Es gibt keine zweite Chance. Wie oft soll ich dir das noch sagen? Man darf sich nur ein Mal am Konservatorium bewerben, so sind die Bestimmungen.«

»Das stimmt nicht, du kannst die DAMU noch versuchen«, behauptet er verzweifelt.

»Ja! Aber die haben 3000 Bewerber! Pavli, mach die Augen auf, das schaffe ich nie! Und ein Visum in den Westen kommt auch nicht alle Tage! Sieben Jahre warten wir auf das verdammte Visum! Ich muss weg.«

Er schaut irgendwo in die Ferne, meine Sätze verletzen ihn, er kann sie nicht verstehen. Wie auch. Ich würde genauso reagieren. Die Sonne brutzelt wie verrückt und ich schwitze. Es stört mich nicht, das Thema ist zu wichtig. Er fasst mich bei der Hand und drückt sie, als wäre sie aus Knetmasse.

»Ich habe ein Geschenk für dich.« Er zieht aus der Hosentasche ein silbernes Kettchen mit einem Anhänger in Form eines Büchleins. Das Büchlein lässt sich öffnen. Ich bin gerührt, obwohl es leer ist. Vielleicht weil ich spüre, dass er meinen Entschluss akzeptiert. Wir gehen auseinander. Das steht fest. Er gibt mir ein Abschiedsgeschenk, ein persönliches. Das passt gar nicht zu ihm. Ich frage nicht, woher er es hat, möglicherweise gehört es seiner Mutter oder Schwester. Das ist nicht mehr wesentlich.

»Steck unsere letzte Kinokarte hinein.«

»Ja, das tue ich. Es ist wunderschön, Pavli. Danke schön.«

Ich will es umhängen.

»Nein, noch nicht, warte damit. Erst, wenn du drüben bist.«

Und ich denke: Weshalb muss ich so was Wertvolles wie unsere Liebe zerstören?

Es wird Abend. Unsere Gesichter glühen von der Sonne, meine Karottenhose hat grüne Flecken vom Herumwälzen im Gras, und Pavel kann keine Fotos mehr machen, der Film ist voll. Unsere Wege trennen sich. Morgen ist Schule. Die letzten zwei Wochen vor den Schulferien. Für mich die letzten Wochen überhaupt.

VERLORENE BAROCKFIGÜRCHEN

Meine Mutter sitzt in dem Cordsessel mit dem braunen Blumenmuster und raucht. Ich grüße sie. Sie ist unruhig.

»Ahoj, Leni.«

Wir scheinen nicht allein zu sein. Jemand raschelt in der Küche. Ich hoffe, dass es nicht Matěj ist. Auf Matěj habe ich wirklich keine Lust. Er ist es. Ich zische seinen Namen, meine Mutter nickt. Genervt begrüße ich ihn und verschwinde in meinem Zimmer. Im Gegensatz zu mir hat meine Mutter kein Glück mit Männern. Es sind oft Bekanntschaften, die nach kurzer Zeit zerbrechen. Matěj, ihr aktueller Freund, ein Barkeeper mit gegeltem Haar, arbeitet in der Schlossbar. Ich mag ihn nicht und die Bar noch weniger. Ich mochte keinen ihrer Freunde. Wahrscheinlich will ich unterbewusst das Ehebett nicht freigeben, deshalb ekle ich langsam, aber sicher alle ihre Liebhaber aus dem Haus. Es sind nicht wenige gewesen, denn meine Mutter ist eine attraktive Frau. So wird es zumindest von ihr behauptet. Ich habe nicht den nötigen Abstand, um ihre Schönheit zu beurteilen. Die blond gefärbte Mähne, die schlanke Figur, ihre kleine, schmale Nase – um die ich sie, seit ich denken kann, beneide – und die grünen Augen fallen jedem auf. Und wie kokett sie ist. Wie eine Brigitte Bardot benimmt sie sich. Im Gegensatz zu mir. Aber für mich ist sie einfach meine Mutter, die immer gleich aussieht.

Meine Mutter kann nichts für sich behalten, der Barkeeper weiß schon von unserem Vorhaben. Das ist typisch, sie weiß nicht einmal, ob sie in Deutschland bleiben wird, erzählt es aber ausgerechnet diesem schmierigen Wechsler. Ja, ein Wechsler ist er, und obwohl er sich selber als seriösen Geschäftsmann in Sachen »Devisentausch« bezeichnet, würde er auch mit Klopapier Geschäfte machen, wenn er könnte. Er hört sich ihre Geschichte gierig an, ist ja auch spannend, was sie da sagt. Warum er allerdings auf einmal selber Auswanderungspläne schmiedet, ist mir nicht klar. Er muss sie, bevor ich nach Hause kam, mit meiner Mutter hundertmal durchgekaut haben, denn sein Vorhaben klingt wie vom Fließband. Etwa so: Er arbeitet noch eine Weile in seiner fragwürdigen Bar, bis er einigermaßen Geld gescheffelt hat, beantragt dann ein Visum nach Deutschland, was anscheinend für ihn kein Problem ist, trennt sich von seiner Frau und den zwei Kindern, was für ihn auch ein Klacks ist, und kommt nach. Zu uns! Nach Deutschland.

»Wozu?«, rufe ich aus meinem Zimmer. Meine Mutter faucht mich an, und ich halte meine Schnauze. Es ärgert mich, dass sie keine Einwände macht, sie ist ja nicht mal verrückt nach diesem Typ. Und was bezweckt er damit? Dieser Mensch mit so viel Gel im Haar lügt doch wie gedruckt.

»Wie wäre es, Nadi, wenn du deine Wertsachen, die du wiederhaben möchtest, vorübergehend bei mir versteckst. Ich bringe sie dir mit, wenn ich nachkomme. Du willst sie doch nicht den Kommunisten überlassen«, sagt er lässig, während er sich seine hundertste Zigarette in den Mund schiebt.

»Ja, das wäre vielleicht nicht schlecht«, antwortet Mutter benommen, als wüsste sie gar nicht mehr, was sie sagt. Wahrscheinlich hat sie was getrunken.

»Matěj, weshalb sollen wir die Wertsachen bei dir lassen? Es wird bei dir genauso komisch aussehen, wenn du mit Tante Vlastas Barockfiguren an der Grenze auftauchst. Was hat das für 'ne Logik?«

»Nein, nein, nein, du verstehst das nicht, Leni. Bei mir vermutet keiner, dass ich flüchten könnte. Ich, ein Ehemann und Familienvater. Schau mich an!« Und er breitet heroisch die Arme aus. »Sehe ich nicht vertrauenswürdig aus? Niemals würden sie auf den Gedanken kommen, das garantiere ich dir, meine Süße.«

Seine Augenbrauen spielen Unschuld, und die Stirn erinnert mich an einen amerikanischen Schauspieler, dessen Name mir nicht einfällt. »Wenn sie bei euch was finden, ist es aus.«

»Hm.«

»Und ich habe viele Kontakte! Päh!«

Er lacht, er hört sich gerne reden. Sein aufgeplustertes Gockelgehabe ist nicht zu ertragen.

»Matěji, schrei doch nicht so, um Himmels willen!«, flüstert meine Mutter.

»Schon gut. Mach kein Theater«, wendet er sich verächtlich an meine Mutter, dann wieder an mich: »Ach, du. Geht das in dein Köpfchen rein?«

»Was denn?«

Ich bin wütend, will mich aber nicht wehren. Ich bin nicht betrunken wie sie. Die Betrunkenen werden immer auf ihrem Recht beharren. Auch wenn es der letzte Scheiß ist.

»Du. Du bist noch grün hinter den Ohren. Wirst sie eh bald verlassen.«

»Wen denn?«

»Deine Mutter, du Fratz. Du findest schnell einen Job, einen Mann und ziehst aus. Weil du so schmal bist!«

»Wie?«, frage ich zurück.

»Na, weil du so schön schmal bist, hier.«

Und er umfasst mein Becken. Sein Atem riecht säuerlich nach billigem Sekt und Zigaretten. »Hast ein schmales Becken. Das ist Gold wert!«

Ich entziehe mich der Berührung. Er widert mich an.

Meine arme, naive Mama gibt dem Barkeeper die zwei mickrigen Barockfigürchen von Tante Vlasta.

VATER, BEN UND DIE ALTEN

Es tut mir leid, wie viel Kummer meine Mutter aushalten muss. Ich sehne mich nach meinem leiblichen Vater, der schon vor einer Ewigkeit ausgezogen ist. Ich glorifiziere ihn, obwohl ich ihn nicht kenne, obwohl er sich für uns nicht interessiert, sich nicht an meinen Geburtstag erinnert und sich seelenruhig von seiner neuen Frau verleugnen lässt. Nein, ich habe wirklich keinen Grund, ihn zu lieben, tue es aber trotzdem. Meine Tante gibt mir manchmal Zeitungsausschnitte, auf denen er abgebildet ist. Ich studiere alle Details auf dem Bild, stelle mir vor, was für ein Mensch er ist oder wie er sich zu mir verhalten würde, wenn er mein ganz normaler Vater wäre. Die Züge seines Gesichts erkenne ich eindeutig in meinem Gesicht. Mein Vater ist ein *papaláš*. Was interessiert ihn die kleine blonde Friseurin mit ihrer Göre in einer mährischen Kleinstadt. Er will ganz nach oben, auf den Gipfel des kommunistischen Daseins, und er ist nah dran.

Es ist Sonntag. Mutter und ich sitzen bei den Großeltern und essen Huhn mit Majorankartoffeln. Dazu gibt es noch ein paar Gürkchen und einen Kopfsalat in Essig. Es schmeckt vorzüglich. Großvater hat sich mit dem Kochen besondere Mühe gegeben, es ist das letzte Essen vor unserer Ausreise. Mutter versucht, eine heitere Atmosphäre zu verbreiten, sie lacht über Dinge, die nicht witzig sind. Es ist schrecklich. Oma, die Arme, macht sich um uns Sorgen, kann es kaum abwarten, bis wir wieder da sind. Sie spricht über die Sachen, die wir auf keinen Fall vergessen dürfen. Wie zum Beispiel dicke Socken oder Fleischdosen. Ich bemerke in den

Augen meiner Mutter einen Glanz. Sie weint. Ohne Tränen. Es ist schwer zu ertragen. Meine Kehle ist zugeschnürt, ich kriege die Bissen kaum herunter.

Die Großeltern dürfen nichts erfahren. Zu riskant. Zu viel Emotion und kein Verständnis für die Sache. Irgendein Bekannter erzählte uns mal, dass die Eltern der Emigranten relativ bald ausreisen dürfen. Das tröstet ein wenig.

Es wird selbst gebackener Kuchen serviert. Und obwohl Oma seit meinem 10. Lebensjahr an Diabetes leidet, hat sie von dem Kuchen schon einen kräftigen Happen vertilgt. Seit meinem 10. Lebensjahr verpasse ich ihr dreimal täglich eine Insulinspritze in den Speckbauch, wenn ich Zeit dazu habe. Laut meinem Großvater bin ich, meiner dünnen Finger wegen, am besten dazu geeignet. In den letzten Jahren komme ich leider immer seltener dazu, somit muss der Opa diese medizinische Aufgabe selbst verrichten. Dabei lamentiert er unentwegt.

Meine Großmutter ist dick. Sie stopft so ziemlich alles in sich rein, was ihr unter die Finger kommt. Nicht selten erwischen wir sie, wie sie heimlich in der Küche Torte isst. Uns den gebückten Rücken zugewendet, mampft sie. Wenn sie uns bemerkt, erschrickt sie und erstarrt. Den offenen Mund voller Sahne. Und wenn wir sie tadeln, dass das ungesund ist für Diabetiker, wird sie von einer Sekunde auf die andere böse und keift: »Ihr Geizhälse gönnt mir das nicht. Ihr wollt alles alleine essen!« Bei so einer blöden Ausrede muss ich unwillkürlich lachen.

Bis zu meinem 12. Lebensjahr lebte ich bei den Großeltern. Meine Mutter arbeitete von morgens bis abends in der »Oficína«, und sie schaffte es nicht, mich alleine zu versorgen. Ich lebte sehr gerne bei ihnen. Sie waren für mich wie richtige Eltern, hatten viel Zeit und Liebe übrig, und ich fühlte mich unbeschwert und glücklich.

Der weiße Pudel Ben zerkaut die Knochen des Huhns. Die Großeltern streiten jedes Mal, wenn Ben, ihr Liebling, Hühnerknochen bekommt. Oma ist dagegen, sie seien gefährlich, könnten ihm im Hals stecken bleiben, Opa ist dafür. Er findet es albern. Seiner Meinung nach ist ein Hund, der keine Hühnerknochen fressen kann, kein Hund.

Ich habe Ben vor Jahren als Weihnachtsgeschenk unter dem Baum gefunden. Natürlich kümmerte ich mich nicht um ihn, wie jedes Kind, wenn es ein Tier geschenkt bekommt. Ben blieb Opa am Hals. Seitdem sind Ben und Großvater ein unzertrennliches Paar mit eigenen Gesetzen. Kein Mensch versteht sie. Keiner darf sich einmischen. Zum Beispiel, wenn es um Opas Jogginghose geht. Ben bewacht sie in der Nacht. Sobald sich Großvater hinlegt und die olle Jogginghose neben dem Ehebett auf den Boden wirft, sodass sie wie ein Haufen blauer zusammengeknüllter Putzlappen aussieht, passieren eigenartige Dinge. Von diesem Moment an ist dieses Areal von ungefähr zwei Metern Durchmesser eine Tabuzone. Für jeden. Großmutter muss von der anderen Seite ins Bett steigen, sonst geht es ihr an den Kragen. Auch den restlichen Familienmitgliedern macht Ben unmissverständlich klar: »Wage noch einen Schritt und ich zerfleische dich!«

Nur Großvater darf sie morgens, nach dem Aufstehen, in die Hand nehmen und erneut anziehen. Wir lachen jedes Mal, wenn Ben diese »Pisshose« so ernsthaft bewacht, wie andere Hunde Bauernhöfe, Herden oder Panzerschränke bewachen.

Oma und Opa umarmen uns ganz innig. »Hast die Einkaufsliste eingesteckt, Nadi?«, fragt Oma mit glühenden Backen.

»Ja, Oma«, antwortet meine Mutter. Sie schluchzt beinahe und steckt mich damit an.

»Heult doch nicht. Wir sehen uns doch wieder«, ruft Opa dazwischen.

»Natürlich, natürlich«, sagt meine arme Mama leise.

»Wenn sie keinen gezuckerten Kakao haben, kaufe auch einen ohne Zucker.«

»Keine Sorge, ich denke, die haben beides, Oma.«

»Gut, dann kauf lieber den mit Zucker.«

»Ja, Oma.«

Wir trennen uns widerstrebend von ihnen und gehen. Meine Mutter kneift die Augen fest zusammen, das ganze Gesicht ist zerknautscht. Sie dreht sich auch nicht mehr um, als uns Oma aus dem Fenster nachwinkt.

»Den Kakao schicke ich dir, Mutter«, sagt sie leise zu sich.

REIHENHAUSIDYLLE AM RANDE DES NERVENZUSAMMENBRUCHS

Zuhause angekommen, greift meine Mutter nach dem Telefonhörer und ruft ihren Bruder an.

»Ahoj, Jaro, ich brauche die Adresse von Ivana und Olin ... Weil wir sie besuchen möchten ... Ja, ich höre.« Sie notiert. »Und wo liegt Aalen? ... Hm, bei Stuttgart. Aha ... Und weiter? Deutschland. Ach, das weiß ich doch, dass es in Deutschland liegt, Jarku.«

Mein Onkel Jarek weiß von der geplanten Emigration. Es ist eine Erleichterung, einen Menschen zu wissen, der uns beisteht, unseren Entschluss nicht verurteilt und vor allem einen kühlen Kopf behält.

Deutschland, Aalen, deutsch, deutsch, Aalen! Diese Wörter bewirken bei mir Schweißausbrüche! Deutschland – für mich fremd wie der Nordpol. Ich male mir im Kopf oft Deutschland aus, als eine bunte, nach Seife riechende Reklamewelt. Die Menschen, größtenteils Männer. Rocker. Lautes Sprechorgan. Motorradfahrer. Das ist für mich Deutschland. Warum will ich dahin, wenn mir nur Horrorvorstellungen im Kopf herumkreisen? Ich denke an die Freiheit, die absolute Freiheit und Anonymität. Dort kann man tun und lassen, was man will. Dort kann man alle Träume ausleben, alles kaufen. Man wird in Ruhe gelassen, und viel Geld verdient man noch dazu. Dort fällt man nicht auf, und gleichzeitig hat man die Chance aufzufallen, wenn man etwas kann und etwas will.

Ivana und Olin sind unser Anker im Westen, in der Traumwelt Aalen, im Reihenhaus am Rande einer kleinen Ortschaft. Sie wollen wir um Hilfe bitten. Ich kenne sie von ihren raren Besuchen bei Jarek und Marie. Wenn sie Toffifee und Kaffee mitbrachten, waren alle aus dem Häuschen. Und wenn sie besonders viel Zeit hatten, beglückten sie sogar meine Mutter und mich mit ihrer Anwesenheit in unserer Wohnung. Meine Mutter fing dann schon zwei Wochen vorher an zu putzen.

Mutter ruft noch am selben Abend Ivana und Olin an. Ganz offiziell. Alles noch erlaubt. Unser Anker im Westen ist nicht besonders begeistert über die Nachricht, dass wir sie besuchen wollen. Sie wundern sich, dass es uns gelungen ist, ein Ausreisevisum zu bekommen. Sich zwei naive, konsumsüchtige Ostblock-Weiber ins Haus zu holen, geht ans Portemonnaie. Mutter versucht ihnen plausibel zu machen, dass wir von ihnen für die ersten Tage unseres Urlaubs außer einem Dach über dem Kopf nichts verlangen. Nur so lange, bis wir uns in der Fremde orientiert haben. Nach einigem Hin und Her willigen sie ein.

»Geizhälse«, sagt Mutter sauer, sobald sie aufgelegt hat.

»Ist doch verständlich, dass sie nicht in Euphorie verfallen. Scheißen wir auf sie, Mutter.«

»Leni, sei nicht so vulgär. Du redest wie ein Metzger.«

»Ist doch wahr!«

»Aber wir brauchen sie, oder glaubst du, dass ich mit meinem »sprächän sä deutsch« durchkomme?«

Ich schweige. Sie hat recht. Wir brauchen sie, sie müssen übersetzen. Ich komme mit meinem Schulenglisch wahrscheinlich auch nicht weit.

»Wie viel Geld haben wir, Mutter?«

»Tausend Mark.«

»Und 65. Hab ich gespart.«

»Wovon?«

»Sachen verkauft.«

»Du Esel, du verrätst uns noch!«

»Ich? Du erzählst es doch jedem!«

»Jarek muss Sachen aus der Wohnung mitnehmen, du Dödel, der muss Bescheid wissen. Ich habe keine Lust, dass sich die *papaláši* unser Hab und Gut holen.«

»Und Matěj?«

»Das ist was anderes. Der kennt sich aus.«

Ist die doof.

BLEI AN DEN FÜSSEN

Der Tag der Abreise naht, und unsere Aufregung wächst. Mein Zeugnis ist miserabel, dieses Jahr habe ich versagt. Egal. Ich werde mein Abi sowieso nicht hier machen müssen. Meiner Mutter ist langsam alles zu viel, sie schaut sich die schlechten Noten an, schimpft nicht mal und redet ziemlich wirres Zeug. Ich spüre, dass sie sich einredet, es sei nur ein böser Traum, nach dem sie aufwacht und ihr vertrautes Leben wiederfindet. Innerlich macht sie einen Schritt zurück und hofft sehnlichst, dass auch ich es tue. Mir geht es aber nicht so.

Jarek soll nach unserer Abreise möglichst viele Wertgegenstände aus der Wohnung mitnehmen. Unauffällig. Das Porzellan, das wir von Tante Vlasta geerbt haben, diverse technische Geräte, Bettzeug, Winterkleidung, Schuhe, Schmuck, Gläser, Besteck und vor allem, das ist mein innigster Wunsch, Fotografien, Mamas Zeichnungen, Zeugnisse und meine Tagebücher. Das will ich wirklich haben, wenn auch erst in ein paar Jahren. Alles andere dürfen Jarek und Marie sich holen, bevor der Staat es sich einverleibt wie eine gefräßige Raupe.

Morgen ist es so weit. Mutter erledigt die letzten Vorbereitungen, poliert unseren Fiat, damit wir uns im Westen zwischen den vielen Mercedessen nicht schämen müssen. Ich packe meinen Koffer und denke über mein bisheriges Leben nach. Es ist ein gemütliches, schönes, bedeutungsloses Dahinsiechen gewesen. Ich kralle mich in die Armlehnen des gelben Sessels, auf dem ich sitze. Er gehört zu der Möbelgarnitur, die mir meine Mutter gekauft hat, als ich keine Lust mehr auf alberne Kindermöbel hatte. Ein richtiges Wohnzimmer wollte ich haben. Schade um die Möbel. Meine Mutter hat lange gespart, damit ich mit einem erwachsenen Zimmer angeben kann. Die gelbe Blümchentapete und die eingebaute Bar im Schrank, in der ich penibel Verpackungen von Kaugummis und Schokolade verwahre, sind wie neu, am liebsten würde ich sie zerkratzen, zerstören. Niemand soll Freude an ihnen haben. Das haben sie nicht verdient, dass ein *papaláš* sie sich unter den Nagel reißt. Ich bin vernünftig, streichle sanft die unschuldigen Armlehnen und denke weiter nach.

Wer wird darin sitzen? Ob die neuen Besitzer diese gelbe Garnitur genau so schätzen werden wie ich? Sie wird ihnen egal sein. Vereinzelte Tränen laufen mir die Wangen hinunter. Hoffentlich kommt meine Mutter nicht ausgerechnet in diesem Augenblick ins Zimmer und sieht mich in dieser Verfassung. Das wäre mir äußerst peinlich. Zwei Heulsusen auf einem Haufen. Die Sonne scheint mir gelb ins Gesicht, es muss sechs Uhr abends sein. Die kleinen Halbgestrickten aus dem Kindergarten von gegenüber wurden bereits alle abgeholt, man hört gar nichts mehr. Der Kindergarten wurde vor einigen Jahren neben die Schrebergärten gebaut. Jeden Tag höre ich die Kleinen vor meinen Fenstern und verfluche das Gekreische. Jetzt ist alles still. Ich vermisse die Kinder. Es ärgert mich, dass sie gerade jetzt nicht da sind, wo es mir guttäte, sie zu verfluchen. Sie erschweren mir die Trennung. Nur das Rauschen der kleinen, schüchternen Birken singt ein trauriges Liedchen. Ein Abschiedsliedchen.

Plötzlich erinnere ich mich an andere Stimmen. Es sind die Stimmen meiner Freunde, die vermutlich auf dem Weg ins Freiluftkino sind. Das Freiluftkino liegt relativ weit vom Zentrum entfernt, mit dem Fahrrad fährt man ungefähr eine halbe Stunde auf der Landstraße, bis man dort ist. Ich höre meine Kameraden miteinander lachen, flirten, feixen. Sie radeln durch die Dunkelheit, atmen die warme Sommerluft tief ein, machen ununterbrochen Witze, manche halten an, um sich zu küssen, andere fahren weiter und machen sich über die Küssenden lustig. Im Kino sitzen sie eng aneinandergelehnt oder umschlungen auf den Bänken, in Decken gehüllt. Die Küssenden können endlich unbehelligt weiterknutschen. Dann der Film. Der gefällt immer, egal, was läuft.

So denke ich nach und horche in mich hinein, in meine vergangenen Erinnerungen. Ich wünsche mir sehnlichst, dort zu sein. Bei all diesen wunderschönen Erlebnissen. Nun sind die Tränen nicht mehr so vereinzelt, sie versammeln sich zu einem heftigen Schluchzen, das ich nicht mehr steuern kann.

Die Klingel schellt. Ich erschrecke entsetzlich. Mein verquollenes Gesicht zu verstecken ist nicht möglich, resigniert stehe ich auf, schleiche auf Zehenspitzen in den Flur und schaue durch den Spion. Dann öffne ich die Tür, lasse meinen Freund schnell rein, mache sofort die Tür zu und falle ihm heulend in die Arme. So weinen wir schweigend eine Weile. Es gibt keine Worte mehr, keine Vorwürfe, keine Pläne, kein gar nichts, nur das stille Einverständnis. Langsam ziehen wir uns in mein Zimmer zurück. Er nimmt zärtlich meinen Arm, küsst ihn und kritzelt mit einem Kuli etwas auf die Haut. So übersät er meinen Körper mit den schönsten Liebesgedichten. Ich wusste nicht, dass er so gut dichten kann. Die Tränen laufen ununterbrochen. Kein Wort wird gesprochen. Nur geschrieben. Die Tür zu meinem Zimmer ist geschlossen, meine Mutter sieht nichts, obwohl sie sicher sehr neugierig ist. Diese Stunde gehört uns. Sie weiß es, sie lässt uns in Ruhe.

»Pavli, jetzt muss ich die Gedichte an der Grenze verstecken. Sie werden mich für verrückt halten, wenn sie das sehen«, lache ich ein wenig und nehme zart sein Gesicht in die Hände.

Er schließt seine schönen braunen Augen und sagt ganz leise: »Damit musst du schon irgendwie fertig werden.«

Ich nehme den Kuli und kritzele ein Bild auf sein bestes Stück. Ich versuche es zumindest. Es ist aber keine empfehlenswerte Stelle, selbst das Ohrläppchen hätte sich besser geeignet. Der Stift rutscht in alle Richtungen, tut ihm möglicherweise noch weh, und am Ende kann man nichts erkennen. Ich lasse es. Wir sind ein wenig aufgeheitert.

»Pavli, wir werden uns sicher bald wiedersehen und für immer zusammenbleiben, ich liebe dich so sehr«, schluchze ich.

»Ich liebe dich auch. Du warst sozusagen meine erste große Liebe«, sagt er mit einer Prise Zynismus.

»Wieso ›du warst‹? Ich bin es doch immer noch!«

»Ja, das stimmt ... Wir sehen uns bald wieder.«

Er steht auf, sein Gesicht glüht, die Augen sind voller Tränen. Er sagt es auf so eine Art wie: »Er ist zwar nicht die Wahrheit, aber es beruhigt dich, deshalb sage ich es.«

»Hast du die Kinokarte drin?«

»Ja.«

»Aber du bist noch nicht drüben.«

»Pavli, ich bin weder hier noch dort. Ich schwebe zurzeit.«

»Ich will gehen, ich kann nicht mehr.«

Er klingt verzweifelt. So begleite ich ihn zur Haustür. Schreien will ich. Wir sind schon ganz müde vor lauter Unglück.

Mit gebrochenen Herzen gehen wir auseinander. Ich sehe ihm lange nach, wie er den kleinen Weg durch die Siedlung schlendert. Er dreht sich nicht mehr um, genau wie meine Mutter vor einigen Tagen, als Oma uns aus dem Fenster nachwinkte. Es scheint typisch für solche Situationen zu sein. Vielleicht will er dieses traurige Kapitel endlich beenden, sich von mir losreißen, vielleicht hat er Angst, noch mal zurückkommen zu müssen, um mich zu beschimpfen, was für ein herzloses Miststück ich sei. Schließlich füge ich uns den Schmerz zu. Ich allein bin es, die für mein besseres, aufregenderes Leben ein Stück aus unseren Herzen reißt. Meiner Mutter, die gar nicht weg will, reiße ich ebenso ein Stück heraus. Und sie begleitet mich ins Nirwana, um ihr einziges Kind nicht zu verlieren. So was tun nur Mütter. Ich hasse mich dafür.

VIER AUGENRINGE SIND UNTERWEGS

Von schlafen kann keine Rede sein. Mutter, die sonst nie an Schlafstörungen leidet, wälzt sich diese Nacht im Bett herum. Die »Kreissäge«, mit der sie mich regelmäßig traktiert, fällt aus. Es ist sechs Uhr morgens. Auf das Duschen verzichte ich diesmal, damit die Poesie auf der Haut unversehrt im Westen ankommt. Unsere Ersparnisse verstecken wir teils im Innern meines dicken Gürtels, teils in Mutters Unterhose. Kurz bevor wir die Wohnung verlassen, halten wir inne.

»Das ist das letzte Mal, dass wir sie sehen«, flüstert Mutter.

»Ja.«

»Es ist ein furchtbares Gefühl.«

»Absolut. Kann ich nicht wenigstens eins meiner Tagebücher mitnehmen?«

»Nein. Zu riskant.«

»Ich krepier'.«

»Ich erst.«

Leise klickt das Schloss.

»Vielleicht kommen wir zurück.«

»Ohne mich, Mutter.«

»Oh Gott.«

Im Flur stehen wir noch eine Weile und sehen uns wortlos an.

»Haben wir alles?«

Ich bin so fertig mit den Nerven, dass es mir nicht gelingt, meiner Mutter zu antworten. Geistesabwesend nicke ich, vergessene Sachen sind mir völlig egal.

»Ich hoffe, ja«, ergänzt sie und fährt mit ihrer zittrigen Hand über das Geländer im Flur. Wir steigen langsam die Treppe herab, müde vor Angst und Traurigkeit. Unser Blick streift zum letzten Mal die Briefkästen.

»Auf Wiedersehen«, flüstert meine Mutter und versetzt mir einen Kinnhaken mit diesem Satz. Ich sehe alles verschwommen.

Der frisch polierte Fiat glänzt in der Morgensonne wie ein nagelneues Auto, dafür erinnern unsere geschwollenen Gesichter an neu geborene Meerschweinchen. Egal, da muss man durch. Es ist sechs Uhr fünfzig, mittags soll die gefürchtete Grenze erreicht sein. Es kann losgehen.

Auf der Fahrt raucht Mutter eine Zigarette nach der anderen. Das Fenster darf nur ein winziges Stück geöffnet werden, damit wir uns keine Mittelohrentzündung holen. Im Juli! Ich stecke im Overall und in einer weißen Strickjacke. Ich liebe zwar diesen pinkfarbenen Sommer-Overall, doch diesmal ist es wirklich zu viel. Aber mein Körper muss nun mal von Kopf bis Fuß mit Kleidung bedeckt sein. Wegen der Gedichte auf meiner Haut. Mutter fragt, wieso ich wie im Februar angezogen bin – ob ich auf den Kopf gefallen sei?

»Na ja, ich fühle mich nicht besonders gut, irgendwie schwächlich, vielleicht hab ich Schüttelfrost. Ich bleibe besser angezogen. Wir wollen doch nichts riskieren, oder?«

Ein Fehler. Das hätte ich nicht sagen sollen. Sie schließt das Fenster ganz und hält mir eine Predigt über die Gesundheit. Über Verantwortung anderen gegenüber und über ihre eigene Erfahrung. Mir brummt die Birne.

Mutter trinkt während der Fahrt so gut wie nichts, damit sie ja nicht auf die Toilette gehen muss. Sie könnte das Geld im Klo verlieren. Gar nicht erst riskieren ist ihre Devise. Echte Märtyrerin.

Um Punkt zwölf Uhr mittags stehen wir an dem gespenstischen Grenzübergang Rozvadov. Er sieht völlig normal aus, doch auf uns und in dieser Stunde wirkt er gespenstisch. Eine endlose Schlange aus Autos und Lkws zieht sich vor uns in die Länge. Wir schwitzen vor Angst und Hitze. Es wird kein Wort gesprochen, das Herz pocht laut genug.

»Hoffentlich hat Pavel nicht in seiner Verzweiflung bei der Polizei angerufen, ich würde ihm alles zutrauen!«, platzt es aus meiner Mutter heraus. Sie scheint kurz davor zu sein, in völlige Raserei auszubrechen.

»Na, das ist ja wieder typisch! Wieso sollte gerade *er* so eine Dummheit machen?«

Ich muss mich wehren.

»Weil er dumm ist!«, sagt sie schroff.

»Das ist eine Frechheit, Mutter!«

»Schau dich doch an, wie du aussiehst! So eine Schnapsidee!«

»Was?!«, keife ich zurück.

»Ich könnte dich von morgens bis abends ohrfeigen!« Ihre Stimme überschlägt sich ins Jodeln.

»Was meinst du denn?«

»Glaubst du, ich bin so blöd und sehe nicht, was du unter den Klamotten versteckt hältst?«

Verdammt. Verdammt noch mal, sie weiß Bescheid! Diese Frau hat definitiv ihren Beruf verfehlt. Sie wäre besser Detektivin geworden. Eine glänzende Karriere hätte sie gemacht. Wir waren so vorsichtig, und sie entlarvt mich. Ekelhaft!

»Du versaust uns die ganze Zukunft! Du Esel! Die Zukunft ist dahin, futsch! Du Esel!«

Die ganze Zeit muss ich mir das anhören, während wir im Auto warten, dass die Guillotine für unsere Köpfe frei ist. Mutter ist im

Arsch. Sie hat eine Kippe im Mund, eine zweite vergisst sie im Autoaschenbecher und gleichzeitig zündet sie sich die dritte an. Da ist nichts mehr zu retten. Ihre Nerven liegen blank, ich nehme ihr nichts mehr übel, bete nur, dass sie das durchsteht.

»Ihre Papiere«, sagt der Zollbeamte routiniert zu uns, nachdem wir über eine Stunde gewartet haben. Mutter reicht ihm durch das Fenster alles Nötige, die Hälfte der Unterlagen fällt auf den Boden, sie muss aus dem Wagen aussteigen und sie aufsammeln. Der Dussligkeit wegen wird er noch sauer und filzt uns ordentlich durch, denke ich. Oder die Banknoten verabschieden sich aus ihrer Unterhose und fallen fröhlich unter ihrem Rock heraus. Wie verbotene Flugblätter. Mutter ist hektisch, weitere Dokumente fallen herunter. Ich wette, der Zollbeamte weiß in diesem Moment alles. Das Schmunzeln auf seinem jungen Gesicht verrät eine präzise Menschenkenntnis. Die Vielfalt der Pannen ist ihm sicher geläufig, und er weiß ganz genau, woher sie kommen. Gott sei Dank ist er noch nicht verbissen, wie es vielleicht seine älteren Kollegen sind, die am liebsten selber das Land verlassen würden. Beim Betrachten des Visums stutzt er, schaut auf seine Uhr und dann zu uns.

»Sie können nicht durchfahren.«

Wir hören auf zu atmen.

»Wieso nicht?«, wirft meine Mutter mir nichts, dir nichts in die Luft, als wäre sie nicht da, als hätte das jemand anders gesagt.

»Sind Sie in Eile?« Er schaut noch kurz in ihren Pass. »Frau Hrózová?«

»Nein … wieso?«, fragt meine Mutter. Die Augen fallen ihr beinahe aus den Höhlen, ihre linke Gesichtshälfte beginnt merkwürdig zu zucken.

»Sie sind elf Stunden zu früh hier. Das Visum ist ab zwölf Uhr nachts gültig, nicht ab zwölf Uhr mittags, Frau Hrózová. Sie haben sich vertan«, schmunzelt der Zollbeamte. Ich stelle fest, dass er

Gefallen daran findet, uns zu quälen wie ein Folterknecht. Wir sind gelb im Gesicht.

»Es tut mir leid, Sie müssen umdrehen und später wiederkommen.«

Wir sind fertig, am Ende, völlig aufgelöst. Mutter, fünf Zigaretten gleichzeitig rauchend, fährt auf den nächstliegenden Parkplatz, von dem aus wir die Grenze im Blick behalten können. Das »Spiel« ist noch nicht verloren.

Die Minuten werden zu Stunden. Die Stunden wollen nicht vergehen. Elf grauenvolle Stunden in dieser Anspannung. Unsere Glieder kleben an den Sitzen fest wie Honig.

Endlich wird es dunkel, ich esse das letzte Schnitzel mit Graubrot und trinke den letzten Tropfen Himbeersirup. Meine Mutter nimmt außer etwas Flüssigkeit nichts zu sich. Um 22 Uhr überfällt uns eine solche Müdigkeit, dass wir beide einschlafen.

»Oh Gott, Lenko! Es ist zwei!! Wach sofort auf. Du Esel, warum weckst du mich nicht, wenn du nicht schlafen kannst! Von wegen Schlaflosigkeit! Das kannst du deiner Großmutter erzählen. Wenn du schlafen sollst, sitzt du wie ´ne Kerze aufrecht im Bett, und wenn du wach sein sollst, pennst du ein! Wach auf! Wir sind zu spät dran, wahrscheinlich lassen sie uns nicht mehr über die Grenze.«

Ich verstehe es auch nicht, warum ich gerade in diesem unbequemen kleinen Fiat so herrlich eingeschlafen bin und süß vor mich hin geträumt habe.

Der Grenzübergang scheint ein ganz anderer zu sein als der, den wir vor elf Stunden zu passieren versucht haben: keine Spur von dem Wirrwarr aus Chaos und Ordnung von vorhin. Ausländer, Inländer, Polizeibeamte, unzählige Trucks, Benzingestank – diesmal ist nichts davon da. Menschenleerer Waldgeruch!

»Ihre Papiere«, kommt es erneut aus dem Mund eines Zollbeamten. Eines anderen diesmal. Älter und verbissener. Aber genauso ehrgeizig. Doch wir sind mittlerweile so benebelt und müde, dass wir nicht mal mehr zittern. Wir sind zwei Steine auf dem Meeresgrund. Entweder oder.

»Steigen Sie aus.«

Ich halte unauffällig meine Hand an den Gürtel, um mich zu vergewissern, dass das illegale »große« Geld, das Geld, das über das erlaubte Limit hinausgeht, auch noch steckt, wo es verdammt noch mal stecken soll, und nicht vielleicht durch das Aussteigen verrutscht ist.

Drei Zollbeamte kommen auf uns zu. Sie tuscheln miteinander wie die schlimmsten Tratschtanten. Die allgemeine Nervosität steigt. Sie stellen uns tausend Fragen. Ein einziges Wieso, Warum, Wohin, Wann und Wie lange. Mutter stottert, als hätte sie keine Ahnung, dabei hat sie alle Infos rauf und runter auswendig gelernt. Die Taschen und Koffer sollen vollständig ausgepackt werden, der Kofferraum und der Raum unter dem Kofferraum werden gründlich bis in die kleinste Ritze durchsucht. Ich sehe diese verborgenen Plätze in unserem Auto zum ersten Mal. Der gesamte Innenraum des Autos wird durchsucht, die Radkappen werden entfernt, die Motorhaube geöffnet. Uns stockt der Atem. Todesstille.

Dann bitten sie uns, alles wieder einzupacken. Es dauert ewig.

Sie haben nichts gefunden. Der Gürtel und die Unterhose sind noch dran. Einige Formalitäten kosten noch eine gute Dreiviertelstunde. Dann, um halb vier Uhr nachts, winken sie uns ein Wiedersehen. Meine Mutter startet erschöpft den Motor.

Nach zwanzig Metern erwarten uns die deutschen Beamten, aber vor denen fürchten wir uns nicht mehr. Sie sind unsere Verbündeten, unsere Freunde, die Zukunft, die Lieblinge, die, die uns nur Gutes wollen. Wie Balsam für die Seele klingt die bayerische Begrüßung, die wir zwar nicht verstehen, uns aber sinngemäß mit »Willkommen, wir lieben euch« übersetzen.

Formalitäten ohne Ende. Papiere, Papiere, Papiere. Mutter liest sie nicht, sie unterschreibt. Alles, was man ihr gibt. Jetzt ist uns alles egal, wir hätten auch unser Todesurteil unterschrieben, so zermürbt fühlen wir uns. Die Beamten fragen etwas in schlechtem Tschechisch, auch das verstehen wir nicht. Wir nicken und sagen Ja. Sie winken und sagen das einzige Wort, das wir kennen: »Auf Wiedersehen.«

Mutter startet zum zweiten Mal den Wagen, und wir fahren los.

AUF DER ANDEREN SEITE

Wohin fahren wir? Wir wissen es nicht so richtig. Es kommt lange nichts. Dunkelheit. Nichts als Dunkelheit, ab und zu ein sauberes blaues Schild, mit Wörtern darauf, die uns nichts sagen. Die Straße wird zu einer glatten, breiten, weiß markierten, mit regelmäßigen Pfosten ausgestatteten, einfach perfekten Fahrbahn. Keine Schlaglöcher, keine Risse, keine überraschenden Warnungen vor Straßenschäden, die dort seit Jahrzehnten lauern, um die Autos in die Falle zu locken. Nichts dergleichen. Wir genießen es. Eine halbe Stunde lang reden wir über die gute Fahrbahn.

Auf einmal wird uns klar, dass wir »drüben« sind. Ganz plötzlich fangen wir an zu schreien, zu jubeln, als hätten wir ein Match gewonnen. Ein eigenartiges Gefühl. Wir zeigen Stinkefinger in Richtung Osten, drehen laut das Radio auf, hören uns das Nachrichtengequatsche an, tun so, als würden wir Deutsch verstehen.

Das mulmige Gefühl im Magen ist immer noch da, aber wir sind glücklich. Mamas Appetit auf eine Zigarette kommt wieder, ich freue mich darüber, zum ersten Mal in meinem Leben.

Mit einer Landkarte in der Hand versuche ich mich zu orientieren. Es überfordert mich. Nichts, was auf den Schildern steht, finde ich auf der verfluchten Karte. Mutter schimpft wieder, keift mich an, dass ich zu debil sei, eine simple Karte zu lesen. Sie hält am Straßenrand, mitten im Wald, um es selber in die Hand zu nehmen, tut so, als könne sie auf Anhieb das Dilemma lösen, doch dann faltet sie den Plan langsam zusammen und fährt kleinlaut einfach weiter, geradeaus. Ich sage kein Wort. Ich habe keine Lust auf Streit.

Die erste Ortschaft kommt! Wir sind gespannt, wie so eine deutsche Ortschaft aussieht. Trostlos ist sie. Genauso trostlos wie die tschechischen, aber doch anders. Wir suchen sehnsüchtig die Reklameschilder, wie wir sie aus den geschmuggelten West-Zeitschriften kennen. Vielleicht haben wir in den Zeitschriften Städte wie New York oder Tokio gesehen, da kann so ein Weidhaus, oder wie der Ort auch heißen mag, nicht mithalten. Wir verzeihen es ihm.

Eine fade Stunde fahren wir durch die Einöde. Es gelingt uns erst jetzt festzustellen, wo wir gerade sind und in welche Richtung wir fahren. Ingolstadt. Ab mit uns nach Ingolstadt! Genau richtig. In Ingolstadt wohnt Emilka.

RUNDE STANGEN ZUM FRÜHSTÜCK

Emilka ist eine Bekannte meiner Mutter. In monatlichen Intervallen kam sie nach Přerov, um uns Westkleidung anzubieten.

»Schnell. Fummel kommt!«, rief meine Mutter, wenn Emilka klingelte. Das hat uns viel bedeutet. Ihr Kombi war vollgepackt mit Tüten tollster Kleidung, die ausnahmsweise nicht ausschließlich aus Polyesterstoff gemacht war. Die tschechische Textilindustrie scheint nämlich eine Schwäche für Polyesterstoff zu haben, der am menschlichen Körper Furunkel, Pickel oder Ekzeme aller Arten hervorruft. Deshalb durfte man Emilka nicht verpassen. Das Geschäft wurde schnell, geräuschlos und vor Ort getätigt, das heißt draußen, in der Dunkelheit, vor ihrem parkenden Auto.

»Das nehme ich, das auch … oh, ist das toll, nehme ich, das brauche ich dringend, schon lange gesucht, oh, nehme ich …«, kam es aus unseren gierigen Mündern. Wie auf dem Jahrmarkt, einem leisen Jahrmarkt. Ohne Ausprobieren, ohne Nachdenken, wir haben gekauft, gekauft, gekauft. Das Geld war futsch, aber das war uns egal! Die Hälfte der Klamotten hat uns dann nicht gepasst, wir haben sie weiterverkauft. Kein Problem. Jeder hat sich die Finger danach geleckt.

Ich habe mich stolz in der Přerover Fußgängerzone präsentiert, alle haben sofort erkannt, dass es sich nicht um »Prior«-Ware aus dem einzigen, immer leeren Kaufhaus unserer Stadt handelte.

»Mutter, was wollen wir bei Emilka in Ingolstadt?«

»Fragen, was sonst?«, sagt sie unbeteiligt.

»Was fragen?«

»Ja, wie wir abhauen sollen oder so.«

»Hm …«, sage ich gedankenverloren. »Aber um fünf Uhr morgens?«

Sie schweigt.

Ich denke an meinen Freund. Ich werde ihn nie wiedersehen und vermisse ihn jetzt schon. Ach, mein liebster Freund. Fallen lassen habe ich ihn, wie eine heiße Kartoffel. Wie gerne ich mich an seiner Schulter ausweinen würde. Deutschland scheint mir überhaupt nicht mehr so interessant zu sein. Alles wirkt so kalt und fremd hier, so fremd. Mutter hält an.

»Ich bin müde, lass uns ein Schläfchen machen«, sagt sie trüb. Ich kann das Auto im wahrsten Sinne des Wortes nicht mehr riechen, möchte aussteigen, nicke aber. Ich will nicht, dass sie noch einen Unfall baut, und es stimmt, was sollen wir bei Emilka so früh. Draußen ist es noch stockdunkel. Mutter hat den dunkelsten Fleck in ganz Deutschland gefunden. Ich fürchte mich. Wir verriegeln alle Türen, und Mutter macht es sich bequem.

Ich sehe alle Heiligen vor Angst. Meine Augen brennen vor Müdigkeit, schließlich ist es die zweite durchwachte Nacht. Ich versuche, an schöne Sachen zu denken, stelle mir vor, wie uns Emilka fröhlich empfängt, uns beschenkt und aufnimmt. Wie sie uns Mut macht, Geld leiht und uns in der ersten Zeit bei sich wohnen lässt. Wie sie uns Deutsch beibringt und uns erklärt, wie das Leben hier funktioniert. Ich seufze. Schöne Illusionen baue ich mir zusammen. Wenn es nur so wäre. Ich bete zu Emilka.

Mutter schnarcht. Die Säge ist wieder da. Plötzlich bin auch ich weg.

Es raschelt. Mutter bewegt sich, das ganze Auto wackelt.

»Acht Uhr. Ich denke, wir können losfahren, Leni. Hast du ein bisschen schlafen können?«, fragt sie mich lieb.

»Ja. Ein bisschen.«

Tagsüber sieht die Welt irgendwie besser aus. Allein der Anblick der deutschen Autos beruhigt mich. Sie glänzen so schön und sind so geräumig. Die Menschen darin wirken gepflegt und ausgeruht. Wahrscheinlich haben sie nicht solche Sorgen wie wir. Ich würde gerne mit ihnen tauschen. Das Ingolstädter Ortsschild begrüßt uns. Eine Großstadt!

»Na, Grüß Gott!«, ruft Emilka auf Deutsch, als sie uns vor ihrer Wohnungstür erblickt. »Was macht *ihr* denn hier?«, wechselt sie endlich ins Tschechische. »Das ist ja eine Überraschung! Ich bin ganz geplättet?! Kommt, kommt nur herein.«

Sie weist mit dem Arm ins Innere der Wohnung. Eine schöne Begrüßung, denke ich. Fast wie in meinem Traum. »Kommt doch herein, habt keine Angst.«

Müden Schrittes folgen wir Emilka in die Küche. Die Einrichtung, mit einer hölzernen Eckbank, geschnitztem Holztisch und einer braunen Lampe mit gemustertem Stoffschirm, wirkt auf mich sehr ländlich. Diese Art von Einrichtung kenne ich nicht. Aber da ich noch nicht weiß, was mir gefällt, lasse ich es auf mich wirken. Wir erzählen Emilka unsere Odyssee, trauen uns aber nicht, die Flucht zu offenbaren. Es geht nicht. Irgendwie fühlen wir uns der Wahrheit nicht gewachsen, wir brauchen erst mal ein wenig Ruhe, Schlaf und ein schlichtes Frühstück. Wir verstehen uns. Mutter und ich.

»Meine Lieben, ihr habt aber Glück, dass ich gerade zu Hause bin. Normalerweise wäre ich in der Arbeit. So zu kommen, ohne anzurufen! Leichtsinnig. In eurem Alter habe ich auch so einen Unsinn gemacht.« Emilkas fröhliche laute Stimme ist mir genauso neu wie die rustikale Küche. Auf dem dunklen Parkplatz vor ihrem Kofferraum, beim Verkauf, hat sich Emilka immer äußerst vorsichtig verhalten, als wäre sie eine Kupplerin, Dealerin, Diebin. »So, ich gehe jetzt zum Bäcker und hole uns was Leckeres zum Frühstück.« Wahrscheinlich kann sie unsere Gedanken lesen, die Kluge. Wir sind froh, dass sie bereit ist, uns diesen Dienst zu erweisen, für uns da zu sein, uns einen Kaffee zu kochen.

Dass sie zum Bäcker gehen will, finde ich allerdings komisch, denn bei uns geht man *vor* dem Frühstück nie zum Bäcker. Wozu auch? Um was zu holen? Brot? Davon gibt es doch genügend vom vorigen Tag. Brot kauft man bei uns in der Mittagspause, zwischen zwei Arbeitsschichten, aber nicht morgens. Interessante Sitten, denke ich. Gibt es hier überhaupt *rohlíky*? Hoffentlich ja, denn ohne *rohlíky* wäre das Leben hier nur halb so schön.

»Emilko, da, nimm das Geld.«

Mutter reicht ihr einige Scheine. Emilka lächelt uns an.

»Ach, behalt das, es ist viel zu viel, Nadi. Das bisschen Gebäck spendiere ich euch.«

Sie geht. Ich male mir den atemraubend duftenden, salzigen, köstlichen *rohlík* aus, mit einer knusprigen hellen Kruste und weichem Inneren, zart wie Watte. Unvergesslich.

Emilka kommt mit zwei Papiertüten zurück, und wir können unsere Neugier kaum im Zaum halten. Sie ist, seit wir sie zuletzt gesehen haben, älter und dicker geworden.

»Was haben Sie denn da geholt, Emilka?«

»Eine Spezialität, die ihr noch nie gegessen habt, meine Lieben. Ihr werdet sie zu Hause vermissen, das garantiere ich euch.« Sie reißt die Tüten auseinander, und krumme *rohlíky* erscheinen in voller Pracht.

»*Rohlíky*, Emilko?«, lächeln wir zufrieden.

»Nein, nein, Croissants, Leni. Sie heißen Croissants und haben mit *rohlíky* nicht das Geringste gemeinsam.«

Und Emilka lacht, weil sie sieht, dass uns nicht nach ihren Krossangs oder wie die heißen zumute ist.

»Leni, die schmecken toll, ganz Frankreich isst sie.«

Ich beiße rein, bin enttäuscht. Die Franzosen können mich

kreuzweise. Die krumme Stange ist nicht das, was ich mir erhofft hatte. Der Teig schmeckt nach Apfelstrudel, das Süße stört mich. Mein Gaumen sehnt sich nach einem *rohlík* mit einer fetten Wurst. Mutter kaut brav und schweigt dabei. Sie ist müde, ich sehe es ihr an, sie isst, weil sie essen muss, hat aber keine Ahnung, was sie da tut. Sie ist in anderen Sphären, wie in Trance. Meine arme, überforderte Mutter.

Wir verbringen bei Emilka gerade einen Vormittag, und schon sitzen wir wieder in unserem Fiat. Emilka, ahnungslos, lässt uns gehen, wünscht uns eine gute Weiterreise, in dem Glauben, dass wir uns in einigen Monaten wieder in Přerov auf dem Parkplatz treffen.

Schade, dass wir nicht im Urlaub sind! Ich würde gerne aussteigen und durch die Stadt bummeln, gucken, was die Leute so tragen. Nein, das geht jetzt nicht, wir müssen uns eine Übernachtung organisieren. Es ist anstrengend. Mit den entfernten Verwandten in Aalen haben wir nichts Konkretes besprochen. So werden wir sie überfallen.

NÄCHSTE AUSFAHRT AALEN

»Mami, erinnerst du dich noch, wie Olin Trubka nackt gesehen hat?«

»Nö.«

»Doch, du erinnerst dich! Das war lustig. Trubka hat bei uns übernachtet, wir beide haben in meinem Bett im Kinderzimmer geschlafen, weißt du noch?«

»Ach ja. Olin und Ivana sind morgens zu uns gekommen. Wollten Trubka abholen.«

»Genau.«

»Olin stürzte in euer Zimmer. Und Trubka lag noch da …« Mutter wird auf einmal fröhlich.

»Genau.«

Olin ist ein Optimist mit einem schelmischen Zwinkern in den Augen. Am liebsten neckt er schwache, liebe Wesen wie meine Cousine Trubka. Sie lässt sich alles gefallen, lacht selber mit und macht sich nichts draus, wenn andere auf ihre Kosten Spaß haben.

So ist es an jenem Sonntag vor vier Jahren gewesen. Trubka hat, wie so oft, bei uns übernachtet. Am Abend davor hatte sich die gesamte Familie zu Unmengen von belegten Brötchen und Sekt versammelt und gefeiert. Es gab Toffifee und Fa-Seifen aus Deutschland, es war großartig. Trubka und ich haben, spärlich bekleidet, die obligatorische Tanzeinlage zu einem ABBA-Song gegeben. Olin hat dazu, um unseren Dilettantismus zu enthüllen, Witze und Bemerkungen gemacht. Er war wirklich gut. Trubka verlor öfter das Kostüm und stand mit bloßen Brüsten da – wenn man das bei einer Zwölfjährigen so nennen kann. Die Runde lag vor Lachen am Boden.

Am nächsten Morgen stürzte Olin, als wir noch schliefen, in unser Zimmer und schrie: »Schaut alle her! Schaut doch alle her! Kommt alle! Trubka ist über Nacht ein Bart gewachsen!«

Trubka fuhr hoch wie von der Tarantel gestochen. Und versuchte dann schnell ihren nackten Hintern wieder unter der Decke zu verstecken. Ich lag noch im Koma und kapierte nicht ganz, was los war.

»Jesusmaria, was ist denn passiert? Wem ist ein Bart gewachsen?«

Die gesamte Familie, samt Pudel Ben, stand um uns herum und lachte. Olin kannte keine Gnade. Trubkas zarte erste Behaarung musste für eine seiner Pointen herhalten.

»Außer einem schwarzen Bart war nichts zu sehen. Ich habe mich zu Tode erschrocken. War es ein Mann oder ein Tier? Was wird sein, wenn Trubka erwachsen ist, wie soll es weitergehen?«

Oh Gott, wie leid sie mir tat! Seitdem hatte sie die Bartgeschichte ständig auf dem Teller.

Olin ließ nichts aus. Gott sei Dank trug ich einen Pyjama, denn so gut wie meine Cousine hätte ich die Schmach nicht weggesteckt.

Was macht Trubka jetzt? Sie weiß noch nichts. Sie glaubt, wir sind im Urlaub. Wir sind in vierzehn Tagen zurück und dann gehen wir zusammen baden, glaubt sie. Ich möchte sie anrufen, ihr sagen, dass wir nie mehr zusammen baden gehen. Und dass ich es geliebt habe, mit ihr zusammen zu sein, und dass ich sie vermisse.

Sie würde ihre Schnauze nicht halten können, sie würde alles heraustrompeten, noch bevor wir hier richtig angekommen sind. Sie heißt nicht umsonst Trubka, die Trompete. Der liebe Gott schenkte ihr schneeweiße Haut mit Sommersprossen, riesige Brüste mit ganz hellen Brustwarzen und wunderschönes welliges, dichtes Haar. Alle haben sie um ihr Haar beneidet, aber sie verabscheut es und trägt es ganz kurz. Zu kurz. Ich liebe sie wie meine eigene Schwester, die Kindheit hat uns gehört.

Ich sehe mir die Orte an, durch die wir fahren. Ich mag sie überhaupt nicht. Vielleicht liegt es am Wetter, es regnet schon den ganzen Tag.

Auf einmal erinnere ich mich an Dinge, die ich längst für vergessen gehalten habe. An Doktorspiele mit Trubka. Unsere Finger steckten überall. Absurd. Beschämend. Wenn meine Mutter wüsste, was wir alles angestellt haben.

»Mutter, wir sind gleich da. Ich dachte, sie wohnen in Aalen.«

»In der Nähe von Aalen.«

»Ist ja kleiner als Přerov, Mutter.«

»Ja, ja, viel kleiner. Auch Aalen ist kleiner.«

Ich bin schockiert, in welcher Provinz die beiden leben.

»Warum wohnen sie auf dem Dorf?«

»Leni, frag sie doch selber, ich bin kein Opa Alleswisser. Außerdem will nicht jeder in New York leben wie du.«

Für mich ist es tatsächlich unverständlich. Das graue Haus mit den winzigen Fenstern, als verbärge sich hinter jedem eine Toilette, erinnert an ein Gefängnis, irgendwo in einem Ort, der nicht mal eines Namens würdig ist. Lieblos, ordentlich.

Olin und Ivana empfangen uns freundlich und herzlich. Wir haben noch nicht mal die Koffer richtig abgestellt, da sprechen sie schon von Emigration. Ich weiß nicht, ob sie irgendwas ahnen und sich ängstigen, dass sie sich um uns kümmern oder uns finanziell unterstützen müssen. Die Emigration ist eine Schnapsidee, erklären sie uns ungefragt, sie stürzt die Menschen ins Unglück, sie bleiben für immer zwiegespalten, leben am Rande des Existenzminimums oder werden obdachlos. Emigranten in Deutschland gehen zugrunde. So. Niemand mag sie. Sie haben kein Zuhause mehr, kein warmes Nestchen. Die Tschechoslowakei ist für immer weg! Unerreichbar. Die Sozialhilfe ist auch nicht mehr das, was sie mal war. Und so weiter. Und so fort. Nur Horrormeldungen.

Nach diesem Monolog sind wir beide so eingeschüchtert, dass wir gar nicht sicher sind, ob wir diesen Schritt überhaupt wagen wollen. Wir erwähnen kein Sterbenswort. Die Koffer werden kaum ausgepackt, nur das Nötigste, vielleicht setzen wir uns bald in unseren Fiat und hauen wieder ab.

Am Abend entspannt sich die Situation. Olin überredet mich, zum ersten Mal im Leben meine Beine zu rasieren. Das ist eine außergewöhnliche Premiere für mich, denn in der Tschechoslowakei wird, bis auf Männerbärte, nichts, aber auch gar nichts rasiert.

Wir sehen fern. Bei der Fernsehschnulze »Dornenvögel« heulen wir, obwohl wir nichts verstehen, so sehr, dass Ivana anfängt, sich ernsthaft Sorgen zu machen. Verblüffend, wie solch ein kitschiger Film bewegen kann, und das nur mit Bildern. Zum Abendessen gibt es eine kalte Wurstplatte mit dunklem Brot, herrlich.

Eine Woche vergeht. Die Hälfte der Zeit liegt hinter uns und wir stehen immer noch am Anfang: unentschieden.

Langsam, aber sicher breitet sich in unseren Köpfen eine nervöse, kalte Panik aus. Grübeln ist angesagt, nichts als Grübeln, während der langen Nächte in Aalen. Unsere Gesichter sind von Tag zu Tag ausgezehrter vom Schlafdefizit, den Sorgen und der Angst. Die Gastgeber ahnen nichts, wundern sich nur, warum wir den Aufenthalt im Westen nicht genießen.

»Lass mal locker«, ist Olins meistgesprochener Satz. Er glaubt, dass wir traurig sind, diese bunte und schöne Welt hinter uns lassen zu müssen und zurückzukehren in den grauen Alltagstrott im Osten. Stumpfes Arbeiten und Urlaub in Ungarn. Balaton oder Budapest. Mehr ist nicht drin.

»Leni, ich kann nicht mehr. Die werden uns nicht helfen. Die wollen uns loswerden«, sagt Mutter um zwei Uhr in der Nacht.

»Was können wir tun, Mami?«

»Ich drehe langsam durch.«

»Ich auch.«

Wir liegen still da, der Kühlschrank in der Küche summt sein Lied. Ich hätte Appetit auf einen der Joghurts darin, traue mich aber nicht, ihn zu essen. Schmarotzen dürfen wir nicht.

»Was ist mit Monika?«

»Die wohnt am Arsch der Welt«, sagt meine Mutter.

»Du sagst, dass ich nicht vulgär sprechen soll, und bei dir ist alles ein Scheiß, Arsch oder ein Ochse.«

»Ich scheiß drauf«, sagt sie und lacht.

Das liebe ich an meiner Mutter. Immer nach dem Motto: Ausnahmen bestätigen die Regel.

»Die wohnt an der französischen Grenze. Im Saarland.«

»Das könnte auch Honolulu sein, nie gehört«, antworte ich. »Hast du ihre Adresse?«

ES RIECHT NACH BLUT UND DESINFEKTIONSMITTEL

Im Gegensatz zu Olin und Ivana, die halb deutscher Herkunft sind und offiziell umgesiedelt sind, flüchtete Monika mit ihrer Familie illegal aus dem Land. Vor ein paar Jahren. Sie war unsere Nachbarin in der Plattenbausiedlung.

Monika ist für mich das Grauen. Eine leidenschaftliche Zahnärztin. Ich verabscheue Zahnärzte. Wegen meiner verhassten Zahnspange, die am Ende eh nichts half, hat mir Monika damals vier Zähne auf einmal aus dem Kiefer gezogen, wie Karotten aus der Erde. Mein Zahnfleisch zieht sich immer noch beim bloßen Gedanken an sie zusammen. Eins weiß ich: Selbst wenn ich in der Gosse liegen würde, nichts mehr zu essen hätte und am Erfrieren wäre – keine zehn Pferde brächten mich dazu, zu Monika zu gehen.

Zumindest hatte ich das bis vor einigen Wochen gedacht.

Jetzt ist Monika, meine Erzfeindin, unsere letzte Hoffnung. Ich bin froh, dass es sie gibt, ich hoffe nur, dass sie ihre Bluttaten nicht im eigenen Wohnzimmer praktiziert. Mach den Mund auf, sagt sie möglicherweise, noch bevor wir die Schwelle überschritten haben. Mir ist nicht gut.

»Ja, ich habe ihre Adresse.«

»Mami, arbeitet sie noch als Zahnärztin?«

»Ich denke schon.«

»Bei sich?«

»Wie, bei sich?«, fragt sie.

»Na ja, ich meine, in ihrer Wohnung?«

»Hä? Wieso in ihrer Wohnung? Sicher nicht, du Depperle.«

»Hm …«

»Warum fragst du?«

»Nur so.«

»Hast du Angst?«

»Nö …«

Sie sagt nichts mehr, wahrscheinlich ist sie eingeschlafen. Typisch, sie lässt mich in meiner Verwirrung allein. »Es handelt sich schließlich nicht um Zähne, sondern um unsere Zukunft«, flüstere ich mir zu.

Mutter kichert. »Lenička, keine Bange, sie wird nicht bohren.«

»Ich dachte, du schläfst schon.«

»Nö …«

»Gut, dann rufen wir sie morgen an, ja?«

»Ja.«

»Gute Nacht.«

»Gute Nacht, Leni.«

Ivana ist im Fotostudio, sie arbeitet, sie fotografiert Essen. Olin ist beim Einkaufen. Wir sind allein in der Wohnung. Mutter sitzt am Telefon.

Endlich kommt der erste relevante Satz aus dem Telefonat mit Monika: »Wollt ihr emigrieren? Wir können euch gut beraten. Darauf könnt ihr euch verlassen. Wir kennen uns aus.«

Vorher war es ein harmloses Telefonat, Smalltalk zwischen Freundinnen, banales Zeug: »Wie geht es euch? Gut, danke. Wir sind im Urlaub, schönes Wetter …«

Und dann das! Balsam für die Seele. Im Rachen meiner Feindin, der Zahnärztin, die nichts anderes tut, als mit einem brutalen Ruck das schreiende Zahnfleisch in eine klaffende Wunde zu verwandeln, fühle ich mich wohl.

Noch am selben Tag verabschieden wir uns von Olin, wir warten nicht mal ab, bis Ivana nach Hause kommt. Es eilt.

Wir sitzen auf ihrem Sofa. Monikas Mann serviert uns Kaffee mit Satz. Tschechisch. Stark wie zu Hause. Ich fühle mich geborgen bei Monika, obwohl ich immer noch nach Beweisen für ihre Bluttaten suche. Sie sieht so frisch und jung aus. Das macht wahrscheinlich die bessere Ernährung hier, wahrscheinlich schluckt sie irgendwelche Tabletten für die Schönheit, oder sie benutzt spezielle Hauttinkturen. Wir dagegen, mit fahler Haut, dunklen Augenrändern, roten Lidern und gläsernen Augen, wirken wie zwei Kriminelle, die seit Jahren kein Sonnenlicht gesehen haben.

»Das Einzige, was jetzt entschieden werden muss: ob ihr überhaupt bereit seid, diesen Schritt zu gehen. Denn ich habe so ein Gefühl, dass ihr euch noch gar nicht sicher seid.«

Wie recht sie hat. Wir schweigen, schauen uns müde und aufgekratzt an, nicken kaum merklich mit dem Kopf.

»Ihr könnt ohne Bedenken ein paar Tage hierbleiben. Wenn Tomášek sein Kinderzimmer aufräumen würde, könntet ihr durchaus dort übernachten.«

Dabei kneift sie ihre Augen zusammen und wirft einen finsteren Blick in Richtung Kinderzimmer.

»Überlegt es euch aber bald, denn falls ihr tatsächlich emigrieren wollt, solltet ihr euch die zukünftige Bleibe unbedingt vorher anschauen. Vielleicht schreckt ihr davor zurück, denn ein harter Weg ist es zweifellos. Hier fliegen einem keine gebratenen Tauben in den Mund«, sagt Jakub mit so ernster Mine, dass uns eisig wird.

»Was meinst du damit? Was für eine Bleibe?«, fragt Mutter gespannt.

Bisher haben wir uns über Bleibe & Co. keine Gedanken gemacht. Ein völlig neues Thema. Bleibe? Bleeiiibbbeee?!

»Mach ihnen keine Angst, Jakub!«, schreit Monika aus der Küche dazwischen. »Es haben Tausende durchgehalten, warum sollten sie es nicht durchhalten!«

Das Ehepaar spricht über uns in der dritten Person, als wären wir Kleinkinder oder einfach nicht da. Als würden wir nichts davon verstehen. Vielleicht haben sie recht, wir verstehen tatsächlich nichts. Wie naiv von uns. Mir schwirrt der Kopf, alles ist auf einmal so kompliziert, so ungewiss. Ich möchte mich nur hinlegen und im Arm meines Freundes ruhen.

»Unser Weg war ein anderer, Monika. Das kannst du nicht vergleichen. Wir mussten in kein Asylantenlager gehen. Wir haben von Anfang an Leute gekannt, die uns unter die Arme gegriffen haben. Im Asylantenlager zu leben, wer weiß wie lang ... Zwei junge Frauen aus dem Osten, nein, das ist kein Zuckerschlecken.«

»Hör auf, Jakub! Kommt, das Essen ist fertig. Das könnt ihr später besprechen. Tomáši! Essen!«, ruft Monika.

Tomášek spielt im Kinderzimmer und denkt gar nicht daran zu kommen.

»Was ist ein Asylantenlager?«, frage ich, während die Suppe mit Leberknödeln aufgetischt wird.

»Ein Emigrantengefän ...«

»Ein Hotel für Flüchtlinge«, unterbricht Monika schroff ihren Mann.

»Ist doch prima, ein Hotel, das klingt gut«, meint Mutter. Monika rollt mit den Augen und schaut Jakub an.

»Die meisten Flüchtlinge wissen nichts, Jakub.«

Schon wieder sprechen sie über uns in der dritten Person. Eine eigenartige Angewohnheit.

»Sie sollen es sich ansehen. Ich halt mich da raus.«

»Ja, halt dich da raus«, sagt Monika.

»Wenn die bleiben, gibt es kein Zurück mehr.«

Er wendet sich an uns. »Oder glaubt ihr, dass das Leben in

Přerov, nach einer glorreichen Rückkehr, so weitergehen würde wie bisher?«

»Ich verstehe nicht«, mische ich mich ein.

»Darum geht es nicht, Jakub!«, sagt Monika.

»Ich würde ins Gefängnis gehen müssen!«, sagt Mutter dazwischen. Ihre Suppe hat sie noch nicht angerührt.

»Ich meine, nach einer misslungenen Flucht, das meine ich mit glorreich, verstehst du, Leni?«

Jetzt wird es wild. Alle reden durcheinander, wiederholen sich und meinen zu verstehen, was der andere meint. Jeder redet von was anderem. Ein Chaos.

»Rechne mit fünf Jahren, Nado«, hört man Jakub durch das Kuddelmuddel hindurch.

»Was? Fünf Jahre?«, platzt es aus mir heraus. »Fünf Jahre Gefängnis? Für was?«

»Nado, iss doch die Suppe.«

Monika sorgt sich, denn meine Mutter wird auf dem Stuhl immer kleiner.

»Drei Jahre für Vaterlandsverrat und zwei für die Entführung des eigenen Kindes.«

Dazu sagen wir nichts.

Meine arme Mutter, denke ich. Erst mal will sie nicht flüchten, wird von mir wie ein Pferd getrieben, und im Falle einer Rückkehr würde sie für uns beide büßen. Das ist grauenhaft.

»Und ich? Was würde mit mir passieren, Jakub?«

»Du würdest vermutlich keine Ausbildung beenden können, keine gute Arbeit kriegen, ständig Schwierigkeiten haben. Wenn eine Emigration in deinen Papieren steht, wirst du es nie wieder los. Du wirst sie nie mehr ausradieren können. Bist eine Landesverräterin. Darfst gerade mal putzen oder bei der Post Briefe sortieren.«

Putzen. Briefe sortieren. Das stelle ich mir nicht als meine Lebensaufgabe vor.

Die Suppe schmeckt mir vorzüglich, Mutter schlürft nur herum, in ihrem Teller ist nichts verschwunden. Sie hat Sorgen, groß wie der Himalaja, und ich bin froh, dass das Bohren nach der unangenehmen Realität unserer Zukunft nachlässt. Sie ist müde, sagt sie nur. Sie soll sich hinlegen, sage ich. Einfach loslassen, sagen wir alle zu ihr. Wir passen auf sie auf. Sie tut es. Ihre Haare am Hinterkopf sind zerzaust, ich sehe sie selten in so einem verwahrlosten Zustand. Der Schlaf wird ihr guttun, versichere ich ihr. Endlich kann ich in Ruhe nach weiteren Informationen forschen, bezüglich unserer Bleibe.

So erfahre ich, dass ein Asylantenlager ein Haus für Ausländer aus verschiedenen Ländern ist. Wenn man den Schritt gewagt hat, hält man sich dort auf, ob man will oder nicht. Der Staat entscheidet. Bleiben oder Zurückkehren. Asyl oder Abschiebung. Das Wort Asyl höre ich zum ersten Mal.

Das Ehepaar kann auf viele meiner Fragen nicht antworten. Ob Duldung so was wie Abschiebung ist? Welche Konsequenzen sie nach sich zieht. Was für andere Möglichkeiten oder Alternativen es noch gibt. Die Quintessenz lautet: Wenn es schiefgeht, erwartet mich in Přerov ein miserabler Job und Mutter geht in den Knast. Bravo. Das ermutigt.

In der Nacht schlafen wir wieder schlecht. Mutter ist vom Nachmittagsschlaf auf einmal fit wie ein Turnschuh, und ich kämpfe mit meinen obligatorischen Schlafstörungen. Wir lamentieren, weinen, Mutter bekommt einen Schnupfen aus dem Nichts, schnäuzt und niest wie ein Weltmeister. Und das mitten im Sommer. Immer wieder wägen wir alle Plus- und Minuspunkte gegeneinander ab, immer wieder stellen wir uns die gleichen Fragen, die Diskussion zieht sich endlos in die Länge: Sollen wir oder sollen wir nicht? Mutter lockt mich mit schönen Erinnerungen an Přerov, an meinen Freund, an die Großeltern, Ben, meine Cousine Trubka, an meine beste Freundin Drobina, an meine Schauspielkarriere …

»Aber Mama, welche Schauspielkarriere? Bitte vergiss doch nicht, die ist futsch! Erinnere dich an meine letzte demütigende Prüfung in Prag. Erinnere dich an deine schlechte Laune, wenn du von der Arbeit nach Hause gekommen bist und nichts in der Einkaufstasche hattest, erinnere dich verdammt noch mal, dass wir uns monatelang den Arsch mit Zeitungen abgewischt haben, weil es kein Klopapier gab! Mensch, erinnere dich auch daran!«

Im Raum wird es still. Eine Leere. Leises Schluchzen. Monika und Jakub sind wahrscheinlich wach. So was kann man nicht überhören.

»Versprich mir bitte nur, dass du essen wirst«, versuche ich durch meine zugeschnürte Kehle zu sagen. Sie ist bockig und schweigt.

»Mama, wenn du mit Hungerstreik drohen möchtest, dann bitte, dann hast du gewonnen. Dann fahren wir zurück.«

Oh, wie ich es bereue. Es gefällt mir nicht, dies zu sagen. Ich gebe ihr damit das sichere Rezept in die Hand, wie sie mich zum Nachgeben zwingen kann. »Dann machst du mich zum unglücklichen Menschen«, füge ich hinzu.

Aber auch dies gefällt mir nicht. Keine Erpressung, nein, keine Erpressung. Bitte nicht so offensichtlich erpressen.

»Ich hab keinen Appetit. Ich habe einfach keinen Appetit. Ich bin zu nervös, und außerdem weiß ich nicht, was du hast, ich habe doch gegessen«, sagt sie wie ein kleines Mädchen.

Ich weiß in diesem Moment nicht mehr, wer von uns beiden die Mutter ist. Ich denke: wahrscheinlich ich.

»Was hast du gegessen! Das muss mir entgangen sein!«, schimpfe ich mit ihr.

»Ich habe heute Mittag doch gegessen.«

»Die drei Kartoffeln? Dass ich nicht lache!«

»Nein, nein, das waren nicht nur …«

Ich unterbreche sie mit ruhiger Stimme, nehme ihre Hand und drücke sie fest.

»Mama, entschuldige, ich will dich zu nichts zwingen, entschuldige, du kannst selbstverständlich tun und lassen, was du willst, und ich verstehe sehr gut, dass du Angst hast. Ich verstehe sehr gut, dass es für dich schlimmer ist als für mich. Ich weiß. Ich weiß, wie du dich fühlst. Aber wir dürfen uns doch nicht von unseren Ängsten leiten lassen.«

Tränen kullern an unseren Wangen herab.

»Wir sprechen doch kein Deutsch, Leni, gar keins.«

»In der ersten Zeit werden wir uns mit meinem Englisch durchschlagen, ich verstehe doch Englisch. Und nach ner Weile, du wirst sehen, nach einer Weile haben wir Deutsch gelernt! Ganz sicher. Wir lernen diese Sprache!«, versichere ich ihr und zerquetsche ihr die Hand.

»Du vielleicht. Ich bin ein Sprachen-Antitalent«, sagt sie kaum hörbar.

»Mami, du hast es nie in deinem Leben wirklich versucht.«

»Doch, ich habe einmal einen Deutschkurs gemacht und nichts gelernt.«

»Ja, vielleicht im Hausfrauenförderkurs!«

Wir schweigen erneut. Meine Augen brennen vor Müdigkeit und Weinen, die Herz-Magengegend fühlt sich wie ein leeres Gefäß an. Mama trocknet sich die Tränen, schnäuzt sich kräftig, geht auf die Toilette, und als sie zurückkommt sagt sie: »Wir versuchen es, Leni. Wir bleiben.«

Dann legt sie sich leise ins Bett und zieht die Bettdecke über sich, bis sie verschwunden ist.

»Allerdings müssen wir morgen abreisen«, tönt es dumpf unter der Decke hervor.

Einerseits freue ich mich über ihren Entschluss, andererseits merke ich, wie sich, kaum ist der Satz ausgesprochen, das leere Gefäß, meine Magengegend, mit Angst füllt und überquillt, als wäre es voller Sprengstoff.

Wir sitzen bei Monika und Jakub am Frühstückstisch. Heute reisen wir ab. An die Croissants gewöhne ich mich allmählich, es fällt mir tatsächlich nicht schwer, auf *rohlíky* zu verzichten. Für möglich gehalten hätte ich das nicht. Und es werden demnächst noch einige andere Neuheiten in mein Repertoire kommen: runde Weizenbrötchen, genannt »Semmeln«, und Kaffee mit Milch. Ein Schuss Milch im Kaffee ist mir am Anfang genauso verpönt gewesen wie krumme *rohlíky* in Süß.

DAS GRANDHOTEL OHNE CONCIERGE

Es gibt ein Asylantenlager in Südbayern, in dem sich vorwiegend Asylanten aus den Ostblockländern aufhalten. Dort habt ihr keine Pakistanis oder Afrikaner am Hals, nur Polen, Albaner und so weiter.«

Mama schreibt alles sorgfältig auf, was Jakub diktiert, und wir müssen lachen, weil keiner von uns weiß, wer schließlich besser ist. Polen oder Afrikaner? Die Polen klauen, Afrikaner sind zu fremd, Albaner zu aggressiv, Jugoslawen zu laut, Tschechen zu faul, Russen zu stolz. Alles läuft irgendwie aufs Selbe hinaus.

»Asylanten? So nennen sie sich? Das ist ja ulkig«, scherze ich.

»Ja, Asylanten. Der Ort heißt Königssee. Ziemlich weit von hier. Soll ganz hübsch sein.« *Kenize,* schreibt Mama auf ihren Zettel.

»Warte mal, das ist falsch. Ein *Kenize* gibt es nirgendwo auf der Welt, Nado, lass mich das aufschreiben.«

Er nimmt ihr lächelnd den Zettel aus der Hand und kritzelt.

»Na, das fängt ja gut an, alles, was ich tue, ist falsch.«

Und sie muss selber über sich schmunzeln.

Königssee liegt dort, wo wir hergekommen sind. Die österreichisch-tschechische Grenze ist nah, es fühlt sich an, als würden wir nach Hause fahren. Einfach nach Hause. Die dichten Nadelwälder, unberührte Natur, Berge, deren Spitzen selbst im Sommer mit Schnee bedeckt sind, ländliche Bebauung, idyllisch. Die deutsche Seite ist aufgeräumter.

In Königssee frage ich ein paar Passanten, es scheinen deutsche Touristen zu sein, nach einem Asylantenlager. Auf Englisch, versteht sich, beziehungsweise in einer Sprache, die der englischen ähnlich ist. Also in meinem Englisch. Sie verstehen sofort, was ich meine. Entweder ist das Asylantenlager so bekannt, oder mein Englisch ist exzellent. Sie machen sich nicht die Mühe, verbal zu antworten, sondern zeigen mit einem Arm und ausgestrecktem Zeigefinger in eine Richtung, murmeln etwas Unverständliches und gehen weiter. Nicht unbedingt galant.

»Wir haben Glück, dass sie Bescheid wissen«, flüstert Mutter mir ins Ohr, als wäre sie Sherlock Holmes, der gerade auf eine heiße Spur stößt.

Ich finde meine Mutter herrlich. »Ja, stimmt.«

Wir setzen uns wieder ins Auto und fahren los. Schon wenige Meter weiter erkennen wir unser Ziel.

»Schau. Schau da hinten! Sporthotel.«

»Nein, ein Sporthotel ist doch kein Asylantenlager, oder?«, antworte ich wie Dr. Watson und rücke dabei meine Sonnenbrille zurecht. Sie ist ausgeleiert.

Wir fahren ganz langsam an dieses merkwürdige Hotel heran, das sich verlassen am Ortsrand, fast schon im Wald, befindet. Wir sind genau richtig. Blitzschnell wird uns klar, dass sich in diesem vermeintlichen Sporthotel tatsächlich ein Asylantenlager versteckt. Die Menschen, die friedlich bis gelangweilt vor dem Eingang des Hotels in Grüppchen herumstehen oder auf zusammengewürfelten Stühlen sitzen, sind eindeutig keine Deutschen. Ich merke es nicht an der Hautfarbe, nein, »weiß« sind sie alle, es ist vielmehr ihre Art des Seins, die sichtbar anders ist. Wie sie spitzbübisch dreinschauen, ihre Kleidung, die Gesichtszüge, wie sie ihr Haar tragen, ihre Körperhaltung, die Art, wie sie zusammenstehen, ihre gesamte Ausstrahlung, es schreit einfach aus ihnen heraus, dass sie keine Deutschen sind. Und das Interessante daran ist, das wird mir in diesem Augenblick bewusst: Mama und ich sehen genauso aus wie sie. Wir passen da hin wie Arsch auf Eimer!

Mama fährt noch näher heran, macht den Motor aus und hält inne. »Wenn ich es so betrachte, dann ist es doch gar kein schlechtes Haus, oder? Aber die Leute sehen so asozial aus. Der da, wenn das kein Tscheche ist, fress ich nen Besen …«

»Mama, bitte, zeig doch nicht mit dem Finger auf ihn, das sind keine Ausstellungsstücke im Museum. Er wird sich noch angesprochen fühlen!«

Ich hasse diese Geste an meiner Mutter.

»Was!? Er hat das doch gar nicht gesehen!«, gibt sie scharf zurück.

»Doch! Er haut uns noch auf die Fresse.«

»Ich bitte dich!«

»Doch, er hat dich gesehen. Du bist unmöglich!«, kann ich mir nicht verkneifen.

»Noch ein Wort und du kriegst was hinter die Ohren, du Maul!«

Ihre gestern Abend noch verschüttete mütterliche Autorität bricht sich wieder Bahn. Wie ein Vulkan. Huh. Sie ist die Mutter, wie ich sie von zu Hause kenne. Eben meine Mutter. Wie schnell das geht. Das darf ich ihr natürlich niemals offenbaren, sonst würde sie mich noch zwingen, nach Hause zu fahren, nur der Macht wegen. So sitzen wir noch ein paar Minuten im Auto und schmollen. Und als wir beide der Meinung sind, dass die Schmollpause genug Wirkung erzielt hat, für beide, versteht sich, steigen wir aus. Wir schauen uns unsere zukünftige Bleibe an.

Es ist offensichtlich früher ein Sporthotel gewesen, mit einer Lobby, die nun nicht mehr Lobby, sondern »Meldetreff« heißt. Vier lange Gänge mit vielen Türen münden in sie. Es ist früher ein gutes Hotel gewesen, mit einer großzügigen Rezeption, einem Concierge, Restaurant und so weiter, keine Frage. Der Prunk ist seit Langem weg. Schmutzige, kahle Wände und zu unseren Füßen ein altes, gut abwaschbares Linoleum in Grau. Die Türen entlang des Gangs sind wohl im letzten Jahrhundert lackiert worden, sie sind abgekratzt und auch grau. Die Schlösser sind meist kaputt oder nicht vorhanden. Was mich besonders beunruhigt, sind die Spritzer oder Spuren an den Wänden. Sie sind schwer zu definieren. Ketchup, dunkle Soße oder braunrote Farbe kommen infrage, oder aber auch angetrocknetes Blut.

Mein verzerrtes Gesicht fällt auf, die vorbeigehenden Typen glotzen mich an und quatschen etwas. Einer pustet mir seinen Zigarettenrauch frech ins Gesicht, was ich ziemlich widerlich finde. Diese Luft hat seinen Gaumen und seine Lunge berührt, mit dieser Luft will ich nichts zu tun haben. Ich reagiere nicht auf sie, gehe weiter. Meine Mutter hinter mir her.

Gestank aus verbranntem Frittieröl, Schweiß, Kochgerüchen und Desinfektionsmittel steigt mir beißend in die Nase, er wird mit jedem Stockwerk, das wir emporsteigen, stärker, als gäbe es hier keine Fenster. Ein Wirrwarr an Geräuschen überdeckt das Ganze. Die verschiedensten Sprachen, die ich noch nie gehört habe, mischen sich mit mir bekannten Sprachen. Jugoslawisch, Russisch, Polnisch und Slowakisch kenne ich aus dem Urlaub.

Mein Vater hatte, bevor er uns verließ, unter anderem auch als Reiseleiter für eine jugoslawische Reisegesellschaft gearbeitet. Damals ein lukrativer Job. Wir hatten einen großartigen Vorteil: Die Familienmitglieder durften umsonst mitfliegen. Hurra. Man muss bedenken, dass so ein Urlaub in Jugoslawien viel Geld kostet.

Mein Vater war dann verschwunden, und unsere Jugoslawien-Urlaube wurden von meiner Mutter übernommen. In einer billigeren Gegend. Mit dem Fiat, nicht so weit weg, das kostet weniger Sprit. Der Fiat ist kein Auto, er verbraucht nichts, man könnte hineinpinkeln, auch dann würde er fahren. Trotzdem hat Mutter das ganze Jahr sparen müssen. Und die Übernachtungen sind auf Privatunterkünfte geschrumpft, wo wir uns von einem Dutzend

Dosen mit Bohnen, Suppentüten, eingelegten Gurken, Schaschlik im Glas und Salami ernährt haben. Wir haben auf jegliche Restaurantbesuche verzichtet, haben aber trotzdem die gleiche Sonne genossen, sind genauso braun geworden, und die Jungs haben mit meiner Mutter und mir genauso gerne geflirtet wie mit den wohlhabenden Touristinnen aus den Hotels.

Wir haben die Sprache verstanden.

Russisch hatte ich in der Schule seit der dritten Klasse. Russisch ist uns verhasst, keiner kann es wirklich. Wie soll ich eine Sprache mit Widerwillen lernen, sei sie der Muttersprache noch so ähnlich? Eine Sprache, die von Menschen gesprochen wird, die mich Tag für Tag meiner Freiheit berauben.

Slowakisch spricht jeder Tscheche automatisch. Diese zwei Sprachen sind sich am ähnlichsten und vermischen sich ständig. Im Fernsehen, bei den Politikern, im Radio, Theater, einfach überall vermischen sie sich. Es spielt keine Rolle. Der einzige Unterschied liegt darin, dass die Slowaken sich benachteiligt fühlen. Vielleicht haben sie recht.

Ich mag die Slowaken ganz gerne, sie sind erdverbundener als die Böhmen. Die eingebildeten Böhmen verarschen mich, weil ich hannakischen Dialekt spreche. Es klingt, wie soll ich sagen: bäuerlich. Oder naiv. Kindisch.

Na und? Dafür singen die Prager ihren Dialekt unerträglich. Ach, wozu soll ich mich hier aufregen? Hier im Asylantenlager. Ich werde froh sein, wenn ich mit jemandem quatschen kann, und zwar so, wie mir der Schnabel gewachsen ist.

Ich identifiziere eine neue Sorte von Geräuschen. Fernseher, Radios, Mixer, Waschmaschinen, Klospülungen und andere Wassergeräusche sowie Schleif-, Klopf-, und Bohrgeräusche. Bunt geht es hier zu. Nie tritt Ruhe ein. Aus manchen Ecken höre ich Streiten, Kinderschreie, das Weinen eines Säuglings, lautes Lachen oder den Versuch eines Liedes, das in den Ohren wehtut.

Mama und ich stehen sprachlos da. Eine hermetisch abgeschlossene, eigene Welt prallt uns entgegen.

Wir versuchen möglichst unauffällig durch die Gänge zu kommen, manchmal werden wir aber von jemandem angesprochen. Wir schütteln mit den Köpfen und gehen weiter. In jedem Zwischenstock des Treppenhauses befindet sich eine Küche. Nein, etwas einer Küche Ähnliches. Mehrere nebeneinanderstehende Kochplatten sind durchgehend im Einsatz. Menschen mit Lebensmitteln in der Hand warten, bis eine Kochplatte frei wird. So bildet sich in jedem Zwischenstock eine »Kochschlange«, die vor Absurdität nur so strotzt. Obwohl der Zeigefinger meiner Uhr auf vier zeigt, wirkt es hier, als wäre gerade Mittagszeit. Die Bewohner stecken sich mit den Kochgerüchen gegenseitig an, sodass alle nur ans Essen denken – alle wollen kochen. Das könnte es sein, ich weiß es nicht. Äußerst übertrieben. Eine junge Frau fällt uns auf, die gerade Pfannkuchen zubereitet. Sie spricht tschechisch mit ihrem etwa zweijährigen Kind, mit Ostrauer Dialekt.

»Entschuldigung für die Störung, meine Tochter und ich kommen ebenfalls aus der Tschechoslowakei … wir … wir würden auch gerne flüchten. Würden Sie uns dieses Asylantenlager empfehlen?«, tastet sich meine Mama vorsichtig an die mürrische Frau heran.

Ohne uns anzuschauen, rührt sie weiter in ihrem schlechten Pfannkuchenteig und sagt monoton: »Ich weiß nicht, ob gerade dieses Asylantenlager gut ist. Ich habe kein anderes kennengelernt.«

Wir schweigen, schauen uns an. Meine Mama beugt sich zu dem Kind und fragt es: »Und du, Kleiner? Wie heißt du denn?

»Joe«, antwortet seine Mutter.

Einen extravaganten Namen hat sich die Lady für ihr Kind ausgesucht. Meine Mutter schaut verwirrt. Sie formt ihren Mund so komisch, und ich ahne, dass sie den Namen des Kindes wiederholen möchte. Nein, schon vergessen, wie man den Namen ausspricht. Gott sei Dank, es würde ihr eh nicht gelingen.

»Wie alt ist denn Ihr Sohn?«, wirft sie freundlich der Mutter zu, um die Situation ein wenig aufzulockern und ins Gespräch zu kommen.

»Zwei. Und es ist ein Mädchen.«

»Oh.«

Es hat keinen Sinn. Die Frau ist zu nichts zu bewegen, kein Wort zu viel, kein Interesse, kein Anstand, keine Freundlichkeit, nein, diese Frau muss ziemlich frustriert sein. Und dann noch dieses Fettnäpfchen mit dem Mädchen. Wir drehen uns in Zeitlupe um und wollen gerade weitergehen, da wendet sich meine Mutter noch einmal an die Frau.

»Und wie lange sind Sie schon hier?«

»Zweieinhalb Jahre.«

»So lange? Sie sind seit zweieinhalb Jahren hier? Wieso?!«, fragt meine Mutter geschockt.

»Wir warten, also mein Mann und ich, auf Amerika. Wir warten auf das amerikanische Asyl. Es kann noch ein Jährchen dauern.« Zum ersten Mal würdigt uns die Frau eines Blickes, der mir zynisch erscheint.

»Ist es üblich, dass es so lange dauert?«, hake ich sofort nach.

»Na ja, wenn man Amerika beantragt, dann schon. Beantragen Sie Deutschland, kommen Sie normalerweise schneller nach draußen.« Sie nennt es »nach draußen«. Es klingt nach Eingesperrtsein, nach Gefängnis, nach Unfreiheit. Eigentlich klingt es genau nach dem, wovor ich gerade flüchte.

»Dann kennt der Kleine, Entschuldigung die Kleine, nichts anderes als das hier?«, frage ich.

Ich Idiot lasse mich von meiner Mutter noch anstecken. Ich sehe sie an, meine Mutter schmunzelt. Nein, sie ist kurz davor loszuprusten.

»Joe wurde hier geboren. Ich habe auch hier meinen Mann kennengelernt und geheiratet.«

Ich bin sprachlos. Eine ganz und gar eigene Welt.

Wir bleiben nicht länger, es gibt nichts weiter zu sehen, zu erkunden, nichts, was uns interessiert, was wir noch wissen müssen, um uns einen besseren Eindruck zu verschaffen. Wir sind so oder so schockiert. Leider wirft uns diese neue Erfahrung zurück ins Ungewisse. Diese unangenehme, ewige Unsicherheit. Die Angst, einen Fehler zu machen. Immer noch haben wir Zeit, ganz einfach nach Hause zu fahren. Niemand würde was bemerken. Die Familie, unsere Freunde, Bekannten oder Kollegen würden alles ahnungslos hinnehmen, die mitgebrachten Dinge bewundern, alles glauben, was wir ihnen erzählen. Und die, die von unserem Plan wissen, würden es sicher schnell akzeptieren, sich freuen, dass wir wieder da sind, und die Welt wäre so heil wie immer …

Aber ist sie wirklich so heil? Wo liegt das Glück? Liegt es an dem Ort, an dem man lebt? Liegt es im eigenen Charakter? Liegt es im Geld? Oder liegt es überall? Millionen Gedanken fliegen kreuz und quer in meinem Kopf herum. Ich weiß langsam gar nichts mehr, will nicht bleiben, will nicht zurückfahren, will nicht woanders hinfahren. Ich will nur, dass alles wieder gut wird. Ich will wieder lachen.

MÄNNER IN GRÜN

Es dämmert. Wir parken vor der Berchtesgadener Polizeistation. Diese blöden, immer wiederkehrenden Tränen, literweise fließen sie. Woher? Woher kommt diese alles beherrschende Sentimentalität?

Wir sitzen bestimmt eine Stunde im Auto, regungslos, als würde die kleinste Bewegung eine Entscheidung beschleunigen, die wir in diesem Moment keineswegs treffen können. Vielleicht wollen wir hier so lange sitzen bleiben, bis wir es nicht mehr aushalten. Vielleicht warten wir auf einen entscheidenden Impuls …

»Lass uns aus dem Auto aussteigen und an der frischen Luft weiterüberlegen«, sage ich unschlüssig.

Es wird dunkel, und wir haben für diese Nacht noch keinen Unterschlupf. Ich habe keine Lust, im Auto zu schlafen.

»Ich bin so verzweifelt, Leni.«

»Ich auch, Mama, du kannst dir das nicht vorstellen.«

Mit diesen Worten steige ich aus dem Auto und schleiche zum Eingang der Polizeistation. Plötzlich wird die Tür geöffnet, und mir gefriert das Blut in den Adern. Zwei Polizeibeamte kommen heraus. Ohne mich zu bemerken, steigen sie in ein parkendes Auto und verschwinden. Mutter, bleich im Gesicht: »Gott sei Dank haben sie uns nicht gesehen, ich habe keine Ahnung, was wir hätten sagen sollen.«

»Tja, das ist eine gute Frage. Was sagen wir eigentlich?«, frage ich sie.

»Na, dass wir hierbleiben wollen.«

»Und das soll reichen?«

»Weiß ich's, du Witzbold?«

»Und wie soll ich es sagen? Auf Englisch?«

»Na, Tschechisch ganz sicher nicht«, erwidert sie mit den Nerven am Ende.

»Ich, ich hab keinen blassen Schimmer, wie man so was auf Englisch sagt! Ehrlich!«

»Wir haben uns entschieden, unser Land zu verlassen, sagst du.« Mama schmeißt mit den Sätzen nur so um sich, als würde mir das englische Wort für »verlassen« überhaupt kein Problem bereiten. In keiner unserer raren Englischstunden ist, soweit ich mich erinnern kann, verdammt noch mal das Wort »verlassen« vorgekommen!

»Ich hab keine Ahnung, was ›verlassen‹ auf Englisch heißt! Verstehst du? Mein Englisch ist miserabel.«

»Du hast aber gestern noch angegeben, dass die Sprache überhaupt kein Problem für uns wäre. Bla, bla, bla! Von wegen in der ersten Zeit quatsche ich Englisch … Das hast du gestern noch gesagt!«

»Ich weiß schon, wie es heißt!«, unterbreche ich sie sauer. »Lass uns lieber endlich reingehen, wenn du jetzt schon so munter geworden bist.«

Sie steigt aus dem Auto, geht energisch auf die Tür zu, tut so, als ob sie tatsächlich reingehen würde. Ich weiß von vornherein, dass sie ihr Vorhaben abbrechen wird. Und tatsächlich, sie hält plötzlich inne: »Äh … hnu … egr … hab meine Handtasche vergessen.«

Sie bewegt sich in Zeitlupe, ziellos. Alles blasiges Gerede. Sie steht auf der Stelle und trippelt auf ihren dünnen Beinen vor sich hin. Wahrscheinlich muss sie aufs Klo und merkt es vor Aufregung nicht.

Ich wage mich bis an die Tür der Polizeistation und fordere

Mutter auf, mir zu folgen. Doch dann verlässt mich aus dem Nichts der Mut, und ich laufe die drei Stufen vor dem Eingang schnell wieder hinab. Mutter will sich nicht anmerken lassen, dass sie, genau wie ich, die Hose gestrichen voll hat. Erneut schreitet sie die drei Stufen empor, wie Ihre Majestät höchstpersönlich.

»Komm, das ist doch albern, lass uns klopfen«, sagt sie, mit verrotzter Nase.

»Nein! Warte! Nein!«, schreie ich auf und fuchtele wild mit den Armen.

»Warum? Komm, wir klopfen«, sagt sie wieder, geht aber die drei Stufen wieder zurück. So geht es eine ganze Weile. Zwei Artistinnen tänzeln auf den Stufen der Berchtesgadener Polizeistation. Auf und ab, auf und ab. Wir lachen wieder. Auf und ab, ja oder nein …

Plötzlich wird die Tür aufgerissen. Zwei junge Polizeibeamte stehen vor uns und sagen etwas. Sie zeigen lächelnd mit der Hand auf eine Kamera, die über der Tür installiert ist. Vielleicht haben sie sich über unsere Inszenierung amüsiert. Das könnte sein, denn sie sind bester Laune. Wahrscheinlich fragen sie uns, ob wir hineinwollen, keine Ahnung. Wir gehen einfach rein. Wir stehen auf einmal in einem deutschen Polizeirevier, mittendrin in dem mit Neonlicht ausgeleuchteten Raum, und wissen nicht weiter. Die Polizisten, fünf Beamte, alle ziemlich jung, erwarten etwas von uns, was ich auf Englisch selbstverständlich nicht sagen kann. Sie scheinen beinahe Bescheid zu wissen, über was wir mit ihnen sprechen wollen, lassen uns aber stehen und in unserer Peinlichkeit baden.

Wie soll ich es sagen? Natürlich habe ich gelogen, als ich Mutter versichert habe, ich wisse, was »verlassen« auf Englisch heißt! Keine Ahnung, Mann!

»Wi wont politikl Asil«, ertönt es aus meinem Mund.

Ja, sie wissen Bescheid, wir sind, weiß Gott, nicht die Ersten. Sie sprechen miteinander, dann mit uns, dann wieder miteinander.

Deutsch, Englisch, Französisch sprechen sie, ich verstehe nur Bahnhof.

»We don't want go home.«

Nach einer Weile, nach unserer auf hohem Niveau geführten Diskussion, nehmen sie ohne Erklärung unsere Handtaschen und kippen den gesamten Inhalt auf den Tisch. Wie peinlich. Zwischen unseren Pässen befinden sich auch andere, weniger würdige Gegenstände, zum Beispiel Servietten, Klopapier, Lippenstift, angebissene Schokolade, Brotreste, eine angegammelte Birne, Schlüssel, die diese Birne malträtiert haben, eine Damenbinde (unbenutzt!), tausend Zettel und Notizen, lose Münzen, einfach alles. Damit haben wir nicht gerechnet, und ehrlich gesagt gehen uns seit unserer Abreise andere Gedanken durch den Kopf als die Ordnung in unseren Handtaschen. Die Jungs benehmen sich aber anständig und fischen tapfer die für sie wichtigen Unterlagen heraus. Pässe, Ausweise und Visa.

Die einfachsten Informationen wie Name, Adresse, Land, Alter kann ich ihnen gerade noch mitteilen, alles Weitere bleibt verborgen. Sie bemühen sich immer wieder, mit mir ins Gespräch zu kommen, etwas herauszufinden.

Entweder habe ich während der Englischstunden auf dem Gymnasium geschlafen, war gerade Kreide holen, oder die Englischlehrerin war völlig daneben. Ich kann jedenfalls kein Englisch. Leider.

So geht es lange in diesem nüchternen, kahlen Raum. Sie machen von uns sofort Fingerabdrücke, und ich fühle mich wieder wie in einem Krimi. Nur diesmal in einer anderen Rolle: Die Sherlock Holmese sind diesmal sie, nicht wir.

Ans Zurückkehren denke ich nicht mehr. Das war's. Jetzt gibt es nur noch ein »nach vorne«, die Zukunft. Die Tür nach Přerov ist hiermit endgültig verschlossen. Es ist erleichternd, befreiend. Meine Gedanken kreisen um die unmittelbaren Geschehnisse. Was wird jetzt passieren? Wo werden wir schlafen? Wovon werden wir morgen leben? Übermorgen? In einer Woche? Müssen wir gleich nach Königssee, oder übernachten wir im Gefängnis? Was wird mit uns im Winter geschehen? Wir haben nur T-Shirts im Gepäck. Die Mäntel sind in Přerov geblieben.

Die Beamten drücken meiner Mutter irgendwelche Unterlagen in die Hand, wir dürfen unsere alten Brote und den Rest des Tascheninhalts einsammeln. Mit dem Finger deuten sie auf das Formular und geben uns zu verstehen, dass wir morgen an der angegebenen Adresse erscheinen sollen – nehme ich an. Wo es ist, was wir dort sollen, wie lange wir dort bleiben, wissen wir nicht. Die Beamten zeigen etwas mit den Armen. Ich verstehe schon wieder nicht. Dann geht einer zur Tür, öffnet sie und winkt wieder mit den Armen. Mir geht ein Licht auf. Folgen. Richtig. Wir rühren uns von der Stelle.

ZWISCHENSTATION AN DER TANKSTELLE

Der Streifenwagen fährt durch die Dunkelheit, wir hinterher. Abenteuerlich. Es dauert nicht lange. Am Ortsschild der Gemeinde Bayerisch Gmain gebieten sie uns anzuhalten. Der Motor unseres Fiats erstirbt, unser Atem auch. Zu spannend. An einer stark befahrenen Hauptstraße, gegenüber einer Esso-Tankstelle, steht ein Haus. Pension Alpgarten. Viel mehr kann ich nicht erkennen, es ist schon stockdunkel. Mit unseren Jungs in Grün fühle ich mich sicher, leider nur kurz. Sie steigen nicht aus, sie fahren weg. Wie bedauerlich. Wir stehen hier, an diesem dunklen, unbekannten Ort, abgestellt wie eine olle Vase.

»So, das wär's. Jetzt ist es so weit, Leni. Jetzt hast du erreicht, was du erreichen wolltest. Jetzt gibt es kein Zurück mehr. Die Pässe sind weg.«

»Ich weiß, Mutter. Du tust so, als wäre ich ständig an allem schuld. Bereust du es jetzt schon?«

»Ich weiß noch nicht. Du?«

»Ich denke nicht dran«, antworte ich teilnahmslos. Ich weiß, dass meine Mutter eine Art Dankbarkeit von mir erwartet. Ich bin ihr aber nicht dankbar. Sie sollte *mir* dankbar sein, denn ohne mich würde sie nächste Woche um sechs Uhr in der »Oficína« Lockenwickler heiß machen.

»Ich hab jetzt schon Heimweh«, sagt sie.

»Ich nicht, ich bin froh, dass wir uns so entschieden haben.«

Ich gebe nichts zu, verspüre aber unfassbares Heimweh. Mein

Herz blutet, ich friere und könnte jede Sekunde losheulen. Es fühlt sich beklemmend an, einfach nur beklemmend. Und ich bereue es natürlich. Jetzt, wo es zu spät ist, bereue ich es. Ich kann gar nicht an meine Heimat denken, ich würde schreien vor Verzweiflung. Nur die Gegenwart und die Zukunft darf ich vor Augen haben. Das Einzige, was mir übrig bleibt. Ich werde mich hoffentlich eines Tages erinnern und sagen, Gott sei Dank bin ich damals gegangen. Ich weiß, dass es richtig ist.

ASOZIALE BADELATSCHEN

Wen haben wir denn da? Frischfleisch.«

Das soll witzig sein. Der dauergewellte Tscheche hat die Sensibilität eines Metzgers. Er sitzt breitbeinig mit seinen Badeschlappen und seiner weiß-blauen Jogginghose im Foyer der Pension. Der Schnauzer und die Blondierung seiner Haare beweisen einen wirklich miesen Geschmack, und ich bin sauer. Ich finde es ekelhaft, so von ihm begrüßt zu werden.

»Guten Abend«, sagt meine Mutter schüchtern.

»Guten Abend, meine Damen, willkommen in unserer Pension Alptraumgarten«, schäkert der Blonde weiter, als wäre er der Chef des Ladens.

Wir sind mit allem überfordert, können weder einen flotten Spruch zurückwerfen noch uns anders verteidigen. Eigentlich nicht meine Art. In Přerov war meine Zunge immer gut geölt.

Der Blonde spricht zwar Tschechisch, aber nur in rätselhaften Papierkorbsätzen. Es ist unangenehm, dass die Polizeibeamten weg sind, wir zwei Memmen stehen da, uns gegenüber eine Überzahl fremder asozialer Flüchtlinge, kein verantwortlicher Mensch weit und breit, der uns empfängt, uns informiert, sich für uns einsetzt. Zum Kotzen!

»Woher kommt ihr?«, fragt ein anderer auf Slowakisch. Er sieht aus wie der Sänger von U2.

»Přerov.«

»Ah, Hannaken! Leute, das sind Hannaken! Ich liebe diesen Dialekt. Kenne hier eine Menge Hannaken.«

Der Blonde ist prollig und plump. Jetzt wagt er es, ein frauenfeindliches hannakisches Gedicht zu krähen. Er stellt sich sogar hin und gestikuliert unflätig. Typisch.

»In einem kleinen Haus
auf einem Hügel
lebte ein Männlein
mit einem feschen Frauenzimmer.
Und das Frauenzimmer
hat das Männlein
nicht geliebt,
es hat das Männlein nicht geliebt.

So wurde das Männlein wütend,
dass es so dumm war,
ging in die Kneipe
und versoff seinen Lohn.
Dann grollte es wie hundert Donner
und schlug das Frauenzimmer zusammen.
Und auf einmal liebte das Frauenzimmer das Männlein,
Johannes hier, Johannes da,
ich hab dich ja so gern.«

Ich verdrehe die Augen.

»Fertig? Sehr witzig. Kenne ich aber schon.«

Es gibt keinen Depp, der sich zu schade ist, dieses dumme Lied zu singen.

»Was passiert mit uns? Können wir hier wohnen?«, unterbricht mich Mama missmutig.

»Wenn was frei ist. Die Chefin kommt gleich. Piano, meine Damen«, sagt eine Frau in türkisfarbener Jogginghose. Die Farben der Jogginganzüge variieren hier. Türkis, lila, pink. Es scheint eine

Art Uniform zu sein. Mir ist klar, dass ich solch ein Kleidungsstück nie im Leben anziehen werde. Es stößt mich ab. Ich finde, es sieht scheußlich aus. Kriminell.

»Sie kommt sicher«, meint der Slowake.

»Wo sollen wir hin, wenn alles voll ist?«, fragt Mama fast hysterisch.

Einige schütteln den Kopf. Niemand ist daran interessiert, uns eine klare Antwort zu geben. Kein Schwein, bis auf mich, kümmern Mutters Sorgen. Sie lässt sich langsam auf die Armlehne des versifften Sessels sinken. Alles, was geschehen ist, meine Mutter, ich, die anderen, die Situation an sich, kommt mir grotesk vor. Noch vor ein paar Tagen waren wir wer. Nun sind wir ein Scheißdreck. Was tun wir denn hier? Immer wieder dieselben Fragen. Wir warten irgendwo in der Welt auf irgendjemanden, den wir noch nie gesehen haben, wissen nicht, ob wir diese Nacht ein Dach überm Kopf haben, wissen nicht, wovon wir leben, wenn uns das ersparte Geld ausgeht, wissen nicht, wie lange wir hierbleiben müssen und ob wir jemals ein normales Leben leben werden. Absurd.

Die Chefin kommt. Eine Deutsche. Als sie uns das Zimmer unterm Dach zeigt, freuen wir uns wie Kinder. So fühlt sich Glück an.

Das Zimmer ist voller Kakerlaken. Meint Mutter. Sie hat sie schon mal gesehen, ich hatte noch nie die Ehre. Licht an, ein Geraschel, Licht aus, wieder ein Geraschel. In der Nacht spüre ich, wie sie über mich und am Bettrand spazieren gehen, mich leicht mit den Fühlern berühren, manche sind richtig schwer, ich spüre ihr Gewicht. Manche sind wiederum ganz leicht. Babys. Es stört mich nicht.

Mutter hält mir noch in der Nacht ein ausführliches Kakerlakenreferat. Von ihrem schlechten Ruf erzählt sie mir. Daraufhin ist es vorbei mit der Freundschaft zwischen mir und den Kakerlaken. Es wird mir in den Kopf implantiert, sie zu hassen. Meine eigene Mutter vermiest unsere Beziehung! Ich mache mit. Davor habe ich sie behandelt wie alle anderen schwarzen Käfer, sie gehörten zur Natur, und alles, was aus der Natur kommt, ist irgendwie rein und positiv. Jetzt werde ich beim bloßen Anblick in panische Angst, Hysterie und Ekel versetzt. Es tut mir leid für sie. Ich, der tierliebende Mensch, verurteilt, jagt und tötet sie, wie die ganze Welt es tut, obwohl sie mir persönlich nichts getan haben. In den Morgenstunden löse ich die Ungerechtigkeit mit einem Kompromiss: Ich töte sie nicht, ich gehe ihnen aus dem Weg. Das Licht bleibt die ganze Nacht an. Mutter will es nicht glauben, dass ich wegen der Kakerlaken so ein Theater veranstalte, statt sie plattzumachen. Sie lacht über mein Kakerlakenmitgefühl. Ich sei der einzige Mensch auf der Erde, dem es leidtue, so ein Mistvieh zu töten, sagt sie.

Der prollige Blonde, der sich am Anfang so grob auswies, ist in Wirklichkeit ein netter Bursche, er begleitet uns sogar überallhin, hilft, wo es geht, fühlt sich wie unser Schutzengel, und letztendlich verfängt er sich in den unschuldigen Netzen des weiblichen Reizes, die meine Mutter webt. Das hätte ich gar nicht erwartet.

HOFFNUNGSLOSE ANALPHABETIN UND DIE BRIEFE

Der Ort, an dem wir uns am nächsten Tag melden, nennt sich »Landratsamt«. Bitte was? Was ist das für ein Wort? Dieses Wort kann ein Flüchtling niemals aussprechen. Kann das nicht irgendwie umbenannt werden? Bis ich »Landratsamt« ausmodelliere, vergeht viel Zeit. Mama macht gar keine Anstalten, sie versucht es nicht einmal, es wäre völlig sinnlos.

Der dickbäuchige Beamte zeigt auf die blauen Pässe. Uns dämmert, dass es sich um unsere vorläufigen Ausweise handelt. Wir verrichten die Aufgabe, die er von uns verlangt, beziehungsweise ich die meine, denn Mama ist wieder mit ihren Nerven am Ende. Sie würde aus dem Fenster des Landratsamts springen, wenn es der Beamte von ihr verlangte. Ihre zittrigen Finger mit dem abgewetzten rosa Nagellack versuchen ein Autogramm hinzubekommen. Fehlanzeige! Zu viel verlangt! Die Aufregung, die sie offensichtlich bei jeder Art von Befragung seitens öffentlicher Autoritäten oder bei Grenzüberschreitungen, allgemeinen amtlichen Meldungen und Erklärungen oder überhaupt offiziellen Anlässen erleidet, wächst ins Unermessliche. Der Beamte denkt sicherlich, sie sei eine Analphabetin, beim Anblick der drei Striche, die sie dahinkratzt und die ihren Namen darstellen sollen. Wenn man bedenkt, dass dieses blaue Dokument mit ihren Hieroglyphen ein vorläufiger Ausweis sein soll, mit dem sie sich noch lange Zeit herumschlagen wird, kann man sich vorstellen, wie ernst die Lage ist.

Ich bepisse mich vor Lachen, natürlich so, dass sie es nicht merkt, und gleichzeitig möchte ich sie umarmen, weil sie mir so leidtut. Wie ein Häufchen Elend, das nicht sprechen, schreiben und lesen kann, beugt sie sich über den blauen Wisch. Dabei kann meine Mutter äußerst gesprächig sein. Sie kann aufdrehen und erst Stunden später wieder aufhören. Und wie sie streiten kann! Königlich! Sie muss immer das letzte Wort haben. In der Heimat hat sie die Chronik der »Oficína« geführt. Sie hat sie beschriftet und bemalt. Für ihre schöne Schrift war sie bekannt, und die Zeichnungen hätten von einem Künstler sein können. Und im Landratsamt kann sie nicht mal unterschreiben.

Seit unserer Abreise schreibe ich unzählige Briefe an Pavel, Drobina und Trubka. Ich bekomme aber keine Antwort. Das wundert mich. Am Anfang, als wir noch nicht entschieden hatten, ob wir bleiben oder nicht, waren meine Briefe nur nette Urlaubsgrüße mit Beschreibungen der Erlebnisse. Doch jetzt, da wir zu echten Asylanten geworden sind, rücke ich mit der Wahrheit heraus. Ich schreibe unverhohlen, was mir auf der Zunge liegt, prangere alles an, was verlogen, manipulativ oder ungerecht auf unserem Gymnasium war. Alles wird genauestens seziert: unsere Lehrer, deren feige Anpassungsfähigkeit, das System, meine Abneigung ihnen gegenüber, bis hin zur Hakennase des Direktors und seinen Verhörmethoden. Keine Antwort. Weder Drobina noch mein Freund noch meine Cousine Trubka melden sich bei mir. Dabei schreibt Trubka sehr gerne, das weiß ich.

»Mami, könnte ich zu Hause anrufen?«

»Bist du verrückt? Weißt du, was das kostet?«, fragt sie.

»Ich hab doch noch gespartes Geld, Mutter. Ich weiß nicht, was los ist. Keiner meldet sich bei mir.«

»Nein, das ist zu teuer! Und wenn wir überhaupt jemanden

anrufen, dann Opa und Oma. Oder Jarek! Aber nicht deine Kumpane. Das hat die Welt noch nicht gesehen. Telefonieren! International! Bist du auf den Kopf gefallen!«

Typisch.

Ich akzeptiere es nicht. Es ist nun mal mein Geld, und mit meinem Geld kann ich tun und lassen, was ich will. Und wenn schon, meine Mutter muss schließlich nicht alles wissen! Ich schleiche mich zum Büro der Pension, ich weiß, dass viele Flüchtlinge vom Büro der Chefin aus nach Hause telefonieren. Es soll billiger sein als von der Telefonzelle. Sie hat nämlich irgendeinen Apparat, der anzeigt, was es kostet. Meinen Freund anzurufen traue ich mich nicht. Das schaffe ich einfach nicht, und außerdem müsste ich ihm recht geben, dass es hier, wie er vermutet hat, nicht so rosig ist.

»Trubi, Trubi! Ich bin's, Lenka. Ja, ich bin's, Lenka.«

Trubka ist völlig von den Socken.

»Nein! Lenka, das kann nicht wahr sein! Wo steckst du!? Kommst du nicht mehr zurück?«, schreit sie panisch in den Telefonhörer, als müsste sie die Entfernung durch ihre Lautstärke überbrücken.

»Nein, Trubi. Wir bleiben.«

»Ich hab's mir gedacht. Das ist ja schrecklich.«

»Ja. Trubi, ich kann nicht lange telefonieren, das ist sehr teuer. Warum antwortest du nicht auf meine Briefe?«

»Ich bekomme keine. Sie werden von der Polizei beschlagnahmt.«

»Ach du lieber Himmel!«

»Deiner Klassenlehrerin wurde nur ein Brief von der Polizei weitergeleitet.«

»Wieso meiner Klassenlehrerin? Suchánková?! Ich habe ihr nie geschrieben!«

»Ich weiß auch nicht«, brüllt Trubka.

»Wieso? Was stand drin?«

»Er war ziemlich böse und vulgär.«

»Ja, richtig so, endlich erfährt sie die Wahrheit von mir.«

»Den Direktor und Suchánková ziehst du durch den Kakao.«

»Ja, das war der letzte schlimme Brief. Aber ich hatte ihn an Drobina adressiert. Die Schweine.«

»Suchánková ist mit ihm zum Direktor gegangen.«

»Bestens!«

»Und Drobina hat ihn in der Aula vor allen Schülern und Lehrern vorlesen müssen.«

»Was?!«

Auf einmal dreht sich mir der Magen um.

»Sie hat angeblich schrecklich geweint, während sie das gelesen hat, und der Direktor hat sie vor allen wüst beschimpft. Die Arme. Hat ihr mit Rausschmiss gedroht und so. Und das jetzt, kurz vor dem Abi, ist natürlich nicht so gut für sie. Ansonsten hat niemand von dir einen Brief bekommen. Soweit ich weiß.«

Diese Schweine. Diese verfluchten Schweine. Sie wissen sich zu rächen. Oh, wie unvorsichtig von mir! Wie naiv und dumm. Oh nein! Was habe ich da getan. Das kostet Drobina den Kragen. Wie konnte ich glauben, dass meine Briefe nicht gelesen werden. Was für eine Schweinerei. Wie kann ich es wiedergutmachen? Gar nicht. Ich habe ihr die Zukunft versaut. Ich Idiotin, Egoistin. Schlagen könnte ich mich dafür.

»Hast du Pavel gesehen?«

»Ja, kurz. Er hat mir *bony* besorgt.«

Trubka erzählt mir, dass ihr mein Freund *bony* besorgt, und ich will hören, dass er mich noch liebt und sich nach mir sehnt, wie ich es jeden Tag tue. Und außerdem ist es nichts Neues für mich, Pavel macht immer dubiose Geschäfte. Seit ich ihn kenne, tauscht er. Tauschen ist seine liebste Nebentätigkeit. Jeder Mann in seinem Alter tauscht eigentlich.

Eine Krankheit der Achtziger. Jeder, der das schnelle Geld haben will, tauscht. *Bony*, Valuten, Zigaretten, Klamotten oder technische Geräte. Ich meine, ich kenne mich nicht gut aus, ich weiß nur wenig darüber. Ich werde Pavel niemals fragen können, woher er *bony* hatte, was er damit machte und womit er sich überhaupt beschäftigte, wenn er nicht mit mir zusammen war.

Bony, bony. Ständig ging es um *bony*. Es ist schwer und leicht zugleich, dieses Zahlungsmittel zu kriegen. Schwer, weil es teuer ist. Leicht, weil es jeder hat, versteckt hält, eintauscht, sammelt, ausgibt, kauft, verkauft. *Bony* sollen dazu dienen, ausländischen Bürgern im Osten den gleichen Konsumluxus zu bieten, den sie im Westen haben. Mit *bony* geht man zum Tuzex und kauft all das, was so eine Esso-Tankstelle in Bayerisch Gmain anbietet. Zum Beispiel.

Ich erinnere mich an unseren ersten Besuch dort. Man kann sich vorstellen, was es bedeutete, wenn meine Mutter verkündete, wir fahren nach Olomouc zum Tuzex! Es fühlte sich besser an als Weihnachten. Ein ganzer Tag wurde dafür geopfert. Erstens, die weite Reise von dreißig Kilometern auf der Autobahn von Přerov nach Olomouc, zweitens das Betreten des Tuzex, in dem ich mir ohnmächtig, klein und traurig, aber auch unschlagbar bedeutend vorkam. Drittens die Entscheidung, was gekauft werden soll. Das musste gut bedacht werden. Die Ware, die dort angeboten wird, strahlt in prachtvollen Farben, umhüllt von fantastischen Seifengerüchen, angefertigt in ungeahnter Qualität. Die lässigen Menschen mit Valuten in der Tasche schlendern durch den Laden und schauen sich gelangweilt um. Das alles wirkte auf mich wie Magie. In solchen Momenten war die Schauspielerei eine schäbige Zukunft. Verkäuferin im Tuzex müsste man sein. Das Leben dort verbringen, ja! Nichts Schöneres konnte ich mir vorstellen. Die Verkäuferinnen sahen gepflegter aus als die im Prior. Nicht zu vergleichen. Miss Universum war jede von ihnen, so sehr strahlte ihre Schönheit in meinen geblendeten Augen.

Meistens leisteten wir uns pro Kopf ein Kleidungsstück und eine Seife. Wenn meine Mutter besonders viele *bony* auf der Kante hatte, durfte ich noch ein Päckchen Bubble Gum mit Coca-Cola-Geschmack mitnehmen.

Danach folgte wieder die Autobahntour, bei der mir kotzübel wurde, weil meine Mutter mit achtzig Sachen über den Asphalt fegte. Dann der Abend! Eine Modenschau. Anziehen, ausziehen, mit anderen Kleidungsstücken kombinieren, wieder für die Nachbarn anziehen, sich präsentieren, andere neidisch machen und von den Kaugummis nichts abgeben.

Jetzt habe ich Tuzex an jeder Ecke, selbst die Esso-Tankstelle sieht besser aus als jeder Tuzex drüben. Obwohl ich noch gar nicht drin gewesen bin. In den Geschäften auch nicht. Seltsam. Es interessiert mich nicht besonders. Jetzt kann ich jederzeit hin, es läuft mir nicht davon.

»Die Polizei hat Pavel ausgequetscht wie eine Zitrone.«

Bei diesem Satz lande ich schlagartig wieder bei dem Telefonat.

»Wie? Warum?«

»Wegen dir. Weil du abgehauen bist. Sie denken, dass er Bescheid gewusst hat.«

»Er wusste nichts.«

»Und er hat eine Freundin.«

»Wie bitte?«

Meine Stimme zittert.

»Er geht mit Markéta.«

»Markéta Frýbortová?!«

Ich sitze, kann nicht umfallen. Was geschieht dort, zu Hause? Ich kann es nicht fassen, kralle mich am Telefonhörer fest, fühle mich verraten. Dieser geliebte Mann, den ich damals in der Garderobe unseres Gymnasiums schmachtend beobachtete, der mir noch vor ein paar Wochen heiße Liebesschwüre machte, meinen

Körper mit der schönsten Liebespoesie beschrieb und vor meinen Augen bitterlich weinte, ist jetzt mit irgendeiner Markéta Frýbortová zusammen??!!

»Wie geht das denn?«, frage ich Trubka.

»Ja, keine Ahnung. Eine Woche nach eurer Abreise hat er sie sich geangelt. Aus seiner Klasse. Du, ich sage dir, er will nichts von der. Da ist etwas faul, Lenko.«

Allerdings ist da etwas faul, möchte ich schreien – sonst bin ich komplett verrückt, sonst habe ich mir eine Menge eingebildet!

»Er redet von der großen Liebe, dabei fasst er sie nicht mal an.«

»Trubi, sei still. Doch, doch, doch, er hat sie sicher sehr gern«, sage ich mit knirschenden Zähnen.

»Niemals.«

»Trubi, du darfst am Telefon nicht alles sagen, verstehst du?« Endlich schweigt sie.

»Bitte grüß ihn von mir, häng es aber nicht an die große Glocke und … Trubi? Hallo? Hallo?«

ZURÜCK IN DIE WELT AN DER TANKSTELLE

Die Chefin unterbricht die Verbindung mit ihrem fetten Finger und sagt etwas auf Deutsch, von dem ich nur ein einziges Wort verstehe: »Limit«.

Ich gebe ihr das Geld, sie zählt nach, öffnet die Tür und verabschiedet sich von mir. Ich stehe eine Weile hinter der Tür und sortiere meine Gedanken. Mein Freund ist selbstverständlich nur mit der Kuh zusammen, um ein Alibi für die Polizei zu haben. Die dämliche Trubka peilt aber auch gar nichts. Trotzdem bleibt mir die Spucke weg, wenn ich daran denke, dass er sie möglicherweise sympathisch findet, sie berührt, mit ihr ins Kino geht, sie seiner Clique vorstellt. Eine grässliche Vorstellung. Ist das verflucht.

Die beste Freundin hasst mich, weil ich ihr durch meine Idiotie die Zukunft versaut habe, mein geliebter Freund hat eine andere, weil er sonst die Bullen am Hals hat, und ich kann mir in der Esso-Tankstelle nicht mal mehr einen Kaugummi leisten, weil ich meine Ersparnisse vertelefoniert habe. Die Welt verändert sich widerlich. Um 180 Grad dreht sie sich. Die Menschen zu Hause erkenne ich nicht wieder, und die Arschlöcher in der Pension habe ich noch nicht kennengelernt. Kommt noch. Die sind noch schlimmer. Egoistische Kuriositäten, die ausschließlich die eigene Haut retten wollen. Denen man nicht vertrauen kann. Deren Kampf ums Überleben, na ja, vielleicht ein zu hartes Wort, hungern muss keiner von uns, deren Kampf um Zugehörigkeit und Akzeptanz ihr einziger Lebensinhalt ist.

Wir bekommen 60 DM. Pro Person. Dazu eine kostenfreie Unterkunft mit drei Mahlzeiten am Tag. Das ist mehr, als wir erwartet haben. Nicht im Traum hätte ich mir diesen Luxus vorgestellt.

Mutter beschlagnahmt fünfzig Prozent meines Geldes. Ich gehe in die Welt, wage es, die Pension zu verlassen. Ich knöpfe mir die Esso-Tankstelle vor. Ihre leuchtenden Reklameschilder in der Nacht sind doch verlockend, ich kann ihnen nicht widerstehen. Ich möchte etwas kaufen, entscheide mich dann für eine Banalität. Mir ist klar, dass es der gesamten deutschen und tschechischen Bevölkerung sowie der Gruppe von Versprengten in unserer Pension niemals verständlich sein kann, wieso ich für vier Mark eine *Petra*-Zeitschrift kaufe. Das ist mir egal. Sie erfüllt alle meine Wünsche. Und während diese wunderbaren Gerüche, eine Seifen-Schokoladen-Mischung, wie Male in meinem Körper ihre Spuren hinterlassen, vergesse ich sogar, dass meine Mutter nichts isst und wie ein Gerippe aussieht, dass mein Freund sich gerade mit Markéta Frýbortová vergnügt und dass Drobina niemals studieren wird. In der *Petra* sehe ich die ganze Welt. Die Welt, in der auch ich leben will. Sie muss erst mal studiert, durchdiskutiert und analysiert werden. Alles, was sich in meinem Koffer befindet, ist der reinste Dreck, ich muss es schnell loswerden und Neues kaufen. So kann ich nicht aus dem Haus.

Mama und ich betreten zum ersten Mal den Deutschen Supermarkt, gefolgt vom Rattenschwanz der Pension. Aldi. Die Nerven liegen blank. Wir bewegen uns in Grüppchen, so fühlen wir uns sicher, das wiederum verunsichert die vorübergehenden Passanten. Dass sie uns nicht mögen, spüre ich schon, verstehe es aber. Sie kennen uns nicht, wir sind fremd, sprechen in anderen Sprachen, bewegen uns in einem anderen Tempo, schließlich arbeiten wir nicht, haben Zeit zu schlendern, und das ist fremd für sie. Alles, was fremd und komisch ist, was einem nicht vertraut erscheint, ruft Angst und Skepsis hervor.

Aldi ist großartig. Bis auf die unverpackten Lebensmittel, die auch ein Eskimo erkennen würde, wie Brot, Gemüse und Obst, sowie die Produkte, die ein eindeutiges Bild auf der Packung aufweisen, erkennen wir die meisten Sachen nicht, haben keine Ahnung, ob sie zum Essen, Trinken, Einseifen, Einschmieren, Lutschen oder Putzen sind. Ein Abenteuer.

»Was sind diese behaarten Bällchen?«, frage ich meine Mutter. Berge liegen davon da.

»Eine Zitronensorte vielleicht«, sagt sie und widmet sich weiter der Seifenabteilung.

»Ach, das sind sehr saure Früchte. Kiwi. Nicht besonders lecker«, meint der dauergewellte Blonde klugscheißerisch. Ich nehme das mir fremde Gewächs in die Hand und betrachte es genau.

»Eine lustige Oberfläche. Wie isst man das?«, frage ich den Blonden, da er ja offenbar die Weisheit mit Löffeln gefressen hat.

»Ganz normal, wie einen Apfel, mein Herz.« Ein Exemplar der braunen Bällchen landet im Korb.

»Hör auf damit.«

»Was denn?«, antwortet der Blonde.

»Ich bin nicht dein Herz.«

Er lächelt neckisch, schleicht sich an meine Mutter heran und drückt sie von hinten fest an sich. Sie kichert wie eine Pubertierende.

»Stimmt, du bist es nicht, aber die hier«, sagt er lüstern.

Ich hasse ihn.

»Ba-siliku-m?«, buchstabiere ich umständlich. »Wofür ist das?«

»Gewürz. Zum Kochen. Schmeckt nach nichts«, sagt er.

»Mutter, probieren wir Basilikum?«

»Lass mal, fremde Kräuter, nein, das kann am Ende giftig sein. Vielleicht ist es eine Dekoration. Lass mal liegen, Lenko.«

Ich packe es in den Warenkorb, weil ich generell alles tue, was Mutter verbietet.

Zu Hause esse ich die Kiwi. Mit Schale, wie einen Apfel. Ein sogenanntes Müsli kippe ich in eine Tasse und verputze es. Ziemlich trocken. Was finden die Leute daran so toll? Chips sind besseres Knabberzeug.

Wir schlagen die Tage mit Nichtigkeiten tot. In freiwilliger Isolation. Zur Welt da draußen haben wir keinen Kontakt. Wir leben in unserer eigenen Welt. Einer Welt auf wenigen Quadratmetern. Ich versuche zwar dilettantisch aus meinem Buch »Sprechen Sie Deutsch?« ein paar Wörtchen zu erhaschen, aber viel kommt nicht dabei heraus. Drobina hätte das Schulbuch, das sie mir liebevoll vor der Abreise geschenkt hat, besser selber behalten sollen, sie hätte wahrscheinlich mehr davon gehabt. Abgesehen davon, dass sie sich bei der Bücherrückgabe etwas Originelles ausdenken muss, damit man ihr nicht die vier Kronen abknöpft. Sie ist ein herzensguter Mensch. Ich vermisse sie sehr.

LYDIA HAT EINEN KRAMPF DA UNTEN

Frischfleisch ist angekommen. In der Pension. Eine Slowakin. Sie heißt Lydia und ist ein Jahr jünger als ich. Wir lernen uns kennen, verstehen uns aber nicht besonders. Ich finde sie seltsam. Pubertär. Durch den skurrilen Zwang der Gemeinsamkeit müssen wir uns anfreunden, unsere Tage, unsere künstlichen Tage des Wartens, zusammen verbringen. Die, die uns nicht kennen, halten uns für Schwestern. Es gefällt mir nicht, vielleicht deshalb nicht, weil sie für meinen Geschmack kotzhässlich ist. Nein, hässlich sehen wir beide nicht aus, aber die Pubertät verunstaltet uns. Zwei glänzend fettige, verpickelte, stillose und naive Gestalten, die kein Mensch ernst nimmt. Der gravierendste Unterschied zwischen Lydia und mir sind die Brüste. Sie trägt einen Ballast mit sich herum, ich dagegen ein Paar Radieschen. Um ihre riesigen, wohlgeformten Bälle beneide ich sie. Ansonsten stinken wir nach Pubertät.

Im Gemeinschaftsraum wird rund um die Uhr Video geglotzt. Einer sitzt immer davor. Bei manchen Klassikern wie *Rocky* oder *Scarface* schaut selbst die Chefin mit, und das zum hundertsten Mal. Während bei ihr im Büro das Telefon Sturm klingelt, sitzt sie schmachtend da und kann sich nicht von den dunklen Augen von Al Pacino losreißen. Da lässt sie jegliche Kundschaft sausen. Und wenn sie »ein geiler Typ« sagt, dann nehme ich an, dass das so was wie »ein toller Mann« bedeutet. Es kommt häufig vor.

Es wird alles angeschaut, was zu Hause nicht zu kriegen war. Das beliebteste Genre sind Pornofilme, die selbst Küken wie wir mit anschauen dürfen.

»Ich hab da unten so einen Krampf«, sagt Lydia plötzlich, vor allen Pensionsinsassen, laut, ein Schmalzbrot kauend, als würde sie über Kopfschmerzen sprechen. Ein entblößender Moment. Ich habe natürlich auch einen Krampf »da unten«, aber muss sie es so in die Runde werfen, während gemeinsam ein Pornofilm angeschaut wird? Ein Porno! Hilfe! Der erste Pornofilm in meinem Leben! Ich tue so, als würde mich die glitschige Angelegenheit gar nicht interessieren, als würde ich gelangweilt mit nur einem halben Auge zusehen, dabei steht mir der Atem still. Ich kann mich kaum sattgucken. Und Lydia sagt mir nichts, dir nichts: »Ich hab da unten so einen Krampf.« Ich reagiere nicht auf die Peinlichkeit, so als hätte ich nichts gehört, dafür lachen die anderen umso mehr und fragen unverhohlen, wo genau der Krampf wäre. Lydia ist ein Phänomen. Freizügig, unbekümmert, locker. Ich beneide sie darum. Sie verschlingt den Pornostreifen so wie ihr Brot in der Hand, findet es geil, genießt es, frisst das erregende Gefühl in sich auf, schämt sich gar nicht, und ich laufe an wie eine Tomate. Ich bemerke den Widerspruch in mir. Ein Teil will genauso offenherzig sein wie sie, der andere lehnt es strikt ab. Ich blockiere mich selbst, stehe mir quasi im Weg und bin mit mir unzufrieden.

Das zweitbeliebteste Genre ist der Horrorfilm. Beim Aussprechen des Wortes läuft mir ein Schauer über den Rücken. Als würde ich beim Wechseln einer Glühbirne einen Schlag bekommen.

Wir ziehen uns fast alle Horrorschinken rein, die in der nahe gelegenen Berchtesgadener Videothek auszuleihen sind. Das wenige Geld, das jeder besitzt, wird für diesen Schwachsinn ausgegeben. Wir glotzen, bis es aus unseren Köpfen raucht und wir hinter jeder Tür Freddy Krueger, Zombies, Halloween-Masken, todbringende Nebel oder Monster sehen. Selbst meine Mutter, die Horrorfilme am Anfang ablehnte, schaut sich den Scheiß an. Es gefällt ihr sogar. Sie empfindet es nicht als bedrohlich. Weder für mich noch für sich selbst. Sie amüsiert sich köstlich.

Es ist aber bedrohlich. Ich fürchte mich entsetzlich, wache schweißgebadet aus meinem ohnehin schon schlechten Schlaf auf. Nicht ein Fitzelchen meines Zehs darf unter der Decke hervorragen, damit niemand danach greifen kann. Wenn ich nachts auf die Toilette muss, überlege ich eine halbe Stunde, ob ich es nicht doch lieber aushalten soll. Ich versuche meine Blase zu trainieren, durchzuhalten. Das Scheitern beginnt. Ich schalte alle Lampen an, die vom Bett aus zu erreichen sind, und wecke meine Mutter. Sie muss mich aufs Klo begleiten, als wäre ich drei Jahre alt. Sie glaubt, dass ich irgendein Emigrantentrauma durchmache, dabei ist es nur die Glotze. Ich sage es ihr nicht, weil sie mir den Fernseher verbieten würde.

Wir quälen uns durch selbstverschuldete Idiotie.

MEIN ONKEL IST EIN IDIOT DER EXTRAKLASSE

»Ich konnte nichts tun, Nado! Tut mir leid!«, verteidigt sich der Bruder meiner Mutter, als sie ihn anruft. »Wir müssen sofort auflegen! Das ist gefährlich, was ich da tue. Wenn sie mich hören, bin ich erledigt!«, schreit er paradoxerweise ins Telefon.

Ich finde es praktisch. So kann ich mithören, was er sagt.

»Warte, nein! Warte doch. Eine Sekunde. Was heißt das, dass du nichts tun konntest!«, fragt Mutter eindringlich.

»Ich hatte Angst! Ich hatte das Gefühl, dass jeder Bescheid wusste!«

»Wie!«

»Alle schauten aus den Fenstern!«

»Wer?« Mutter sieht rot.

»Alle! Alle deine Nachbarn! Das ganze Haus! Die ganze Siedlung.«

»So ein Quatsch, niemand wusste etwas, das bildest du dir ein!«, stottert sie hektisch. »Was hast du denn mitgenommen, irgendetwas hast du doch mitgenommen, oder? Du hattest vierzehn Tage Zeit, Jardo! Niemand konnte dich sehen. In der Nacht pennen alle!«

»Nichts! Das ging nicht. Wie oft soll ich's dir noch sagen?«

»Das glaub ich nicht! … Und der Kleinkram? Fotos?«

»Sie haben alles beschlagnahmt. Die Wohnung ist leer, Nado. Die Tür ist versiegelt!«

Mama zittert.

»Jardo! Du hättest sie nehmen können, bevor die Polizei etwas wusste! Und zwar vierzehn Tage lang, verdammt noch mal!«

»Schrei mich nicht an. Ich muss aufhören! Komárek kommt rein.«

Er legt auf. Er legt einfach auf, ohne uns zu erklären, weshalb er in diesen 14 Tagen nicht imstande war, ein einziges Foto von uns zu retten. Wir stehen sprachlos da, sind verzweifelt. Wie konnte er so versagen? Wir verstehen es irgendwie, wir kennen Jarek, den Angsthasen, und sind dennoch schockiert. Ein Mann kommt zu der Telefonzelle, in der wir stehen. Er möchte telefonieren, wir räumen den Platz. Draußen braut sich ein Gewitter zusammen. Die Landschaft wird bei jedem Blitz hell erleuchtet, die Luft steht. Es sieht aufregend aus. An der Luft fühle ich mich besser, falls ein Blitz einschlagen möchte, hat der Mann in der Telefonzelle schlechte Karten.

Privatfotos, Tagebücher, Briefe, Mamas Zeichnungen, Zeugnisse – alles weg! Ein unvorstellbarer Verlust. Unsere Vergangenheit ist weg. Gestohlen, gelöscht, ausradiert. Ich wurde mit siebzehn und Mama mit neununddreißig geboren. Es gibt kaum Beweise für ein Leben »davor«. Was passiert mit den persönlichen Dingen? Alle sonstigen Gegenstände aus der Wohnung werden vom Staat beschlagnahmt, das wissen wir, aber wo landen unsere persönlichen Sachen?

»Leni, Jarda ist so ein Idiot. Ich meine … ich denke … dass es nicht so schlimm ist, ich denke nicht, dass unsere persönlichen Unterlagen verloren gehen, sie werden in irgendeinem Lager aufbewahrt und wir werden sie eines Tages wiederbekommen. Davon bin ich fest überzeugt!«

Desillusioniert kehren wir in die Pension zurück, holen unser Abendbrot und setzen uns zu den anderen. Es wird gerade *Rambo* angeschaut. Wir haben den Anfang verpasst, aber es spielt keine

Rolle, wir haben keine Lust zu schauen, wir wollen nur nicht allein auf dem Zimmer hocken. Der Blonde öffnet eine überdimensionale Weißweinflasche und schenkt ein. Ich lehne ab, ich hasse Weißwein, vor allem diesen schlechten. Ich kann danach nicht schlafen, und ein dicker Kopf ist unausweichlich. Lieber springe ich hoch ins Zimmer und hole Cornflakes zum Knabbern.

Der Slowake lacht sich kaputt, dass ich Cornflakes ohne Milch esse. Ich wiederum bin entsetzt, dass man Cornflakes mit Milch essen soll. Das finde ich unappetitlich, sage ich, die Deutschen haben ein Knall, solch eine eklige Pampe zu essen. Er meint, dass es gar kein deutsches, sondern ein amerikanisches Gericht sei. Daraufhin greife ich sofort Lydia an, sie solle mir erklären, was sie in den Staaten wolle, in einem Land, wo solche Geschmacklosigkeiten erfunden werden.

»Ist mir doch egal, was sie dort essen«, sagt sie teilnahmslos. *Rambo* ist spannend.

»Ja, schon klar, dir ist alles egal, was? Du bist mit allem zufrieden!«

Lydia schaut mich verstohlen an, sie hat recht, ich bin ätzend zu ihr. Sie weiß nicht, dass ich weder böse auf sie noch auf die Cornflakes oder die Staaten bin, sondern einzig und allein auf Jarda, der unsere Schätze in der Wohnung gelassen hat. Das Arschloch.

Am nächsten Tag erfährt meine Mutter von ihrer Freundin Connie, deren Ehemann bei der »SMB« arbeitet (das sind unsere geliebten volkstreuen tschechoslowakischen Bullen), dass alle Papiere, bis hin zum Einkaufszettel, normalerweise im Archiv landen. Sie könne aber noch nichts sagen, müsse bei ihrem Mann nachhaken, der wiederum bei einem Kumpel von ihm nachfragen müsse, weil Connies Ehemann nur ein einfacher Streifenpolizist sei und mit Emigranten nichts am Hut habe. Als wir am folgenden Tag wieder anrufen, erfahren wir, dass alle Dokumente und persönlichen Sachen gleich nach unserer Flucht verbrannt wurden. Ein anderer Polizist war sogar Zeuge davon. Ein schwarzer Müllsack mit unserem Namen wurde verbrannt.

ES GEHT ANS EINGEMACHTE

Einen Monat sind wir jetzt hier. Draußen vor der Pension steht ein Streifenwagen und wartet auf uns. Wir erschrecken nicht, diese Vorgehensweise ist uns bekannt. Immer wieder holt ein Polizeiwagen Flüchtlinge ab. Das hört sich schlimmer an, als es ist, wenn man sagt, »Flüchtlinge holen«, so als wären wir Verbrecher. Erstens sind die Polizisten Beschützer, Freunde oder sogar Komplizen, zweitens freuen wir uns, dass etwas vorangeht, und drittens sind es hübsche Jungs. Zwei junge Frauen aus der Tschechoslowakei werden anders behandelt als ein volltätowierter Jugoslawe, dem man nicht die Hand geben möchte, weil man Angst haben muss, sie nicht zurückzubekommen. Es ist nun mal so. Mutter und ich sind Königinnen des guten Benehmens und Charmes. Königinnen der Anpassungsfähigkeit. Das Integrationsbedürfnis verhilft uns zu Glanzleistungen in dieser Disziplin. Wir wissen, wie wir mit unserem Gegenüber tanzen müssen.

Ich verabschiede mich von Lydia gar nicht, ich weiß, dass auch sie in wenigen Tagen, genauso wie ich jetzt, in Königssee landen wird.

Wir fahren hinter dem Streifenwagen durch einen dichten Wald. Es regnet. In diesem Sommer regnet es ständig. Ich kann mich an keinen anderen so schlechten Sommer erinnern. Eisig. Ständig bin ich durchnässt, weil ich einen Regenschirm aus ästhetischen Gründen ablehne.

Mutter und ich schweigen während der Fahrt nach Königssee.

Das große Haus, vor dem wir anhalten, sieht diesmal verlassen aus. Anders. Keine Grüppchen vor dem Eingang. Der Regen treibt alle ins Innere, vor die Bildschirme.

Mutter wiegt 48 Kilo. Sie sieht abgemagert aus, wie ein Gerippe, obwohl sie behauptet, genauso viel zu essen wie sonst. Nein, sie isst nicht, das weiß ich. Es fällt mir jetzt besonders auf, wenn ich sie betrachte, wie sie aus dem Auto steigt. Selbst wenn sie ihre Beine geschlossen hält, kann ich zwischen ihren Schenkeln hindurchsehen, so dünn sind sie.

Es gibt hier wieder eine Chefin. Eine ausgesprochen ausländerfeindliche Person. Die Chefin vom Alpgarten war zwar unfreundlich und herablassend, aber diese ist dagegen ein Faschodrachen. Das wurde mir erzählt. Sie nimmt unsere Unterlagen entgegen, spricht extrem laut und gestikuliert pausenlos mit den Händen. Warum gerade diese Frau, deren Existenz von den Ausländern abhängt, Ausländer verachtet, verstehe ich nicht. Ihre Villa, gleich nebenan, ist kunstvoll in den Fels gebaut. War sicher nicht billig.

Sie marschiert vor dem Sporthotel, wo sich früher ein Parkplatz für die Gäste befand, jetzt aber nur Ladas, Škodas und Moskwitschs stehen, auf und ab und schimpft. Ich will nicht wissen, was sie sagt, es ist bestimmt voller Hass. Sie schimpft ständig. Die Asylbewerber machen einen Bogen um sie, niemand will sie treffen, denn sie hat immer und an jedem etwas auszusetzen.

Aus den vertrauenerweckenden Händen der Polizei werden wir in die Hände der Chefin ausgeliefert. Es gibt klare Regeln hier. Am Monatsersten gibt es die obligatorischen 60 DM pro Nase. Das Frühstück ist zwischen acht und neun. Zwei Brötchen und ein Schälchen Butter und Marmelade müssen reichen. Jeder darf auf das Frühstück verzichten, wenn ihm danach ist. Mit dem Mittagessen sieht es anders aus. Punkt zwölf Uhr ist Mittagstischausgabe und gleichzeitig Meldung. Bis wir drankommen, stehen wir ziemlich lange in der Schlange. Dann geben wir eine Anwesenheitsbestätigung mit unserer Unterschrift ab und werden mit einem Spaghettiteller belohnt. Sobald diese Unterschrift dreimal fehlt, kommen Polizeibeamte zu Besuch, um das schwarze Schaf zu suchen und seine Abwesenheit zu klären. Wir haben uns in unmittelbarer Nähe aufzuhalten, ein Radius von großzügigen 30 Kilometer um das Hotel ist erlaubt. Es hält sich kaum jemand dran. Jeden Tag parkt also ein Polizeiwagen vor dem Hotel und klärt auf.

Von 17 bis 18 Uhr wird das Abendessen serviert, eine oder zwei Scheiben Brot mit Wurst, Käse, Joghurt oder Ähnlichem. Das Essen verzehren wir auf unseren Zimmern, es gibt keine Essräume. Manche haben das Pech, im Zimmer keinen Tisch zu haben, da das Zimmer zu klein ist. Also versuchen sie mit der Tomatensoße im Bett zu hantieren, falls sie nicht gerade oben im Doppelbett schlafen. Dann wird das Bett des Nachbarn besetzt, ob der will oder nicht.

In den ersten Wochen leben wir in einem winzigen Zimmer im Erdgeschoss, gemeinsam mit vier anderen Frauen. Eine wilde Mischung aus zwei Jugoslawinnen, einer Polin und einer Tschechin. Sardinen in der Büchse könnte man uns nennen.

Die junge Jugoslawin Jasna ist im vierten Monat schwanger. Der Erzeuger des Kindes ist mit frisch ergattertem Asyl irgendwo in Deutschland verschwunden. Er hat es früher als sie geschafft und schert sich einen feuchten Scheißdreck um die Frau und sein Kind. Möglicherweise weiß er gar nichts davon. Möglicherweise weiß sie gar nicht, welcher der jugoslawischen Adonisse es war. Sie scheint recht unintelligent zu sein, redet nur dummes Zeug in einer Kauderwelschsprache, hat unglaublich schlechte Haut, die Zähne erwähne ich lieber nicht.

Und sie kotzt andauernd. Ich muss sie als dumm bezeichnen, schon allein weil sie trotz der Schwangerschaft raucht und trinkt. Frust hin oder her, aber eine Verantwortung dem Kind gegenüber hat sie nun mal! Sie regt mich noch mehr auf als die ältere Jugoslawin Maria.

Maria ist mit der Schwangeren befreundet. Sie nennt sie »meine Familie«. Sie sind sicher nicht verwandt, Maria ist so was wie eine Patriotin, sie nennt alle Jugoslawen so. Maria kommt sich sehr klug vor, trägt viele Haarfarben und stiehlt, was ihr unter die Finger kommt. Sie hat nicht mal was dagegen, sich selbst als Diebin zu bezeichnen. Sie ist stolz auf ihre flinken Finger und stiftet andere Frauen dazu an, bei Karstadt »Wache« zu halten.

Die Polin, eine stumme, introvertierte Frau um die 30, scheint gar nicht vorhanden zu sein. Ein durchsichtiges, nichtssagendes Wesen. Niemand erfährt etwas über sie, niemand spricht mit ihr. Wenn sie plötzlich tot umfiele, würde es kein Mensch merken. Warum sie ihr Land verlassen hat und vor allem, wie sie es angestellt hat, ist uns ein Rätsel. Maria macht sich gerne über sie lustig, sie sagt, sie wäre über die Grenze geschlichen, ohne gesehen zu werden. Wie eine Krakauer Fee. »Sie brauchte kein Visum … ha, ha, ha«, und so weiter. Gegen ihren Spitznamen »Polakengeist« wehrt sie sich nicht.

Und dann ist da die Tschechin Petra. Sie zählt keine 20 Jahre, ist mutterseelenallein im Westen und spricht zu oft über Esoterik. Ihre Haare sind pechschwarz, und sie behauptet, sie seien echt. (Die Haare sind aber gefärbt, meine Mutter ist Profi in Frisurangelegenheiten.) Sie wäre gern eine Hexe, dann hätte sie Macht über andere und könnte Abrakadabra über einem Kochtopf murmeln, um uns einzuschüchtern. Ha! Alles Quatsch. Sie kann noch so viele Steinchen, Wässerchen und Symbole sammeln, für uns bleibt sie ein tschechisches Persönchen aus Liberec, das keinen Bock mehr auf seine Mutti hatte.

DER ALLTAG DER VERWIRRTEN MENSCHEN

Eine kräftige Portion Optimismus und Gelassenheit braucht man, sonst geht man hier unter. Unsere Zimmertür hat kein Schloss, von einem eigenen Schlüssel können wir nur träumen. Ich bin heilfroh, mir ein oberes Bett erkämpft zu haben, in der unteren Etage könnte ich vor Angst nicht schlafen, weil die Tür die ganze Zeit einen Spalt offen steht. Das ist nicht ungefährlich. Eine Menge merkwürdiger Typen geistert, betrunken oder auch nicht, durch die Gänge, und man weiß nie, ob sie nicht auf die dumme Idee kommen, uns um drei Uhr nachts einen Besuch abzustatten. Das andere Problem ist die Enge. Die Enge kann grausam sein, sie kann Zuneigung schnell in Aggression verwandeln. Es gibt keine Fluchtmöglichkeit. Wir sind ja schon auf der Flucht. Wir müssen uns ertragen.

Eines Tages stellt Mutter fest, dass ihre gesamte Unterwäsche fehlt. Wir verdächtigen die Diebin. Doch sie haut uns beinahe auf die Schnauze und verteidigt sich wie eine Löwin. Keine Ahnung, warum sie so vehement reagiert, sie nennt sich schließlich selbst »die Diebin«.

Sie war es wahrscheinlich tatsächlich nicht.

Ich biete Mama meine Wäsche an, sie will sie aber nicht. Lieber kauft sie sich von der Diebin ein paar gestohlene Unterhosen in Größe XS, weil sie nur noch Haut und Knochen ist. Sie versteckt ihr Hab und Gut im Bett. Der Rest kommt in den Fiat. Der birgt einige Versteckmöglichkeiten und ist abschließbar.

Heute ist Freitag. Heute gibt es Geld. Alle sind heiß darauf, denn seit einer Woche hat keiner mehr einen Pfennig in der Tasche.

Dann wird wild eingekauft. Familien kaufen Lebensmittel, die es nicht im Lager gibt, nach denen sich aber ihre Mägen sehnen. Zum Beispiel Süßigkeiten. Männliche Singles kaufen Alkohol und Zigaretten, die weiblichen Zigaretten und Drogerieartikel.

An so einem Freitag torkeln Alkoholisierte die Gänge auf und ab. Der Frust des ewigen Wartens, die Passivität wird im Alkohol ertränkt. Die braunen Flecken an der Wand sind Blut. Die Albaner schlagen sich mit den Jugoslawen, die Tschechen mit den Polen, die Slowaken mit den Jugoslawen, die Polen mit den Albanern und so weiter. Die Kombinationen scheinen unendlich, und es wird nie langweilig. In Einem sind sich alle immer einig: das Schlägereiritual nicht ausfallen zu lassen. Es muss immer irgendwas gerächt werden. Keine Ahnung was. Ich gewöhne mich mit der Zeit daran, bin nicht mehr so verstört, wenn dicht hinter unserer Tür heftige Pöbeleien zu hören sind, die mit Gewalt enden. Einmischen darf man sich auf gar keinen Fall, sonst riskiert man den eigenen Kragen.

Ich fange an zu rauchen. Das Zimmer drei Türen neben uns, das voller junger Männer ist, gefällt mir und anderen Mädels besonders gut. Ein heißbegehrter Ort, ein Treff sozusagen. Ich sitze auf dem Sperrmüllsofa, zwischen einem Albaner und Lydia. Es ist erstaunlich, wie schlagfertig und dumm dieser Albaner in alkoholisiertem Zustand ist, während er nüchtern zahm ist wie ein Lamm. Er dreht mir eine Zigarette. Eine sehr dünne, so wie ich sie mir wünsche. Er meint, dass es gar keine Zigarette sei, es sei fast nichts drin, ich müsse überhaupt kein schlechtes Gewissen haben. Das beruhigt mich, denn meine Mutter darf niemals erfahren, dass ich Zigaretten auch nur anfasse. Sonst hätte sie mit ihren ewigen Belehrungen recht: »Ach wart mal ab, du fängst auch irgendwann mal an. Warte nur ab.«

Und solche Sprüche. Ich möchte ihr nicht das Gefühl geben, recht zu haben. Das ist mein Problem. Außerdem denke ich, dass sie mir mit siebzehn nichts mehr verbieten kann. Ich bin eine Erwachsene, und mein Standpunkt zu Zigaretten verändert sich eben. Sie raucht selber drei Päckchen am Tag.

Ich rauche die Zigarette, die gar keine ist. Huste nicht. Merkwürdig, wieso husten die Menschen, wenn sie zum ersten Mal rauchen? Sie schmeckt mir, und ich finde mich lässig, erwachsen. Der Albaner betätschelt mich nicht, deshalb sitze ich gerne neben ihm und rauche eine. Täglich.

Connie, die entfernte Freundin aus Přerov, erzählt meiner Mutter am Telefon, dass die Tür von unserer Wohnung aufgebrochen und mit einem Schild versiegelt worden sei, auf dem »Eintritt verboten. Kripo Přerov« steht. Das Schloss sei mit einem rot-weißen Band zugeklebt, es sehe ganz gespenstisch aus. Sie habe es selber gesehen, zusammen mit vielen anderen Schaulustigen. Es würden jetzt schon Legenden über uns entstehen, manche sagen: »Wieder Mutige, die es gewagt haben«, andere sagen: »Ach, die landen im Bordell! Da geht es anders zu« oder: »Ach, die kommen zurück und stehen dann auf der Straße.«

Allerlei sei zu hören.

WIR ARBEITEN UNS SCHEINHEILIG NACH OBEN

Nach zwei Monaten wird uns ein neues Zimmer zugeteilt. Eine Familie zieht aus, wir haben Glück. Es ist ein winziges Zimmer im obersten Stock. Ohne Kakerlaken, im Asylantenlager gibt es keine Kakerlaken. Keine gesehen. Das stark überstehende Dach, im Stil der bayerischen Berghütten, macht das Zimmer absurderweise dunkel. Es stört mich nicht, wir haben unsere Ruhe, und das ist das Wichtigste. Das Zimmer ist leer, die Vorgänger haben alles mitgenommen, daher machen wir uns auf die Suche nach Sperrmüll. Unsere Nachbarn, eine tschechische Familie aus Kladno, beraten uns fantastisch. So beschaffen wir uns innerhalb kürzester Zeit zwei alte Matratzen, einen braunen Cordsessel mit orangefarbenen Streifen, wahrscheinlich aus dem Jahr 1974 (jemand hat auf die Außenseite der Rückenlehne diese Zahl geschrieben). Ein Holztischchen, einen Farbfernseher, der allerdings zu groß für das Zimmer ist, und zwei Stühle. Jedes Mal wenn ich das Zimmer betrete, fühle ich mich von dem Fernseher erschlagen. Ein Kühlschrank, Schränkchen, Teppich und Gardinen (kotzhässlich, aber Mama steht drauf) kommen peu à peu dazu. Geschirr und Kleidung holen wir uns bei der Berchtesgadener Caritas-Stelle. Im Vergleich zur Polyesterkleidung aus Přerov, die wir immer noch tragen, sind die Klamotten von der Caritas gar nicht so schlecht. Hätte Emilka so ´nen Fummel auf dem Parkplatz in ihrem Kofferraum feilgeboten, wären wir begeistert gewesen und hätten eine Menge Geld dafür ausgegeben.

Ich kaufe mir einen Kassettenrecorder von Maria. Sehr günstig. Sie hat alles im Sortiment und falls nicht, schafft sie es schnell herbei.

Wir wohnen allein. Herrlich. Alles, was wir mittlerweile besitzen, ist traumhaft. Es ist traumhaft, aber der Traum hat einen Haken. Wir können ihn niemandem zeigen, niemand wird je erfahren, was wir mittlerweile besitzen, und somit ist es wertlos. Es ist mir fremd, dass mir Dinge auf einmal gleichgültig sind, weil sie hier in Deutschland jeder hat. Niemandem kann ich meine neue Kleidung präsentieren, jeder trägt sie hier. Ich höre die neueste Musik, jeden Song von Anfang bis Ende, der Empfang im Radio ist großartig und ich kann mich nicht mit meinen Freunden daran erfreuen. Keine Trubka kommt vorbei und bewundert den tollen Sound, kein Pavel ist hier, um meinen ersten Stringtanga zu sehen, und keine Klassenlehrerin tadelt mich, wenn ich eine ausgefallene Jeans trage, um die sie mich insgeheim beneidet. Das Ganze ist merkwürdig verdreht.

Wir haben einen Schlüssel für unser Zimmer. Das ist wichtig. Nichts anderes.

»Hallo, Trubi, ich bin's, Lenka.«

»Hallo, wie geht's?«, sagt sie, als hätten wir uns erst gestern gesehen.

»Super«, presse ich wehmütig zwischen den Lippen hervor. »Und dir? Was treibst du?«

»Die Schule hat wieder angefangen, das ist ätzend«, antwortet Trubka.

»Was gibt es Neues? Erzähl. Ich will deine Stimme hören.«

»Drobina ist nicht mehr mit Vrata zusammen.«

»Ach, war sie mit ihm zusammen? Das weiß ich gar nicht.«

»Du bist gerade weggegangen, als sie mit ihm zusammenkam.« Ich zähle nach, die Monate, die Ewigkeit, die ich weg bin. Ich bin schon ein Vierteljahr weg von zu Hause. »Ja«, sage ich dann.

»Ich habe ein Kind abtreiben müssen.«

Sie macht ihrem Spitznamen alle Ehre, trompetet einfach solche Dinge heraus. Wie typisch für sie. Es überrascht mich nicht, dass sie ein Kind abgetrieben hat.

»Warum passt du nicht auf?«

»Ich verstehe es auch nicht, er hat ihn rausgezogen. War also sicher.«

»Du kannst dich doch nicht von jedem Arsch vögeln lassen. Du wirst immer schwanger!«

»Wieso, ist doch erst das dritte Mal.«

»Hm ...«

»Der war lieb.«

»Trubi ... Dir kann man nicht helfen. Jetzt ist er weg, oder was?«

»Er wohnt nicht in Přerov.«

»Wo hast du abgetrieben? In Brno?«

»Ja, wieder bei der gleichen Frau. Sie meint, dass ich aufpassen muss, vielleicht kann ich jetzt schon keine Kinder mehr kriegen.« Auch das erzählt sie, als würde sie über ein Knödelrezept sprechen. »Ich will eh keine. Und heiraten möchte ich auch nicht. Ich finde alle Typen blöd. Übrigens, weißt du, wer heiraten wird?«

»Nein. Wer?«

»Pavel.«

»Welcher Pavel?«

»Dein Pavel.«

»Das glaub ich nicht.«

»Doch, Pavel wird Markéta Frýbortová heiraten.«

»Du hast doch gesagt, dass er sie nicht liebt!«

»Dachte ich auch, aber er liebt sie vielleicht doch. Sie erwarten ein Kind.«

»Was?!«

»Ja, stell dir vor!«

»Das kann doch nicht in den letzten drei Monaten passiert sein!«, rege ich mich auf.

»Doch, sie ist im dritten Monat.«

»Äh … ich bin …«

Mein Verstand kann einige Zusammenhänge nicht einordnen. »Woran erkennst du, dass er sie liebt?«

»Du fragst Sachen. Na ja, sie sind eben zusammen, wie zwei, die … eben zusammen gehen.«

»Behandelt er sie so, wie er mich behandelt hat?«

»Mein Gott, ich weiß es nicht. Wahrscheinlich schon. Übrigens habe ich einen neuen Job.«

»Die gehen doch noch zur Schule!«

»Ja, und? Das letzte Jahr schafft er noch. Ich meine, sie fliegt noch vor dem Abi raus. Da kriegt sie ihr Kind, aber er schafft das sicher. Fragst du gar nicht, welchen Job ich habe?«

»Ziehen sie zusammen?«

»Ja, wahrscheinlich. Ich arbeite in einer Bar, als Kellnerin. In der Schlossbar. Das ist echt ein super Job.«

»Mit Matěj?«

»Nee.«

»Schade, sonst hättest du ihm ausrichten können, dass er endlich mit den versprochenen Barockfigürchen nachkommen soll.«

»Der Matěj … ist im Knast.«

»Echt? Warum?«

»Ich möchte nicht darüber sprechen.«

Stille. Ich verstehe meine Cousine nicht.

»Ich habe viele Kontakte zu den Jugos, die können mir alles besorgen. Hast du schon Fächerohrringe? Ich habe schon welche. Die Jugos. Die sind echt nett. Wie sehen deine aus? Leni? Leni? Was ist mit dir? Weinst du?«

Ich möchte auflegen, das wäre aber blöd für Trubka. Ich kann sie nicht Stunden später noch mal anrufen und mich entschuldigen.

»Ja.«

»Aber warum?«

»Ich, ich bin so … traurig … und verletzt. Die Welt ist zum Kotzen, Trubi.«

»Wegen Pavel? Aber du hast ihn doch verlassen?«

»Verlassen ja, aber nicht aufgehört zu …«

»… lieben? Warum bist du denn dann gegangen?«

»Eine gute Frage. Ich wollte mir ein paar Fächerohrringe kaufen.«

»Hast du also welche? Was für eine Farbe?«, fragt sie begeistert.

Trubka gehört zu den wenigen Menschen, die sich über nichts Gedanken machen, sie nimmt die Geschehnisse, das Schicksal so, wie es kommt. Ein erstaunlich sorgloser Mensch. Zumindest wirkt sie so auf mich.

Es folgen noch ein paar Fetzen Smalltalk, wir lachen sogar ein wenig.

»Sei nicht traurig, Leni.«

»Ja, ja. Es geht schon. Ich muss auflegen, Trubi.«

»Machs gut, Leni. Matěj war der Vater des Kindes.«

Klack. Sie legt auf. Ich schwöre mir, nicht mehr zu Hause anzurufen. Nur Hiobs-Botschaften, wenn ich mit Přerov telefoniere. Die Kraft, zu ertragen, was dort vor sich geht, habe ich nicht.

Ich muss nach vorne schauen, meine Vergangenheit vergessen. Abwaschen.

Ich behalte die Neuigkeiten über Matěj für mich. Meine Mutter würde sich nur Sorgen machen, es reicht, dass ich Bescheid weiß. Mutter ist dafür zu dünn.

Schlafen kann ich schlechter denn je. Wahrscheinlich wegen des Kühlschranks, der ungehemmt vor sich hin summt, oder vielleicht wegen des Fernsehers, der zu groß ist. Vielleicht auch wegen Matěj, der meine Mutter nie geliebt hat, dafür meine minderjährige Cousine Trubka geschwängert hat. Hoffentlich bleibt er lange im Knast. Vielleicht wegen meines Exfreundes, der mit Markéta Frýbortová schläft. Ich habe kein Recht, ihm etwas zu verübeln, ich habe ihn freigegeben, mich von ihm verabschiedet. Ich kann nicht erwarten, dass er nie wieder ein anderes Mädchen kennenlernt.

Ein anderes Mädchen kennenlernen, bitte schön, aber doch nicht gleich heiraten und Kinder kriegen! Nein. Das ist zu viel. Zu schnell. Zu früh! Wie oberflächlich muss unsere Liebe gewesen sein. Flach und verlogen war sie. Seinerseits zumindest. Ich bin zu müde, um unsere Beziehung zum hundertsten Mal auseinanderzupflücken und die Gründe für das Scheitern zu suchen. Ich kann nicht mehr. Ich grüble ununterbrochen.

Erschöpft knipse ich das Licht meiner kleinen Nachttischlampe aus und schließe die Augen. Ich will nach Hause. In das alte Zuhause, wie wir es kannten. Ich fühle mich so einsam, verlassen, ohne Boden unter den Füssen. Hätte ich den Zauberring der Märchenprinzessin Arabella, würde ich alles wieder ungeschehen machen.

EIN CRASHKURS FÜR FLINKE FINGER

Mama und ich verändern uns, werden abgebrüht, verlieren unsere Naivität. Wir wissen, was uns erwartet: Asyl oder Duldung oder Abschiebung. Auf alle Fälle bleiben wir noch einige Monate hier. Erhalten wir eine Duldung, heißt das, dass unserem Asylantrag nicht stattgegeben wurde. Vielleicht werden wir in unser Heimatland abgeschoben. Vielleicht auch nicht. Die wildesten Gerüchte kursieren, was passiert. Ein Schwall bürokratischer Schriftstücke prasselt auf uns ein, und wir haben meistens keine Ahnung, worum es überhaupt geht. Niemand spricht hier Deutsch, geschweige denn Amtsdeutsch. Ein böhmisches Dorf.

»Du kannst dich in Stücke reißen, wenn du eine Duldung bekommst, bist du im Arsch«, erzählt man im Zimmer der Männer, die mir meine Zigaretten drehen. »Es geht so schnell, dass du nicht mal den Grund der Abschiebung erfährst.«

Davor fürchtet sich jeder Ausländer hier, denn das Wiederaufbauen der Existenz zu Hause, auch wenn man nicht politisch verfolgt wird, ist ein Himmelfahrtskommando.

Abschiebung folgt auch dann, wenn man sich nicht artig in der neuen Gesellschaft benimmt. Es ist mir daher ein Rätsel, weshalb wir uns mit Maria einlassen.

»Nado, guck mal, was ich Neues habe.«

Mutter schaut sich mit aufgerissenen Augen die verschiedenen Lippenstifte in allen Regenbogenfarben an, testet sie gierig auf der Innenseite ihres Arms, riecht daran und kann sich gar nicht mehr von ihnen trennen.

»Die hab ich mit Jasna in einem kleinen Kosmetikladen erobert.«

Maria nennt stehlen gerne »erobern«. Jasna lacht mit ihren hässlichen braunen Zähnen, eine Zigarette in der Hand. Sie steht kurz vor der Entbindung. Ihr Bauch ist mittlerweile riesig, sie könnte ihn als Abstelltisch benutzen.

»Ja? In einem Kosmetikladen? Weit von hier?«, fragt meine Mutter vorsichtig.

»In Berchtesgaden. Kein Mensch war da. Keine Verkäuferin, es war ganz einfach«, antwortet Maria beiläufig, während sie weitere kosmetische Produkte auspackt.

»Den schenke ich dir, wenn du willst.«

Ein zuverlässiges Mittel, Mama um den Finger zu wickeln.

»Oh ... gerne. Gerade diese Farbe gefällt mir ganz besonders«, sagt sie schüchtern und schmiert ihn sich sofort auf die Lippen.

»Ist das nicht gefährlich, Maria?«, frage ich.

»Ach was! Was soll daran gefährlich sein? Du musst halt aufpassen. Augen überall haben. Da wird schon nichts passieren.« Maria spricht in einem merkwürdigen Singsang, ein typischer Dialekt aus ihrer Gegend, wie sie sagt. Ich kann sie gut verstehen, obwohl ich die Sprache nie gelernt habe. Viel besser als Jasna.

»Musst die Augen offen halten«, wiederholt Jasna.

»Danke für den Tipp«, antworte ich Jasna ironisch.

Ich denke, selbst ihre Landsleute haben Schwierigkeiten, etwas von Jasnas Geplapper zu verstehen. Dem Typen, der sie geschwängert hat, muss es ausschließlich um Sex gegangen sein. Oder er selber muss auch so ein ausgebranntes Hirn gewesen sein, dann haben sich die beiden sicher prächtig verstanden.

»Schau mal … rate, was das ist?«

Maria zeigt uns einen undefinierbaren viereckigen Leinensack, der zwischen ihren Beinen hängt.

»Oh, was ist das? Das sieht ja kurios aus«, rufe ich.

»Nicht anfassen! Das ist heilig!« Maria reißt mir das Ding aus den Händen. »Mit so einem Sack kannst du alles erobern«, erklärt sie verschmitzt.

»Wie soll das gehen?«

»Du ziehst noch einen Rock drüber. Einen Rock mit Druckknöpfen. So einen hier.«

Mama und ich kommen aus dem Staunen nicht heraus. Maria tänzelt mit dem Sack zwischen den Beinen, den sie sich selber angefertigt hat, wie eine Primaballerina. Er hängt an einem Band, das sie sich um die Hüfte geschlungen hat, in der Mitte versteckt sich ein länglicher Schlitz. Danach zieht sie einen glockenförmigen Jeansrock darüber. Sie tut es mit der Inbrunst einer Stripperin, nur dass sie sich anzieht, statt sich auszuziehen. Die Druckknöpfe in Kniehöhe bleiben offen, was nicht zu sehen ist. Dann präsentiert sie uns allerlei Kunststücke. Schuhe, Flaschen, Klamotten, Brot, Dosen, alles, was sich im Zimmer befindet, schiebt sie zwischen ihre Beine, in den verborgenen Sack. Dabei lacht sie so vergnügt, dass auch wir mitgerissen werden.

»Schaut, es gibt so vieles in den Regalen, die merken das gar nicht! Und von allem mindestens tausend Stück«, murmelt Jasna dümmlich vor sich hin.

»Was geht die Karstadtchefs ein Lippenstift an!«, jubelt Mutter und zieht dabei kräftig an einer Zigarette.

»Nichts, Nado! Natürlich nichts! Puh, die haben so viel Asche, die verdienen nichts anderes! Wir müssen es sogar tun! Wir sind so was wie Freiheitskämpfer, Nado!«, redet sich Maria in Rage.

»Ja! Wir sind Freiheitskämpfer!«, schreit Mutter laut und hält den Lippenstift in die Höhe wie Che Guevara einst seine Waffe.

Das ist unsere Devise. Damit lässt es sich ohne schlechtes Gewissen leben. Sie haben so viel in den Regalen, sie merken das gar nicht. Und Geld haben sie auch, und wir nicht. Und wir wollen auch haben, haben, haben. Wir wollen auch ein Stück vom Kuchen abbekommen. Niemand wird es erfahren.

Die Gegenstände haben auf einmal einen anderen Wert. Nämlich keinen. Man erfreut sich weniger daran, sie zu gebrauchen, als vielmehr daran, sie zu »erobern«. Der Kitzel des »Eroberns« ist es, um den es geht. Um die Freiheit, das zu tun, wozu man Lust hat, sich die Glitzerwelt aus den Schaufenstern nach Hause zu holen.

»Im Karstadt zu stehlen ist allerdings keine einfache Sache«, erläutert Maria. »Dort gibt es eine Menge getarnte Detektive. Ich kenne sie. Sie verraten sich leicht. Die Detektive. Immer wieder verschwinden sie hinter der Tür, die nur für das Personal des Kaufhauses ist. Dann rauchen sie eine oder essen etwas, was ich daran erkenne, dass sie danach Essensreste zwischen ihren Zähnen entfernen. Und wenn sie von der Toilette kommen, kontrollieren sie unauffällig den Hosenbund. Ich kenne sie so gut, Nado. Und sie sind oft weg, sie müssen immer wieder auf den Parkplatz abhauen, Luft schnappen, sie langweilen sich entsetzlich, die Detektive. Außerdem kaufen sie nichts, sie schauen sich die Ware nicht wirklich an. Sie täuschen das Kaufen vor, aber schlecht. Nein, gute Schauspieler sind sie nicht, Nado. Im Grunde genommen sind *wir* die Beobachter und *sie* unsere Beobachtungsobjekte. Ihre Gesichter brennen sich in unser Gedächtnis ein, wie eine lebenswichtige Information. Nach Jahren werde ich immer noch jeden einzelnen Detektiv auf der Straße erkennen. Das sage ich euch. So genau beobachte ich sie. Manchmal merken wir, dass uns einer im Visier hat, dann legen wir eine Pause ein und verlassen das Haus ohne Beute. Wir kommen allerdings wieder. Mit einer anderen Haarfarbe.«

Maria lacht über ihren eigenen Witz. »Die eingebauten Kameras stellen ein weiteres Problem dar, das professionell beseitigt werden muss. Sie hängen an heimtückischen Stellen, sehen aus wie Feuermelder oder wie diese fiesen Blitzgeräte bei Radarkontrollen. Doch selbst diese Art von Technik kann uns nicht überlegen sein. Wir kennen sie. Nicht alle Ecken des Kaufhauses sind von den Bildschirmen der Kontrolleure aus zu sehen, die in den miefigen Kabuffs sitzen und sich die Augen ruinieren, in der Hoffnung einen Dieb zu erwischen. Nein, da nehme ich einfach von der Stange, was ich will – das ist schließlich erlaubt –, trage es an einen anderen, sicheren Ort und packe dort die Ware in den Sack. Große Menschenmengen eignen sich sehr gut dazu, sie sind unübersichtlich, ich kann richtig schön untertauchen und wortwörtlich vor den Augen anderer Käufer einsammeln, was mir bald gehören wird. Die Kunden sind mit ihren Köpfen auf das Kaufen und den Konsum fixiert, sie sehen nur das, was sie sehen wollen, und sind einfach abzulenken.«

Mutter und ich sind paralysiert. Schweigsam schlürfen wir unseren Ramazotti, Mutter raucht eine nach der anderen, und Jasna liegt wie ein Walross auf dem Bett.

»Das dritte Hindernis, das überwunden werden muss, sind Piepser und Farbstreuer. Aber auch damit können wir umgehen. Steckt ein Piepser in der Naht oder an einer Stelle, die zu reparieren ist, schneide ich den kleinen Racker aus dem Stoff heraus. Das geschieht natürlich in der Umkleidekabine. Ist der Piepser an einer ungünstigen Stelle, schaue ich erst mal, welche Art von Piepser es ist, denn manche kleine Metallstreifen piepsen nicht. Die müssen nicht mal abgerissen werden. Ihre einzige Aufgabe besteht darin, den Dieb abzuschrecken, sonst nichts. Die sammele ich hier in meiner Dose.«

Sie lacht und holt einen Schuhkarton hervor, der voll von den schmalen Metallstreifen ist. »Daraus bastele ich später ein Kunstwerk.«

Sie lacht erneut selbstgefällig. »Die großen Piepser allerdings erfordern mehr Vorsicht. Sie müssen nicht unbedingt Alarm auslösen, aber auf gut Glück aus dem Laden zu gehen und zu hoffen, dass nichts passiert, ist mir zu riskant. Nein, für die großen Piepser brauche ich eine Gehilfin.« Sie lächelt Jasna an. Jasna ist allerdings eingeschlafen.

DIE PARASITEN HABEN SICH EINEN SACK GENÄHT

Jasna musste ins Krankenhaus. Es ist so weit, deshalb bin ich jetzt der Lockvogel, der ablenkt. Maria und Mutter »erobern«. Unsere Taktik geht so: Ich nähere mich völlig normal mit einem Kleidungsstück in der Hand dem Ausgang. Die Piepsgeräte passiere ich nicht, bleibe in unmittelbarer Nähe stehen und tue so, als schaue ich mir das Produkt an. Im gleichen Moment durchqueren Maria und Mutter mit einem vollen Sack unter ihrem Rock die Geräte. Alles schrillt wie verrückt. Ich, mit einem Kleidungsstück in der Hand, erkläre erschrocken dem Personal, dass ich die Ware am Tageslicht sehen wollte, entschuldige mich dann höflich für meine Unwissenheit und gehe weiter. Die beiden, mit ihren Unschuldsmienen, sind schon längst draußen.

Diese Technik ist sehr anstrengend und verlangt starke Nerven. Ich bin die Einzige, die es wagt, mit dem Personal zu sprechen, Maria und meine Mutter weigern sich. Jasna kam schon vor der Entbindung gar nicht infrage, sie hatte andere Aufgaben, wie das Beobachten der Verkäuferinnen, Checken der Kameras und das Ausschneiden der Piepser in der Kabine. Die würde sonst nur Mist bauen. Zu auffällig. Der Bauch und dazu dieses Gesicht, das kann nur schiefgehen! Jasna wartete also abseits und schaute zu.

Wir teilen uns die Beute, der Rest wird verkauft.

Ich muss in einer guten Verfassung sein, um diese Nervenaktion durchzustehen, ich hasse sie. Maria und Mutter bevorzugen sie.

Meine eigene Technik, die ich selbst entwickelt habe, ist mir lieber. Sie eignet sich für Unterwäsche, Schuhe und Taschen ohne Piepser. Ich gehe in den Laden, trage nichts unter meiner Kleidung, an den Füssen krächzen ein paar lumpige Sandalen. Dann suche ich mir einen schönen, teuren Slip, damit es sich auch lohnt, gehe selbstbewusst in die Umkleidekabine, ziehe ihn an und gehe wieder raus. Mit Schuhen spielt es sich gleichermaßen ab. Niemand kann mir beweisen, etwas gestohlen zu haben, denn es hat mich ja niemand bei der Tat beobachtet. Was sollen sie mir vorwerfen? Dass ich einen Slip trage? Den habe ich mir gestern gekauft. Ist das nicht erlaubt? Oder dass ich Schuhe trage? Ach, es gibt so viele Möglichkeiten, zu klauen, nur Mut und Fantasie sind dazu nötig.

Und es gibt Tage, an denen ich sogar *mit* Slip unterwegs bin. Ha. Wenn ich eine unerfahrene Verkäuferin sehe, die gerade die bunten Plastikschilder mit der Anzahl der Kleidungsstücke verteilt, dann ist es so weit. Dann gehe ich in die Kabine, tausche die Unterhosen aus und komme wieder raus, als wäre nichts. Sie bekommt selbstverständlich die gleiche Anzahl Unterhosen zurück, meine Herren! Nur befindet sich meine alte Caritas-Unterhose darunter. Das sieht das Mädel nie. Es nimmt zufrieden die vielen Unterwäschestücke entgegen, kontrolliert die Anzahl der Bügelchen, der Caritasschlüpfer lauert dazwischen, und ohne etwas bemerkt zu haben, hängt sie alles auf die Stange zu den übrigen. Die Farbe muss identisch sein, das ist das Einzige, worauf sie und ich achten. Die unerfahrenen, gestressten Verkäuferinnen am Wochenende sind mir am liebsten. Ich gehe dann zufrieden nach Hause, mein Pensum für einen dieser unzähligen langweiligen, kalten, destruktiven Tage ist erfüllt. Das einzig Positive: Ich denke an das Gesicht der Frau, die meine Caritas-Bombardoni entdeckt und sich die Hände beinahe abhackt, weil sie sie berührt hat. Das amüsiert mich.

Mit Handtaschen praktiziere ich diese Technik auch. Meine persönlichen Utensilien trage ich in den Taschen meines Mantels oder in der Hose. Wenn ich eine teure, geeignete Tasche gefunden habe, nehme ich sie mit in die Umkleidekabine, entferne das zusammengeknüllte Papier, dann den Metallstreifen (den Maria so gerne für ihre Sammlung hätte und der sich meist in irgendeiner Seitentasche oder unter den Papierfetzen versteckt hält), stopfe sie voll mit meinen persönlichen Sachen und gehe. Tschüss. Das Papier entsorge ich auf der Toilette des Kaufhauses.

Ich kann mich vor Lachen kaum halten, wenn ich meine Mutter sehe, wie sie mit dem vollgestopften Jeansrock aus einem Laden geht. Er sieht aus wie ein aufgeblähter Petticoat aus den Fünfzigern, sie geht so breitbeinig, als hätte sie gerade in die Hose gemacht.

Wir führen ein anderes Leben, machen Fehler, gewiss. Das Stehlen wird zur Gewohnheit. Es verwandelt sich in eine Sucht, auch wenn ich mir immer wieder vornehme, dass es das letzte Mal ist. Ich mache dennoch weiter. Wie mit dem Rauchen. Der Schweiß, den wir ausdünsten, riecht unangenehm nach Angst. Wir kommen nach jeder Aktion klitschnass nach Hause. Es macht immer weniger Spaß, und wir werden fahrlässig.

Es geht nicht lange gut.

Maria wird erwischt und von Polizeibeamten ins Lager gebracht. Sie hatten sie schon länger auf dem Kieker. Es heißt, sie soll ausgewiesen werden.

Unsere Nerven liegen blank. Sie hält ihre Schnauze. Von wegen Che Guevara. Nichts davon. Kleine Mäuschen. Die Heldentaten stellen wir sofort ein. Das schlechte Gewissen kommt, aber nicht der Gesellschaft wegen, sondern wegen der schlechten Energie, die wir mit uns rumschleppen. Wie ein fauliger, übel riechender Furz aus dem schwärzesten Weltarsch. Maria leert ihr Zimmer innerhalb einer Woche. Wir verbrennen unsere Säcke. Jasna fährt mit ihrem Baby nach Hause. Arme Maria.

DIE NUMMER ZWEI STEHT AUF DER LISTE

Im Lager ändert sich die Besetzung Tag für Tag. Es tauchen neue Gesichter auf, andere verschwinden und kommen nicht wieder oder lassen sich monatelang nicht blicken und sind auf einmal wieder da. Wo sie waren, wenn sie nicht da waren, weiß ich nicht.

Mama feiert ihren Vierzigsten. Sie will ihn im engsten Kreis feiern. Aus Sparsamkeitsgründen. Geht aber nicht. Es spricht sich schneller rum, als ich es für möglich gehalten hätte. Ununterbrochen klopft es an der Tür. Die Bude ist voll. Allerlei Menschen statten uns auf einmal einen Besuch ab, obwohl wir mit ihnen nicht das Geringste zu tun haben. Schmarotzen wollen sie. Umsonst wollen sie an unseren billigen Sekt rankommen und sich besaufen. Uns unsere Salzstangen und unser Müsli wegknabbern.

Unter all den Pseudofreunden sind auch zwei Jugoslawen. Sie werden von einigen Landsleuten euphorisch begrüßt, ihre Abwesenheit im Lager muss lange gedauert haben, ich sehe sie zum ersten Mal. Es sollen entfernte Verwandte von Maria sein, Maria hat offensichtlich unzählige Verwandte. Der eine fällt mir auf. Er fällt mir wortwörtlich ins Auge. Es gibt im Zimmer ganz offensichtlich einen dicken nackten Engel, der sich über mich lustig macht und auf mich zielt. Auf mein Herz. Treffer. Der Typ scheint der Anführer einer trinkfesten Gruppe zu sein. Ein paar Männer, die irgendwelche gemeinsamen Sachen unternehmen, was weiß ich. Geheim tun sie, kommunizieren mit den Augen, als wäre man ein Idiot.

Ich kenne diese Art Kommunikation von früher. Jungs unterhalten sich so und machen sich wichtig. Mir imponiert es nicht, ich finde es peinlich. Er, der Anführer, sieht gut aus. Er ist so Ende 20, trägt auf dem Kopf wunderschöne braune Korkenzieherlocken, wie eine Perücke. Und er weiß genau, wie er sich Frauen gegenüber verhalten muss. Ein Charmeur. Mich durchströmt ein warmes Gefühl, wie ein Blitz, wie ein Ohnmachtsanfall. Ich bringe kein Wort heraus, sitze schüchtern auf meinem Platz, konzentriere mich darauf, nichts Falsches anzustellen oder zu sagen, und ärgere mich, dass ich ausgerechnet an diesem Abend nicht geschminkt und schick angezogen bin. Ich ärgere mich, dass ich so denke und empfinde.

Marian heißt er. Er spürt meine Unsicherheit sofort – der Wachsame. Machos merken so was. Machos sind in dieser Beziehung talentiert. Er schaut mich mehr als oft an, fordert mich ständig auf, etwas zu meinen, zu sagen, neckt mich, lächelt mir süß zu. Ich schmelze wie Wachs. Seine blauen Augen lassen mir den Appetit vergehen, obwohl ich so gerne esse. Dafür gieße ich Unmengen an Alkohol in mich hinein, zum Ausgleich vielleicht. Gott sei Dank passt das Geburtstagskind auf mich auf und nimmt mir alle Gläser aus der Hand. Leider auf ihre forsche Art.

»Lenka! Was soll das denn bedeuten! Du bist noch keine 18, du wandelnde Katastrophe!«, brüllt sie laut.

Sie ist selber besoffen, hat kein Feingefühl. Sie verrät mein Alter. Sie entlarvt mich, meine blöde Mutter. Ich bin noch nicht 18, noch nicht volljährig, noch keine wirkliche Frau. Ich bin nur ein verpickeltes »Dazwischen«. Und sie ruft es wie ein Fischweib auf dem Jahrmarkt. Wie soll ich bei so einem Mann bestehen! Wie soll ich so einem gefallen, wenn ich nicht mal ein Bier trinken darf. Einem, der zehn Frauen an jedem Finger haben kann.

Marian ist aus Jugoslawien geflüchtet und wohnt angeblich viel länger im Lager als Mama und ich. Alles um ihn ist merkwürdig.

Weder muss er sich um zwölf Uhr mittags melden, noch bewohnt er ein Zimmer im Sporthotel. Warum ist er dann hier, frage ich mich.

Ich nehme an, dass er was Illegales treibt, sonst würde ich etwas darüber erfahren. Aber jeder schweigt wie ein Grab. Die frisch aus Jugoslawien angekommenen Flüchtlinge, die von Tuten und Blasen keine Ahnung haben, eignen sich prima für seine Schmuddelgeschäfte. Er benutzt sie, die Neuankömmlinge, nimmt sie als Werkzeug, gibt ihnen Aufgaben und verspricht eine gute Belohnung. Ich wette, dass es so ist.

Abgesehen von seinem blendenden Aussehen, denn er ist wirklich hübsch, schafft er es mit seiner Art, dass alle weiblichen Sporthotel-Bewohnerinnen – das Alter spielt keine Rolle – in ihn verknallt sind. Es ist verblüffend. Selbst die verbissene Chefin verwandelt sich in seiner Gegenwart in Marilyn Monroe, jedenfalls so, wie sie sich das vorstellt. Auch Mutter und ich werden zu Püppchen, wenn nur von ihm gesprochen wird.

Heute ist der fünfte Tag nach Mutters Geburtstag, der fünfte Tag, an dem ich ihn nicht zu Gesicht bekommen habe. Wahrscheinlich sehe ich ihn nie mehr, denke ich, als ich unerwartet auf der Treppe, im Zwischenstock, an einer kaum frequentierten Stelle des Hotels, mit ihm zusammenstoße. Ich erschrecke entsetzlich. Das Herz sackt mir in die Hose. Die hässliche und kahle Ecke bietet für ein spontanes Rendezvous die besten Voraussetzungen. Niemand sieht uns. Leider hyperventiliere ich, kann mich kaum aufrecht halten, weil die Knie so zittern. Ein schrecklich schöner Moment. Marian bleibt stehen. Ich natürlich auch. Dann sagt er etwas auf Jugoslawisch, was ich dummerweise nicht verstehe. Sein Dialekt klingt anders als der von Maria und Jasna.

»Was? Das habe ich nicht verstanden? Wie meinst du das? Kannst du langsamer sprechen?« Das sind die meistgestellten Fragen. Ständig muss ich mir die Blöße geben einzugestehen, dass ich nichts kapiere. Jeder Dialog ist ein Rätseln oder Vermuten. Während der Gespräche stehe ich rum, spiele eine desinteressierte Mumie und bin froh, wenn ich wieder verschwinden darf. Obwohl ich gerne kommunizieren würde. Nur mit den Tschechen kann ich reden, wie mir der Schnabel gewachsen ist.

Nein. Diesem Theater bin ich bei diesem Mann nicht gewachsen, ich tue also, als verstünde ich alles einwandfrei. Ein fataler Fehler, stelle ich fest, als er weiterspricht. Jetzt stecke ich in der Klemme, ich habe am Anfang gelogen, also muss ich weiterlügen und gebe ihm so zu verstehen, dass ich nicht imstande bin, zu mir zu stehen. Ich bin eben noch dumm, bin »dazwischen«. Ich antworte nicht, nicke dämlich, er hätte mich auch nach Klopapier fragen können. Ich versteife mich immer mehr. Er will gehen. Ich zucke zusammen und flüstere ein kleines Sätzchen.

»Ich verstehe dich überhaupt nicht. Nichts.«

So. Er lächelt unwiderstehlich, tritt ganz nah an mich heran und umarmt mich. Mein Gesicht bohrt sich in seinen muskulösen Arm. Ich rieche seinen Duft, den Duft seiner Haare, seiner Haut, seines Atems. Ich mag es. Da er nicht viel größer ist als ich, könnte ich ihm gerade in die Augen schauen, wenn ich mich aufrichten würde. Wenn ich den Mut dazu hätte. Ich schmelze, bin von Kopf bis Fuß verliebt, so verliebt, als hätte ich vorher nie geliebt, als überkäme mich dieses einzigartige Gefühl zum ersten Mal. Ich richte mich auf, weil *er* es will, seine Augen sind wie zwei Seen, die mich anstarren, sie wecken in mir ein feuriges Lust- und Liebesgefühl, und hätte er in diesem Moment um meine Hand angehalten und verlangt, dass ich meine gesamte Zukunft nach ihm ausrichte, er hätte keine andere Antwort als »Ja« von mir erhalten.

Die Lähmung hält an, ich schweige weiter, lächle verkrampft, lache sogar, ohne etwas witzig gefunden zu haben. Er merkt natürlich, wie durcheinander dieser naive Teenager ist, wie sein Herz pocht und wie er mit ihm tun und lassen kann, was er will. Er nutzt es aus. Warum auch nicht? Er nutzt die Gelegenheit, indem er sanft meinen Hinterkopf in seine Hand nimmt und mich küsst. Ohne um Erlaubnis zu bitten. Wir kennen uns ja kaum. Seine Lippen sind warm und weich, leicht geöffnet. Dann murmelt er etwas, fordert mich zu irgendetwas auf, ich schweige, wie immer, er muss glauben, mein IQ sei minus fünf. Er geht. Was soll er denn sonst mit mir anstellen. Na gut. So verlässt er mich. Ich stehe da, Leere im Kopf, taumele, stütze mich aufs Geländer und hoffe, dass er weg ist und mich so nicht mehr sieht.

»Wo wohnt er?«, frage ich den Albaner.

»Hier …«, sagt er lächelnd, versteht sehr wohl, warum ich frage, »… und da …«

Eine philosophische Antwort. Es muss ein Geheimnis sein, ein gut gehütetes Geheimnis. In dem berüchtigten Zimmer, in dem ich mir täglich meine Zigarette hole, wohnt er also. Es ist nun noch herrlicher und aufregender, dorthin zu gehen, und gleichzeitig macht es mich zur Kettenraucherin. Natürlich ist er meistens mit seinen Kumpanen unterwegs und keiner weiß oder will verraten, wo er sich aufhält.

Wenn ich an Pavel denke, meinen Freund aus Přerov, der mit Markéta Frýbortová geht, worüber ich so fassungslos und unglücklich war, so kommt er mir jetzt vor wie ein kleiner Junge. Mit Kinderaugen. Keine Spur von Selbstbewusstsein im Vergleich zu diesem Jugoslawen. Ein armes, kleines Würmchen mit X-Beinen und popeligen Geschäftchen. Ein piepsiger Angeber mit dünnen, dauergewellten Haaren und dämlichem Vokuhila-Schnitt. Ein Provinzler. Ein Witz. Müssen Frauen immer so blind sein? Benebelt und unangebracht emotional?

Marian ist erwachsen. Marian trägt Tattoos. Marian hat Naturlocken und keine Geheimratsecken. Marian verdient Geld. Wenn auch schmutziges Geld. Marian hat überall Freunde und Komplizen, und Marian spricht Deutsch. Er verfügt über einen Schatz an Erfahrungen wie kein anderer im Lager, er wird von allen akzeptiert und geliebt. Er steht in der Lagerhierarchie an oberster Stelle. Er ist der König, Kaiser, Papst, Könner, der Wissende, der Boss. Wenn das nicht sexy macht, dann weiß ich auch nicht.

EINE KOCHSENDUNG IST SPANNENDER

Wollen wir uns ein Bötchen leihen und auf den See fahren?«, fragt er mich in einem Kauderwelsch aus Tschechisch, Slowakisch und Jugoslawisch. Eine Woche später. Aus dem Nichts. Ich sehe ihn erst zum dritten Mal, obwohl ich täglich nach ihm Ausschau halte. Mein Herz donnert, als er mir diesen Satz entgegenwirft wie ein Lasso. Jetzt zählt meine Entschlossenheit!

»Oh ja, gerne. Wir können uns gerne ein Bötchen leihen«, sage ich lässig in meinem Kauderwelsch.

Es regnet leicht. Ich ziehe mir meine gestohlene Regenjacke an, aus einer kleinen Boutique in der Bad Tölzer Fußgängerzone. Auf eine Mütze lasse ich mich nicht ein, obwohl Mutter darauf besteht. Es wäre zu riskant. Ich trage langes braunes Haar mit Strähnchen, wie es die Mode in der *Petra* vorschreibt. Die Strähnchen hat mir meine Mutter gefärbt. Sie betrachtet mich als ihr Versuchskaninchen. An meinem Kopf wurden bereits alle Haarfarben der Welt ausprobiert. Die blonden Strähnchen sind diesmal zu stark geraten. Es sieht künstlich aus, ich korrigiere es hin und wieder, indem ich sie herausschneide. Schade, dass man die Löcher so deutlich sieht, merkwürdige, in den Himmel ragende Stummel. Eine Mütze könnte die Lage der Stummel verbessern, aber auch verschlechtern. Ein Vabanquespiel. Ich stecke mir zwei Haarspangen in die Frisur und hoffe, dass ich nicht kindisch wirke. Wie eine Jungpionierin.

Ich habe mich ordentlich geduscht. Er könnte es durchaus wagen, mir an die Wäsche zu gehen, und ich darf auf keinen Fall einen schlechten Eindruck hinterlassen, denn dass ich mit ihm schlafen will, stand schon bei der ersten Begegnung fest. Für mich zumindest.

Die Oktoberwolken hängen tief in der Luft und drücken die Landschaft nieder. Über dem Königssee schlängelt sich dichter Nebel, und die Stille wirkt gespenstisch. Es ist kühl. So stelle ich mir England vor. Marian paddelt, und ich sitze ganz unschuldig und zusammengekauert im Heck des Bötchens. Eigentlich verläuft die Fahrt sehr langweilig. Er ackert, präsentiert heroisch seine Muskeln an den Oberarmen, indem er seinen Pullover auszieht. Es ist albern, bei der Eiseskälte. Ich mag es trotzdem, sitze, schweige und versuche, meine Unsicherheit mit Desinteresse zu überspielen. Hin und wieder zeigt er mir Sehenswürdigkeiten, die sich vom Boot aus darbieten. Ich kenne sie in- und auswendig. Er sicherlich auch. Wir leben seit Monaten in diesem Pupsort. Trotzdem heuchle ich Überraschung und Dankbarkeit für die wertvollen Informationen. Er dagegen spielt den gebildeten Geografielehrer. Zwei Irre.

Wahrscheinlich macht er diese Tour nicht zum ersten Mal, wahrscheinlich gab es vor mir schon viele Damen. Wahrscheinlich ist diese mickrige Bootsfahrt eine alte Leier für ihn, bei der sich nur die Gesichter der Frauen abwechseln.

An einem einsamen Ort steigen wir aus.

»Ich zeige dir einen tollen Wasserfall«, sagt er. »Keiner im Lager hat jemals diesen Wasserfall gesehen.«

Das stimmt. Von einem Wasserfall höre ich zum ersten Mal.

»Man kann ihn nur vom See aus erreichen. Kein Flüchtling, selbst wenn er mit Schwarzarbeit gut verdient, leiht sich ein Bötchen, um einen Wasserfall zu sehen.«

Die Flüchtlinge interessieren sich für die Städte, den Konsum, das Westliche, das Bunte. Natur gibt es auch »zu Hause«, das ist nichts Besonderes. Ich bin verblüfft über das, was er sagt. Es widerlegt alles, was ich über ihn zu wissen glaubte.

»Ich, ich … wusste nicht, dass du so denkst.«

Ich betrachte die unbeschreibliche Schönheit dieses alten, nebligen Waldes. »Es ist wunderschön hier. Wir sind hier in den Bergen, aber die Natur, die ich gesehen habe, als wir quer durch Deutschland reisten, ist nicht so wild wie zu Hause. Sie ist so geordnet. Bei uns gibt es keine Felder, die wie bunte Vierecke aufgereiht sind, als hätte man sie mit einem riesigen Lineal gezogen. Fällt dir das auch auf? Es wird bei uns garantiert nicht so viel Geld für Zäune ausgegeben.«

»Ja, ja, sicher … Vierecke. Die Touristen besuchen den Wasserfall sehr häufig. Normalerweise.«

Alles klar. Also ist heute wegen des schlechten Wetters kein Mensch da. Raffiniert durchdacht. Sicherlich will er mit mir allein sein und die ersten Annäherungsversuche machen. Wir gehen. Wir plaudern. Nichts passiert. Er berührt mich zärtlich am Arm, wenn der Pfad zu schmal und durch dicke Baumwurzeln schlecht begehbar ist, sagt »langsam, langsam« auf Tschechisch. Das imponiert mir. Er erklärt, wie die Bäume auf Deutsch und Jugoslawisch heißen, reißt keinen Grashalm aus, schiebt behutsam jedes Hindernis beiseite, damit die Natur an uns ja keinen Schaden nimmt, schaut in die Baumkronen und atmet tief die feuchte Luft ein. Weiter geschieht nichts. Es verwirrt mich. Das soll der Schürzenjäger vom Lager sein? Dass ich nicht lache. Das soll der Schürzenjäger von Königssee sein, frage ich mich unentwegt und beobachte die braunen Locken, die bei jedem Schritt wippen, als wäre er ein Prinz. Vielleicht mag er mich als Kumpel.

Ich bin enttäuscht. Grauen. Das wäre furchtbar. Meine Begierde wächst mit jedem Schritt. Bedauerlich, dass ich kein Mann bin.

Ich nähme mir einfach, was ich will. Ich würde sofort handeln, mich an ihn heranschmeißen und ihn abküssen. Ihn zu Boden werfen, ihm die Kleider vom Leib reißen und ficken. So ficken, dass wir die Kälte nicht mehr spüren. Bis wir erschöpft und dreckig vor Lust und Erde auf dem duftenden Waldboden liegen bleiben. Aber so? Als Frau? Als nicht einmal erwachsene Frau? Als Unfrau? Verpickelter Teenager. Siebzehnjährige Idiotin. Welch ein Unalter. Daran muss es liegen. Wie tragisch. Wenn ich wenigstens ein Jahr älter wäre. Ich seufze und steige mit feuchter Unterhose ins Bötchen zurück. Scheiße.

Mutter wartet nervös im Zimmer. Sie fragt nicht, was wir gemacht haben, sie denkt wahrscheinlich, dass wir wilden Sex hatten. Wie sehr ich ihr sagen möchte, dass sie beruhigt sein kann, dass nichts geschehen ist, dass er nicht auf mich steht und dass aus der Lovestory nichts wird. Dass ich ausgesprochen unglücklich bin, Pavel längst vergessen habe und nur mit »ihm« zusammen sein will. Nichts davon kann ich ihr sagen. Ich wurde nicht dazu erzogen, einem Menschen solche Dinge anzuvertrauen. Nicht mal Drobina würde ich es erzählen.

Mama schminkt ihren gestohlenen Lidschatten ab, raucht noch eine und geht ins Bett. Im Bett erwähne ich kurz etwas von einem Wasserfall.

SPITZES KORN STICHT IN DEN ARSCH

Nach einer qualvollen Woche nervösen Wartens, heißester Träume und zügelloser Wunschvorstellungen taucht »er« im Sporthotel auf. Das höre ich von den Leuten. Er meldet sich nicht bei mir. Ich bin verraten, verlassen, leide wie ein Hund. Zwei Tage lang.

Am dritten Tag treffe ich ihn zufällig. Wie immer. Das ärgert mich. Wäre ich nicht zufällig um die betreffende Zeit am betreffenden Ort gewesen, wäre ich ihm nicht begegnet. Er wäre wieder für Wochen weg gewesen. Ich bin nicht Herr der Lage. Er ist es. Ihn stört mein Zorn nicht mal, ich bin ihm schnuppe. Er grüßt mich freundlich, fragt nach Banalitäten, verabredet sich nicht mit mir. Das Herz schmerzt. Ich kann nur heulen und meinen Schädel gegen die Wand hauen. Lydia findet mich albern, macht sich lustig über mich, spricht mies von »ihm« und rät mir, mich an einen anderen ranzumachen.

»Blöde Kuh, das sagt sich so leicht! Angel dir einen anderen! Du spinnst! Man merkt, dass du noch nie verliebt warst! Du bist eben noch nicht erwachsen!«

»Vielleicht hast du recht, aber dieser Marian ist nix für dich. Er ist für keine Frau gut. Er ist ein Arsch. Das merkt man sofort. Du siehst einfach der Realität nicht ins Auge. Und außerdem finde ich ihn gar nicht so schön, wie du sagst. Ich kann gar nicht nachvollziehen, dass du auf ihn abfährst«, antwortet sie energisch.

»Er ist schön!«

»Das bildest du dir ein«, sagt sie.

»Alle stehen auf ihn!«

»Nur olle Schachteln.«

»Du bist doch bloß neidisch!«

»Bin ich nicht!«

»Leck mich am Arsch!«

»So weit kommt's noch!«, sagt sie.

Ich halte einen Moment inne und denke nach. Marcela, die neue Slowakin, lackiert mit einem durchsichtigen Nagellack mit goldenen Pünktchen still ihre Zehennägel und grinst frech.

»Und wen bitte soll ich mir denn angeln? Weißt du vielleicht jemanden?«

»Zdeněk. Zum Beispiel«, sagt sie plötzlich.

»Zdeněk, der aus Košice? Iiiih!«

»Wieso?«

»Der ist zu dünn. Der hat keine Muskeln!«

»Der ist aber hübscher.«

»Und warum angelst du dir den nicht selber, wenn du ihn so toll findest?«

»Ich? Och, nee. Mir ist der zu dünn.«

»Blöde Kuh!«

Ich schmeiße mit einem kleinen Teddybärchen nach ihr, das auf Marcelas Bett thront. Leider treffe ich das Waschbecken statt Lydia. Marcela springt eilig auf und rettet das Plüschtier vor dem Ertrinken. Einige Socken baden dort im Seifenwasser. Anscheinend hat der Teddy eine besondere Bedeutung. Er trieft. Sie flucht mörderisch. Übertrieben.

So geht es seit einer Woche. Ich denke mittlerweile ernsthaft über Zdeněk aus Košice nach. Leider verliebe ich mich nicht in ihn, es geht einfach nicht. Für mich ist er leere Materie, Luft, ein Nichts.

Ich zünde mir eine Zigarette an. Der Albaner spart nicht mehr mit Tabak. Ich würde sagen, dass ich eine ordentliche Zigarette rauche. Lydia ist diesmal nicht dabei, sie darf wahrscheinlich nicht kommen. Ihre Eltern sind streng, irgendwie religiös, manchmal darf sie einfach das Zimmer nicht verlassen.

Marian öffnet die Tür, ohne anzuklopfen. Mir fällt die Zigarette aus der Hand. Er flüstert etwas zu den Typen, die da wohnen, bemerkt mich aber gleich und schaut aus den Augenwinkeln in meine Richtung. Ich atme kaum, bin wahnsinnig aufgeregt, halte mühsam meine lächerliche Fassade aufrecht. Und dann geschieht das Unglaublichste. Er geht zu mir, küsst mich leicht auf die Lippen, nimmt meinen Arm und zieht mich an sich. Dann packt er mich von hinten an den Schultern und führt mich aus dem Zimmer. Draußen im Flur falle ich ihm sofort in die Arme, und wir küssen uns. Es dauert lange, und ich bin der glücklichste Mensch auf Erden. Ich bedeute ihm etwas, ich bin in seinen Augen kein geschlechtsloser Kumpel, und meine Unreife stößt ihn nicht ab.

Wir können gar nicht aufhören, sind ineinander verschlungen wie zwei Schlangen. Ich kann nur hoffen, dass Mutter nicht zufällig auftaucht. Oder sonst jemand. Unsere Zuschauer – ich bin sicher, dass es welche gibt – kriegen was geboten. Ich denke gar nicht daran aufzuhören. Wie eine Betrunkene, hemmungslos, falle ich diesem Menschen um den Hals. Seine Hand löst sich von meinem Hals und bewegt sich tiefer in Richtung Brust. Ich zucke zusammen und löse mich leicht von ihm. Die Show ist zu Ende, würde ich den Spannern am liebsten zurufen. Leider bin ich dazu gezwungen, seine Hand abzustreifen, auch wenn meine Brust innig darauf pocht, berührt zu werden. Den Anblick gönne ich den Arschlöchern nicht.

»Marian, lass uns hier weggehen.«

Wir fahren mit einem fremden Auto irgendwohin. Mutter hat nichts mitgekriegt. Die Spanner grinsen widerlich, während Marian aus der Parklücke herausfährt. Ich bin mir nicht mehr so sicher, ob es richtig ist, was ich da tue. Ich komme mir vor wie ein gestohlenes Kind, er mir wie ein geiler alter Bock. Am liebsten würde ich aussteigen, traue mich aber nicht, es ihm zu sagen. Noch lieber würde ich mit ihm Bötchen fahren gehen oder eine Cola trinken. All das lieber, als in ein Hotel zu fahren. Wahrscheinlich in ein Stundenhotel, wo schon Hunderte Paare vor uns ihren Schleim abgelassen haben und ihr Geruch in den braunen Tapeten haftet wie kalter Zigarettenrauch in alten Spelunken. Dort, wo er mir in einem ekelhaften Bett die Unterwäsche ausziehen, mir küssend und sabbernd, ohne mich zu fragen, die Finger ungehemmt reinstecken wird, wo er will, in dem Glauben, mir damit etwas Gutes zu tun. Er wird mich höflich bitten, seinen dicken, mit blauen Adern übersäten Schwanz in den Mund zu nehmen, ihn zu reiben. Ich werde beinahe würgen, weil er so riesig ist und mein Gaumenzäpfchen berührt. Meine Lust vortäuschend, werde ich mich rekeln, ihn endlos blasen, bis sich mein Kiefer verkrampft und ich am liebsten fest zubeißen würde. Und nach einer Ewigkeit, weil er nicht kommen kann oder will, wird er ihn aus meinem Mund herausziehen. Er sieht mich gar nicht, er beeilt sich, seine Augen sehen nur bestimmte Details an meinem Körper, dreht mich um und schiebt diesen Schwanz, der in der Zwischenzeit leicht schlaff geworden ist, in mich hinein und rammelt mich, wie ein Hengst eine Stute. Ich werde froh sein, dass ich seine süßliche Flüssigkeit, die wie ein bestimmtes Gewächs im Park riecht, nicht schlucken muss, ich müsste wieder würgen. Gut, dass er ausschließlich »unten« bleiben, mich zwischen meinen Beinen beschmutzten wird und dass ich meinen Gesichtsausdruck nicht verstellen muss. Er wird schweißgebadet rücklings auf die durchgelegene Matratze fallen, ich werde mich zusammenkrümmen, während sein Sperma aus mir herausfließt. Es wird sich heiß anfühlen. Mein Schoß wird brennen, ich werde das Bedürfnis haben, mich zu waschen und eine saubere Unterhose anzuziehen. Er wird sich eine Zigarette anzünden, wird zufrieden sein, schließlich hat er gerade eine Siebzehnjährige gefickt, die noch schön eng ist. Runde Rauchwölkchen schweben über meinem Kopf, er schweigt, es gibt nichts zu sagen. Er zieht sich dann langsam an. Er wird mich bitten, dass wir uns nächste Woche wieder in diesem Hurenhotel treffen, um eine Nummer zu schieben. Ich werde aber alleine hinfahren müssen, weil er direkt aus München kommend keinen Umweg machen möchte, um mich abzuholen. Mein Gott, habe ich perverse Gedanken!

Er hält nicht weit vom Asylantenlager an. Die Kornfelder um uns herum strahlen golden, und wir steigen aus. Natur ist ihm lieber als ein Stundenhotel. Sie kostet nichts.

Fünf Minuten später liegt er auf mir. Es gab kein Vorspiel, es ging gleich zur Sache. Das frisch abgemähte Kornfeld, das meine Unterlage bildet, sticht verdammt fies in den Hintern, und ich hoffe, dass er nicht zu lange braucht, bis er zu seinem Orgasmus kommt. Die Sonne scheint mir direkt ins Gesicht und blendet unangenehm, die Augen tränen, und die Schminke verabschiedet sich von mir. Er könnte denken, dass ich vor Glück weine. In Wahrheit kann ich es nicht abwarten, dass es endlich vorbei ist. Wäre ich nicht so verklemmt, hätte ich ein Wörtchen gewagt oder ein Geräusch oder ein Stöhnen geäußert, geflüstert, was *mich* anregt, dann wäre der Sex vielleicht von mir aus hingebungsvoller oder »erwachsener« gewesen. Nein. Nichts. Kein Sterbenswort. Kein Laut. Wie eine Mumie liege ich da. Er hat seinen Spaß, ich nicht.

Ich begreife nicht, warum ich so heiß auf Sex war. Sex ist unangenehm. Überflüssig. Von einem Höhepunkt kann keine Rede sein, und es tut weh. Die anregende Spannung, die davor herrschte, ist weg. Der Körper ist enthüllt, seine geheimsten Ecken und Verstecke offenbart, was soll da noch kommen? Ich bin zu jung. Ich bin definitiv zu jung. Wie soll ich eine gute Liebhaberin sein, wenn ich mich jede Sekunde kontrolliere? Er keucht, ich dagegen denke an seine Gedanken. Ich denke an meine Wirkung, an gesellschaftliche Idealvorstellungen, an ungewollte Schwangerschaft und an das stechende Korn.

Ich schwöre mir, während er immer mehr ins Schwitzen kommt, das nächste Mal länger zu warten. Nicht mehr sofort in die Kiste zu steigen. Einfach abzuwarten.

Es ist vollbracht. Ich bin froh. Er liegt entspannt auf mir, sein ganzes Gewicht lastet auf mir. Wie eine Märtyrerin spiele ich falsche Dankbarkeit. Ich habe von den Stängeln sicherlich blutige Punkte. Diesmal werde ich vor meiner Mutter Einiges geheim halten müssen, sonst macht sie sich zu viele Gedanken und glaubt, Marian wäre bald ihr Schwiegersohn. Er streichelt zart meine Stirn. Das hätte mir als Geschlechtsverkehr völlig gereicht.

NEUE DIMENSIONEN ERÖFFNEN SICH

Die Verliebtheit lässt nach, verschwindet aber nicht ganz. Sie kommt immer dann zurück, wenn er für Wochen verschwindet und ich nicht weiß, warum. Er sagt, er müsse arbeiten. Wenn er kommt, lädt er Mutter und mich in ein Restaurant ein. Das ist ein Highlight des Tages. Wir machen uns Stunden vorher schick, fühlen uns wie die englische Königin, obwohl es sich um einen billigen Italiener handelt. Meint Lydia.

Die italienische Küche kennen wir nicht. Zu Hause gab es »Kniechen«, weiter nichts. Eine wenig ansehnliche kommunistische Pastasorte in Form eines Knies. Sehr klein geraten. »Kniechen« werden extra serviert, mit einer braunen Sauce und Fleisch. Oma hatte sich noch eine andere »Kniechen«-Variante ausgedacht, auf die sie enorm stolz war: »Kniechen« mit Schinken und Ei, im Ofen gratiniert. Ein Kinderessen.

Pasta-Gerichte in der Tschechoslowakei schmecken so italienisch, dass sich jeder Italiener eine Kugel durch den Kopf jagen würde, nachdem er gefleht hätte: »Hört bitte einfach auf damit!«

Ich verfalle in eine Art Trance, als ich zum ersten Mal Tortellini alla Panna koste. Ein Traum, ein Gedicht, Ekstase! Diese perfekte Kombination aus Sahne, Fleischfüllung und Nudelteig macht meinen Gaumen sofort abhängig. Ein weißes, weiches Brot dazu serviert zu bekommen, ist ebenfalls neu und geradezu revolutionär.

»Marian, wozu bekommen wir Weißbrot? Ich habe es nicht bestellt?! Wenn ich es esse, bin ich satt«, frage ich neugierig.

»Ich nicht. Ich kann viel essen. Mein Bruder sagte immer, ich habe einen Magen wie ’ne Kuh«, schmatzt Mutter dazwischen. Sie ist im siebten Himmel.

»Guck mal, Nadi, du schmierst dir diese Kräuterbutter drauf …«, und Marian zeigt uns elegant seine Schmierkunst, mit abgespreiztem kleinem Finger, wie nur Frauen es machen, bis das Brot ganz perfekt aussieht. Dann beißt er genüsslich hinein. Für solche Momente nehme ich unsere Sexeskapaden in Kauf. »… und damit du nicht satt davon wirst, isst du nur ein Stück. Kein Mensch zwingt dich, den ganzen Brotkorb aufzuessen.«

Das geht in unsere tschechischen Birnen schwer rein, denn was auf dem Tisch steht, wird auch gegessen. Ohne Wenn und Aber. Meine Großeltern sagten immer: »Hau rein, iss auf! Wenn der Krieg kommt, wirst du dich erinnern, wie du königlich gespeist hast.«

»Du Esel!«, fügte unsere Großmutter meistens noch hinzu.

Ich könnte mir vorstellen, dass diese Art zu denken meinen Großeltern ihr Übergewicht eingebrockt hat, und nicht nur ihnen, sondern der gesamten Generation dieser Republik. Alle sind fett.

»Da freut sich der Mensch, wenn das Kind isst. Dutzi, dutzi«, war Omas Lieblingsspruch. Sie dachte sich die unmöglichsten Tricks aus, um mich zum Essen zu animieren. Sie war erst glücklich, wenn ich aß.

Ich versuche also dezent und gegen meine Gewohnheit, nur eine einzige Scheibe des köstlichen Weißbrots zu verzehren. Die leeren Teller, auf denen sich noch vor wenigen Minuten Tortellini alla Panna befanden, werden weggetragen. Sie weilen in unseren Bäuchen, gequetscht wie Ölsardinen in der Büchse. Sein Teller ist noch voll und seine schönen blauen Augen glänzen vor Freude, weil er für uns den Entdecker eines neuen Lifestyles spielen kann.

»Jetzt bestelle ich euch noch eine italienische Spezialität.«

Ich öffne unauffällig meinen Hosenknopf, bevor er wie ein Torpedo abgeschossen wird.

»Jesusmaria … was ist das? So riesig? Ich kann nicht mehr. Ich platze!«

»Wollen wir wetten, dass du es aufisst?«, sagt Marian.

»Ich esse es auf, ich kann auch deins essen … wenn du nicht willst«, wendet sich Mutter an mich, als auch vor ihrer Nase die viererecklge Torte landet.

»Was ist mit deinem Hungerstreik, Mama? Vorbei?«

Ich lache. Glücklich sehe ich Mutter zu, wie sie gierig auf ihr Dessert starrt. Sie findet ihren Appetit wieder. Nicht dass es mit den Tortellini angefangen hätte, sie isst schon seit einiger Zeit viel besser, aber diese Restaurantbesuche geben ihr endgültig ein ausgewogenes Verhältnis zum Essen zurück.

»War kein Streik, Leničko, ich hatte einfach keinen Hunger, alles Nerven«, sie zerteilt mit der Gabel die weiche cremige Masse. »Hm … ausgezeichnet.«

»Warum haben sie uns eine Gabel gebracht, Marian?«

»Womit willst du das sonst essen?«

Er schlürft seinen schwarzen bitteren Kaffee, der kaum zu sehen ist, so wenig ist davon in der Minitasse, und pult sich die Essensreste aus den Zähnen. Mit einem einzeln verpackten Zahnstocher. Ich komme aus dem Staunen nicht mehr raus.

»Mit einem Löffel, würde ich sagen«, antworte ich besserwisserisch.

»Schatzi, das ist eine Dessertgabel, das gehört sich so. Iss.«

»Und was ist das für ein winziger Kaffee?«

»Das ist ein Espresso, Schatz. Der ist immer so klein.«

Und er hält uns einen halbstündigen Vortrag über Espresso, oder wie es heißt. Das macht Spaß. Ich möchte, dass er uns immer etwas erklärt.

»Und was bedeutet Schatzi?«, frage ich ihn, nachdem das Wort »Schatzi« ungefähr zum neunundachtzigsten Mal aus seinem Mund erklungen ist. Er macht mittlerweile einen gelangweilten

Eindruck, wie der Vater, der zum neunundachtzigsten Mal seiner Tochter die Welt erklären muss. Doch meine Neugier ist unersättlich.

»Das ist eine Koseform, ein Kosename für jemanden, den man besonders gerne hat.«

Ich lächle ihn an, fühle mich geschmeichelt.

»Und wer hat dir das Wort beigebracht?« Er trinkt den letzten Schluck aus der winzigen Tasse, schaut dabei melancholisch zu Boden und antwortet: »Niemand.«

EIN SCHWARZES ETWAS IN DEN HÄNDEN

Marian hat komische Ideen. Er übergibt mir ein winziges schwarzes pelziges Knäuel. Es wiegt fast nichts.

»Das ist für dich«, sagt er.

Dann küsst er mich kurz und geht. Er muss wieder für ein paar Tage verschwinden, wird sich aber bald melden. Nichts Neues. Ich halte »es« in den Händen, kann nicht herausfinden, wo sich der Anfang und wo das Ende befindet. Eins wird langsam klar: Das Ding ist ein Hund.

»Oh Gott, mein Gott, ist der goldig! Mein Gott, ist der süß!« So geht es eine Weile, bis Mutter und ich uns einigermaßen beruhigt haben und unsere Ekstase beenden.

Wir sind schon immer in Tiere vernarrt gewesen. Ich hatte eine Schildkröte. Sie ist mir auf dem Spielplatz verloren gegangen. Dann kaufte ich mir einen Hamster, der Kenny hieß. Den habe ich drei Jahre nach seinem Verschwinden eingebuddelt im Blumentopf gefunden. Nur winzige Hamsterknochen ragten aus der Erde.

Dann hatte ich einen Kanarienvogel, den Opa zur Pflege übernehmen musste, weil ich mit ihm nichts anfangen konnte. Und Fische. Sie sind alle frühzeitig gestorben. Ich habe sie im Klo heruntergespült, weil sie durch eine tückische Krankheit riesige Augen bekamen. Sah schlimm aus. Der Einzige, der immer noch lebt, ist unser Pudel Ben.

Ich drehe das Ding hin und her. An seinem nackten, weichen Bäuchlein streckt sich etwas Winziges, so was wie eine kleine Pistole, und mir ist klar, dass es ein Rüde ist. Die schwarze Knopfnase ist nass und kalt, die Äuglein glänzen vertrauensvoll, die Tatzen sind rosa und weich wie Butter. Er kaut sofort an meinem Daumen, wie auf Befehl. Seine kleinen spitzen Zähne kitzeln. Er bekommt den Namen Benny. Wir bauen ihm ein Bettchen neben unserer Matratze, behüten ihn wie ein kleines Kind.

Gott sei Dank befindet sich unser Sporthotel mitten im Wald, ideal für Hundebesitzer, so kann sich Benny, trotz des engen Zimmers, jeden Tag austoben. Wir finden mit diesem Tier Geborgenheit, Heiterkeit, Lebensfreude. Ein Zuhause ist in Sicht, eine Familie. Ein fast vergessenes warmes und friedliches Gefühl. Die anderen Asylbewerber lieben Benny, selbst die Albaner freuen sich, wenn ich mir, begleitet von Benny, eine Zigarette hole. Benny wird zuerst begrüßt, dann ich. Tänzelnd huscht er zwischen ihren Füßen hindurch, wirft sich auf den Boden und lässt sich durchknuddeln. Mutter hofft, Benny bald eine perfekte Hundefrisur zu verpassen, wie es sich für einen Pudel gehört. Lauter Fellkugeln. Damit könnten wir zu Hundewettbewerben fahren und einen Pokal gewinnen. Das wäre das Schönste für sie. Benny wird für unsere zweiköpfige Familie unentbehrlich.

Doch die Sache hat einen Haken. Im Asylantenlager sind Hunde verboten. Wir haben noch nie zuvor erlebt, dass das Halten eines Hundes verboten war.

»Nun, was sollen wir tun? Benny war ein Geschenk. Ich habe ihn nicht gekauft«, versuche ich dem alten Hausmeister zu erklären.

»Ihn gar nicht erst annehmen«, sagt der alte Pole garstig. Ich rege mich nicht besonders auf. Der Alte kann mir viel erzählen, ich weiß, der legt sich mit jedem an. Seine Haut ist rot, die Augen leuchten in hellem Blau, und die glänzende Glatze an seinem Kopf droht einen Sonnenstich zu bekommen. Die Sonne ist noch stark an diesem spätsommerlichen Tag.

»Dafür ist es zu spät. Das mit dem Hundeverbot haben wir erfahren, als Benny längst bei uns war, verstehen Sie.«

»Trotzdem abgeben«, sagt er nebenbei, während er die Eingangsstufen fegt.

»Was denken Sie denn?! Unmöglich!«

Ein Familienmitglied, das uns ans Herz gewachsen ist, gebe ich nicht weg. Was denkt sich der Idiot? In Polen ist das vielleicht üblich, aber nicht bei uns. »Niemals!«, füge ich entschieden hinzu.

Doch es wird immer anstrengender. Unter dem Mantel versteckt, wird Benny von uns zum Gassigehen rausgetragen, in sichere Entfernung. Nach dem Gassigehen wiederholt sich das Theater, damit uns der blöde Glatzkopf nicht sieht. Benny ist klein, wir machen es lange so. Und es gibt noch die Hoffnung, dass das Versteckspiel eines Tages ein Ende hat. Schließlich gehen wir hier irgendwann mal weg, und vielleicht ist es bald.

An einem Sonntag hören wir die Chefin, wie so oft, auf dem Hof herumbrüllen. Der kleine Pole steht vor ihr mit seinem Eimerchen, wie ein armer Diener, der gerade von seiner Herrin bestraft wird. Von einer bösen Herrin natürlich. Einer Tyrannin. Pah. Wir können es gut aus dem Fenster beobachten. Sie versprüht ihren Hass ausgezeichnet, keiner wagt es, den Fuß aus dem Gebäude zu strecken. Plötzlich gefriert mir das Blut in den Adern, als ich das Wort »Hund« aus dem mit schlechtem Lippenstift beschmierten Mund der Alten höre. Das Vieh müsse sofort verschwinden, sie werde den Köter vergiften, ihren Schäferhund auf ihn hetzen, die Polizei rufen, die ihn dann ins Tierheim stecken und ihn dort hoffentlich gegen die Wand schmeißen werde. Das berichten mir einige Hausbewohner, die ein wenig besser Deutsch verstehen.

Auf Zehenspitzen schleichen wir mit Benny unter dem Mantel hinaus, bleiben viele Stunden mit ihm in der Natur und zittern vor der Rückkehr. Jeder Tag, der vergeht, ist für uns ein Sieg über diese Hexe, jeder Tag, den wir in diesem Haus verbringen, bringt uns unserer Erlösung näher.

Freunde raten uns, das Tier abzugeben. Das kommt nicht infrage, wir hängen an dem Hündchen wie an einem Kind.

Ein paar Wochen vergehen. Dann steht die Polizei vor unserer Tür. Mir wird übel, ich weiß, was das bedeutet, nichts Gutes, sicherlich geht es um Benny. Die Fascho-Kuh hat die Bullen auf uns gehetzt. Die Polizeibeamten sprechen freundlich zu uns, hören sich geduldig unser Flehen an, oder das, was davon zu verstehen ist, gehen dann aber resolut in unser Zimmer und reißen meiner Mutter den Hund aus dem Arm. Es spielt sich eine dramatische Szene ab. Mutter weint hysterisch, flucht, schreit ihnen nach, stampft mit den Füßen. Ich stehe gehemmt daneben, laufe ihnen schließlich nach, flehe sie an wie eine Wilde. Benny zappelt, will sich losreißen, ich resigniere, hocke mich an die versiffte Wand. Sie tragen unseren Hund durch die Gänge des verdammten Asylantenlagers weg, als wäre dieses Scheißloch ein Grand Hotel, in dem man sich fürchten muss, dass das Tier cremefarbene Teppiche verunreinigt. Draußen höre ich Streit mit anderen Asylbewerbern, die rührend versuchen, die Beamten zu überreden oder aufzuhalten. Ich weiß es nicht genau. Nichts hilft. Ich rappele mich noch mal auf, will aufs Neue Widerstand leisten, sehe aber nur noch einen gerade losfahrenden Polizeiwagen.

Benny ist weg. Für immer. Wo er landet, wissen wir nicht. Es ist eine scheußliche, schmerzhafte und beängstigende Erfahrung mit diesem verfluchten Land. Ich will die Frau töten. Müde vor Schmerz und Verwirrung falle ich abends ins Bett und überlege mir, wie ich diese Hexe bestrafen könnte. Leiden soll sie, unglücklich soll sie sein (was sie ohnehin wahrscheinlich schon ist, bei so viel Hass). Tausend Folterarten gehen mir durch den Kopf, bis sich die Mordgelüste abschwächen und auf den lausigen Wunsch reduzieren, sie möge eine Woche Durchfall kriegen.

Benny ist tatsächlich weg.

Benny ist noch lange danach das Gesprächsthema Nummer eins, wochenlang grübeln wir, überlegen, was Benny wohl macht, wo er lebt, ob er überhaupt noch lebt. Diese Ungerechtigkeit hätten sich die Polizeibeamten und die KZ-Aufseherin sparen können. Es hätte gereicht, ein Mal weniger deutsch zu sein, ein Mal weniger ordentlich. Ein Mal an uns zu denken und daran, was es heißt, wenn sie einem das geliebte Tier aus dem Arm reißen. Das hätte reichen müssen, um eine Ausnahme zu machen. Sie könnten doch ein überdimensionales Plakat aufhängen, mit der Aufschrift:

Ab sofort sind alle weiteren Tiere im gesamten Gebäude und in der Umgebung absolut verboten!!!!! Ohne Ausnahme!!!!

Dann würden sicher keine weiteren Haustiere angeschleppt werden.

Sie ahnen nicht, welchen Kummer sie uns bereiten. Die Beschwerdebriefe, die wir in unserem miserablen Deutsch an das Berchtesgadener Landratsamt, an die Polizeistation, sogar an das Polizeipräsidium schreiben, helfen nichts. Wahrscheinlich lachen sie sich kaputt, wenn sie lesen, was drinsteht, falls sie es überhaupt lesen. Oder sie verstehen den Zusammenhag nicht. Was weiß ich. Keiner der Briefe wird beantwortet.

Marian bedauert den Vorfall, schließlich hat er uns das alles eingebrockt. Schließlich war es grundsätzlich unverantwortlich von ihm, ein Tier zu verschenken, als wäre es ein Parfum oder eine Weinflasche. Er bedauert den Vorfall, Benny ist ihm egal. Er hat mir einen Hund geschenkt, weil ein Mann einer Frau eben einen Hund schenkt. Ein Spielzeug. Das macht man so. Keine Ahnung, wieso. Er will von mir keine Fragen hören, das gehört sich nicht für eine brave Freundin. Sie soll den Hund streicheln, wenn sie traurig ist.

EINE LANGHAARIGE ÜBERRASCHUNG TAUCHT AUF

Marian und ich haben kein Bett, in dem wir miteinander schlafen können. In unserem Zimmer hält sich meistens meine Mutter auf, in seinem vier Albaner, drei Jugoslawen und ein Slowake. Draußen wird es langsam ungemütlich, und ein Hotelzimmer ist wohl zu teuer. Manchmal tun wir es einfach nachts auf seinem Hochbett. Mutter denkt, wir gehen aus und kommen spät in der Nacht zurück, stattdessen kuscheln wir uns auf seinem Hochbett aneinander, meist in Löffelchenposition. So können wir uns ungehindert berühren oder streicheln, wie wir Lust haben, und gleichzeitig den Überblick behalten. Er muss vorsichtig sein, damit es keiner merkt, Langsamkeit und Zärtlichkeit sind angesagt. Das mag ich. Nachdem er meine Unterhose abgestreift hat, steckt er mir seinen harten Schwanz rein und bewegt sich erst mal nicht. Das Bett darf nicht wackeln, das wäre besonders peinlich. So liegen wir ewig da und bewegen uns nur äußerst selten, was dazu führt, dass auch ich etwas spüre. Ein warmes, lustvolles Gefühl, bei dem ich mir wünsche, dass es niemals aufhört. Ich nehme an, dass es mit Orgasmus oder sexueller Lust zu tun hat.

Ein Höhepunkt kam noch nicht, aber ich bin schon nah dran. In solchen Momenten liebe ich ihn und möchte es ihm auch sagen. Das geht aber nicht, da wir so tun, als würden wir tief schlummern. Er kommt, zuckt ein wenig, und in diesem Moment könnte es sein, dass der Slowake unter uns im Bett etwas merkt. Er verrät uns aber nicht, er ist still, wartet, bis ich vom Bett heruntersteige, mich leise anziehe und das Zimmer verlasse. Dann holt er sich mit Sicherheit einen runter. Gott sei Dank schlafe ich nicht oft bei Marian, denn ich komme mir eher wie eine Prostituierte als wie seine Freundin vor. Die Geheimnistuerei ist mühsam, ich habe wenig Gelegenheiten, mit ihm zu sprechen, zu leben, zu teilen, zu sein. Eigentlich kenne ich Marian nicht.

Manchmal bittet Marian meine Mutter, ihm und seinen Kumpels unser Auto zu leihen. Mutter tut es äußerst ungern, weil der Fiat meist in desolatem Zustand zurückgegeben wird. Sie traut sich jedoch nicht, ihm den Wagen zu verweigern. Das Armaturenbrett ist stark beschädigt, das Handschuhfach, in der die Landkarte normalerweise lag, ist abgerissen, als hätte es jemand mit den Füßen heruntergetrampelt, der Lack ist an mehreren Stellen zerkratzt ... Traurig sieht das Auto aus.

Ein Albaner klärt uns auf. Nicht der Schläger, der mir Zigaretten dreht, ein anderer, ein unscheinbarer. Einer, der seine Klappe nicht halten kann. Er erzählt mir einige Details über Marian. Meine Vorahnung bestätigt sich, und ich weiß jetzt, wofür sie das Auto brauchen: um gestohlene Ware vom Tatort zum Abnehmer zu transportieren. Jetzt ist mir auch klar, weshalb das Auto so ruiniert wird. Es geht hier nicht um einzelne Kleidungstücke oder Unterwäsche, sondern um Hi-Fi-Anlagen, Alkohol und Zigaretten im großen Stil. Das hinterlässt Spuren an unserem Fiat, der Fiat ist eben kein Lkw.

Damit lässt sich gut verdienen. Kein Wunder, dass Marian gerne einlädt und mit Geld um sich schmeißt. Er spart keinen Pfennig, sondern verschwendet alles, um den großen Macker zu spielen.

Ich sitze gemeinsam mit den anderen internationalen Genossen in dem stinkigen, unaufgeräumten Zimmer, in dem ich mit Marian schlafe und albanischen Tabak rauche.

Ich rauche gerade genüsslich, obwohl Marian das nicht mag, weil er der Meinung ist, Frauen sollten nicht rauchen, das sei Männersache. Päh …

Es ist Nachmittag. Eine Frau tritt ein. Sie hat kurz angeklopft, aber nicht auf Antwort gewartet, sondern gleich die Tür geöffnet. Sie trägt lange glatte Haare, ähnlich wie meine. Von Statur ist sie klein, schlank, nein, fast dünn, hat eine spitze, nach oben wie eine Abschussrampe gebogene Nase und ein vom Solarium zu stark gebräuntes Gesicht. Sie könnte dreißig Jahre alt sein, für mich eine Rentnerin. Ihre flinken Augen wandern von Marian, der sich sofort aus meiner Nähe befreit, zu mir und dann wieder zu Marian. Sie starrt uns einen Moment an, so wie auch wir sie schweigend anschauen, und dreht dann ihren Leierkasten auf Hochtouren.

Sie redet wirr, ich kann es nicht zusammenbringen, sie spricht zu schnell. Marian reagiert heftig, gereizt, beinahe beschimpft er sie. Er ist wie ausgewechselt. Ich wage es nicht, ihn anzusprechen, er ist zu aggressiv. Ich brauche nicht lange, um zu begreifen, was diese hysterische Lady mit Marian zu tun hat. So wie sich die Lage darstellt, scheint sie sich als seine Freundin oder Frau zu verstehen. Ich schweige lieber, wie die anderen Zeugen auch, während Marian und diese Frau peinlich streiten. Sie zeigt häufig mit der Hand auf mich, Marian wiederum fuchtelt mit seinem Zeigefinger. Das Wenige, was ich heraushöre, ist ihr Vorname. Christa. Wie sie spricht, scheint sie eine ganz normale Deutsche zu sein, denn Sätze herunternudeln kann sie ausgezeichnet. Das kann nur eine Deutsche. Und nur eine eifersüchtige Deutsche traut sich in ein Asylantenlager. Das hat Seltenheitswert.

Marian beschimpft sie, zerrt an ihren dünnen Armen, wirft ihr vor, hier einfach reinzuplatzen, so eine Frechheit, ihm nachzuspionieren. Worauf sie dröhnt, ob ich die Frau sei, mit der er im Lager schläft. Sie betont »im Lager«, als würde Marian an anderen Orten auch noch Liebhaberinnen haben. Dies erfahre ich von den anderen, setze mir den Sinn zusammen wie ein Puzzle. Der Streit nimmt an Bösartigkeit zu, und uns wäre es angenehmer, wenn sie ihr Problem unter vier Augen lösen würden. Er packt sie grob an den Schultern und schiebt sie raus, so wie er mich vor einigen Wochen gepackt hat, allerdings um mich zu küssen.

Diesem Rivalinnengetue will ich mich nicht stellen. Ich bleibe ruhig sitzen.

»Krass«, sagt der Albaner, der sich im alkoholisierten Zustand gerne schlägt, »der hat ein Problem.«

Und er nimmt einen warmen Schluck Bier aus der Blechdose.

»Von einer Christa wusste ich nicht … Habt ihr das gewusst?«, sagt einer der Jugoslawen.

Er hockt sich neben das Beistelltischchen und dreht sich eine. Die gelben Finger haben seit Langem weder Wasser noch Seife gesehen.

»Gibt es noch eine?«, erschrecke ich.

»Nicht dass ich wüsste. Ich rede nur von der da«, sagt der Albaner.

»Was wirst du jetzt machen?«, fragt der Jugoslawe.

Sein Tabak fällt ihm vor lauter Impulsivität vom Blatt.

»Aufs Maul hauen!«, fällt natürlich dem Albaner ein.

Ich muss lächeln.

»Ich würde sie windelweich schlagen!«, fügt er glorreich hinzu.

»Das glaube ich dir sofort. Trink dein Bier lieber nicht, wenn du mir einen Gefallen tun möchtest. Am Ende kriege *ich* noch von dir aufs Maul.«

Er steht stocksteif da, mit der dämlichen Dose in der Hand, die Hose hängt ihm in den Knien, das nächste Mal bringe ich ihm einen Gürtel von der Caritas mit.

Ich bin sauer. »Wer ist die Frau?«, frage ich in die bunte Runde.

»Na, seine Tussi aus München. Christa«, sagt ein anderer.

»Wie sie heißt, habe ich mittlerweile auch schon mitgekriegt«, erwidere ich ironisch.

»Ich wusste von ihr. Ich wusste, dass sie hier irgendwann mal auftaucht, so dumm, wie sie ist!«, sagt der Slowake, der unter Marians Bett schläft.

»Wie, und du lässt mich hier sitzen und mich von ihm verarschen?«, fahre ich ihn an.

»Was gehen mich eure Fickgeschichten an, du Gans.«

Der Albaner ballt schon seine Hand zur Faust.

»Halt, hört auf. Stopp.« Stille. »Aus München?«, frage ich.

Mein Kopf dreht sich wie ein Karussell bei dem Gedanken, dass ich es mit einer Großstädterin zu tun habe. Das finde ich gar nicht gut. Ich bin eine lächerliche Landpomeranze.

»Das macht nur eine Deutsche, unsereiner würde sich nicht die Blöße geben«, tönt der andere Slowake heroisch.

»Bist du dir da so sicher, du Gockel?«, frage ich.

»Eine in München und eine in Königssee, in Traunstein noch eine, und so weiter, geil!«, prustet der Albaner los.

»In München, Königssee und Traunstein?

»Nee, das habe ich nur so gesagt. Es gibt nur dich und Christa.«

»Dieser … Scheißkerl. Mieser Hund«, flüstere ich leise.

Ich bereue, das gesagt zu haben, denn ich fürchte Marians Zorn, den ich soeben kennengelernt habe, als er mit Christa stritt.

Marian kommt zurück, findet mich mit verheultem Gesicht auf dem gleichen Platz vor, auf dem er mich vor einer halben Stunde verlassen hat.

»Mein Schatz …«

»Nenn mich nicht ›mein Schatz‹! Das hast du von *ihr* gelernt.«

»Was habe ich gelernt?!«

»Schatz.«

»Lenička, ich weiß gar nicht, was die hier will. Sie kommt einfach so unangemeldet …«

»Deine Freundin aus München kommt mal gucken, was ihr Freund so treibt … das ist nichts Ungewöhnliches, oder?«

Mein weibisches Schluchzen ist bedauerlicherweise nicht aufzuhalten.

»Nein, nein, nein. Ich hab ihr gesagt, dass ich nichts mehr mit ihr zu tun haben möchte, aber sie läuft mir trotzdem nach. Da kann ich auch nichts machen. Es tut mir leid.«

»Ich habe gehört, dass du seit Jahren mit ihr zusammen bist. Ich bin nur eine kleine Zerstreuung«, sage ich kleinlaut.

»Wer hat das gesagt?«

Ich heule weiter. Es war nicht klug, den Slowaken zu verpetzen.

»Sag mir, wer das gesagt hat«, fährt mich Marian an.

Ich glaube, in diesem Moment fangen die slowakischen Pobacken an zu zittern.

»Wie, wer das gesagt hat? Ich habe es so verstanden. Ist doch egal«, versuche ich mich rauszureden.

»Das ist nicht egal.«

Seine Stimme klingt unangenehm bedrohlich. »Wer erzählt hier so was?«

Ein Scheißmacho ist er. Ein Scheißmacho. Alle müssen ihn decken, für ihn lügen, als wäre er ein Mafioso.

»Ich weiß es nicht, Marian … Er ist schon weg.«

»War es der Jugoslawe, der gerade rausgegangen ist?«

»Nein, nein, der, der war's nicht. Es war … es war, der Rumäne, glaube ich. Das ist doch wurscht, Marian.« Und damit steige ich vom Sofa und gehe zum Albaner, der still mit geballter Faust am Bettrand sitzt, um bei ihm eine Zigarette, meine vierte heute, zu schnorren. Marian lässt mich nicht aus den Augen.

»Rumäne?«

»Ja … ein Rumäne.«

Der Albaner beginnt sofort eine Zigarette zu drehen, als ich ihm pantomimisch zeige, was ich will, und der dumme Slowake, der tatsächlich gequatscht hat, mischt sich plötzlich ein.

»Hier gibt es keine Rumänen.«

Offensichtlich sucht er Streit. Marian springt sofort darauf an.

»Lenko, hier in diesem gottverdammten Haus hat niemals ein Rumäne gesteckt! Es gibt keine Rumänen in Königssee! Raus mit der Sprache!«

Ich will hier keine Sekunde länger bleiben und gehe auf die Tür zu. »Dann ein Eskimo!«

Als ich die Tür hinter mir zuschlage, steht Christa dicht vor mir, wie ein Gespenst in den vielen schlechten Horrorfilmen, die ich mir im »Alpgarten« reingezogen habe. Ich schreie laut auf. Sie packt mich eilig am Arm und sagt so was wie: »Komm, ich möchte mit dir sprechen. Wir machen eine Spazierfahrt.«

Vom Regen in die Traufe, denke ich. Hinter mir findet gleicht eine Schlägerei statt, und vor mir will mir eine eifersüchtige Tussi ein Messer zwischen die Rippen rammen.

»Ich muss Pullover …« Ich fasse ihren Pullover an, sie entzieht sich mir, denkt wahrscheinlich etwas völlig Falsches. Dabei möchte ich ihr nur sagen, dass ich keinen Bock habe, im T-Shirt in die Kälte zu gehen.

»Wie bitte?«

»Eine Moment bitte, kalte.« Ich spiele frieren vor, klopfe mir wie eine Chargenschauspielerin auf die Schultern und brumme »Brrr«, um ihr das Verständnis zu erleichtern. Im Treppenhaus treffe ich Mutter. Das hat mir noch gefehlt. Sie ist besorgt.

»Leno, was ist passiert! Ich weiß alles!«

»Wie das!? Über Satellit?«

Ich renne an ihr vorbei und sie hinter mir her. Drei rennende Furien. Mein Herz klopft vor Aufregung, als wäre ich in einem Krimi. Schon lange war im Lager nicht mehr so viel los.

»Mach dich nicht über mich lustig, du Hosenscheißer!«, keift sie mir nach und versucht mich einzuholen.

In ihren Satinpantoffeln mit Puscheln hat sie keine Chance.

»Dann frag nicht, wenn du alles weißt. Christa will mit mir sprechen, oder so was. Ich gehe kurz mit ihr weg.«

Mittlerweile sind wir im dritten Stock angelangt, wo unser Zimmer liegt. Christa steckt noch ein Stockwerk tiefer.

»Was? Das kommt nicht infrage!«

Wir stürzen ins Zimmer, Mutter schließt die Tür hinter uns, dreht den Schlüssel um. Völlig hysterisch, die Frau. Sie würde den Schlüssel aus dem Fenster werfen, hätte sie nicht die Vorahnung, dass ich sie daran hindern würde. Wahrscheinlich in der Glotze abgeguckt. »Wieso denn nicht?«

»Keine Diskussion!«

»Mama, bitte, warum nicht?«

Ich bin dabei, meine Jacke anzuziehen.

»Sie fährt mit dir irgendwohin … und was weißt du, was sie mit dir vorhat!«

Ihre Stimme zittert absurd.

»Nein, sie ist unglücklich, sie möchte nur mit mir reden.«

»… und dann bringt sie dich im Wald um.«

»Mama, sie ist einen Kopf kleiner als ich.«

Ich ziehe mich weiter an.

»Und wenn sie eine Pistole dabeihat?

»Oh Gott, Mutter, du spinnst, warum sollte sie das tun!«

»Ich kenne solche verrückten Frauen!«

»Ich nicht! Und da bin ich froh drüber!«

»Du bist auch erst ein Furz!«

»Ich bin kein Furz, ich bin siebzehn!«

»Sie verschleppt dich irgendwohin …«

Sie schweigt eine Weile, ich sage ganz leise: »Wahrscheinlich ist sie eh schon weg. Mama, bitte.«

Wir stehen eine Weile so da. »Bitte, vertrau mir.«

Dann sagt sie weinerlich: »Ich komme aber mit runter.«

»Na gut, von mir aus. Wie peinlich!«

Mutter hat Talent für Peinlichkeiten, das muss man ihr lassen. Bei meinen ersten pubertären Ausflügen in eine lächerliche Disco wartete sie regelmäßig um Punkt 21 Uhr vor dem Ausgang, um mich abzuholen. Dabei war abgemacht, ich solle um halb zehn eigenfüßig nach Hause kommen. Die Disco war einen Katzensprung von unserer Siedlung entfernt, eigentlich nur eine Straße weiter. Sie wartete rauchend, spähte wie ein Lux, genau am Ausgang, da, wo sie von allen gesehen werden konnte. An den kleinen gelben Fiat gelehnt, war ihre Silhouette in der Dunkelheit deutlich zu erkennen. Warum sie mit dem Auto kam, ist mir bis heute nicht klar. Aus Angst? Přerov ist »extrem« gefährlich. Wir stritten laut. Sie fütterte mich mit dubiosen Gründen.

»Ich hole dich ab, damit du nicht den ganzen Weg zu Fuß gehen musst. Sei doch froh, dass ich für dich den Taxifahrer spiele. Ich hab eh nichts zu tun. Es macht mir doch Freude. Ich möchte wissen, mit wem du zu tun hast. Mit der Clique will ich dich nicht wieder sehen. Dankbarkeit erwarte ich nicht mehr von dir.« Und so weiter. Danach heulte sie. Die Nummer mochte ich am liebsten.

Ich denke an meine Großmutter. Die Peinlichkeit Nummer zwei. Ich war fünfzehn. Eine entfernte Verwandte, Frau Gabrlíková, die ich trotzdem als Tante bezeichnete, hatte im Přerover Stadttheater »Schneewittchen und die sieben Zwerge« inszeniert. Sie gab mir die Hauptrolle, und ich durfte auf einer großen Bühne stehen. Wie ein Profi. Ich trug ein hübsches Kleid aus weißem Satin, die Haare aufgedreht wie eine Barbie-Puppe, mit einer roten Schleife geschmückt, und das verpickelte Gesicht mit Tonnen von Theater-Make-up ebenmäßig eingekleistert. Meine Großmutter, eine große und vor allem dicke Frau, saß zwischen meiner Mutter und meinem Großvater in der ersten Reihe. Die Vorstellung war für Kindergartenkinder gedacht. Außer ein paar Erzieherinnen war weit und breit kein Erwachsener zu sehen. Das arme Kind, das hinter meiner Großmutter saß, hat von der Vorstellung bestimmt nichts mitgekriegt. Oma frisiert sich hoch. Sie hat zwei Frisurenvarianten. Den hochtoupierten wilden Kegel und den breitgeratenen Helm. Beide trägt sie mit Stolz und Überzeugung. Für diesen Tag hatte sie sich den Helm gemacht.

Ich konnte mich kaum auf meine Rolle konzentrieren, weil ich ständig diese Frisur aus dem Augenwinkel sah. Ein Ballon. Ich dachte an das kleine unruhige Kind hinter dem Ballon und bemitleidete es. Als die Vorstellung zu Ende war und die Kinder noch nicht begriffen hatten, dass sie jetzt klatschen sollten, stand meine Großmutter bereits. Als Einzige. Sie applaudierte majestätisch mit hoch erhobenen Armen, drehte sich immer wieder um, um dem Publikum zu signalisieren, dass sie und ich zusammengehören. Sie weinte und schrie sogar vor Rührung und Freude. Ich schämte mich. Ich würdigte sie keines Blickes. Lange. Nach diesem Vorfall erteilte ich ihr Theaterverbot, was sie bis heute nicht versteht.

Das ist eine Weile her. Wenn ich es jetzt mit Abstand betrachte, kann ich mich nicht genug an dieser Erinnerung ergötzen, wie wunderbar es war, eine liebende Großmutter zu haben. Jetzt ist sie so weit weg.

Ich nehme meine Mutter an der Hand und führe sie mit nach draußen. Sie klammert sich an mich, ihre Hände glühen.

Christa wartet neben ihrem Kleinwagen vor dem Sporthotel. Um sie herum die gesamte Mannschaft des Asylantenlagers. Sie sind neugierig. Männer, Frauen, Kinder kommen zu der großen Show, alle stehen da, haben nix zu tun, glotzen schaulustig. Offensichtlich wissen alle Bescheid, als wäre ich eine Berühmtheit, die zu ihrer Hinrichtung fährt, und das ganze Berchtesgadener Land schaut zu. Unfassbar. Mir werden hilfreiche Tipps aufgedrängt.

»Fahr nicht, sie erwürgt dich! Nimm mein Messer mit! Sie fährt mit dir gegen einen Baum! Lass Marian mitfahren. Sei in zehn Minuten zurück, ich schaue auf die Uhr.«

Der helle Wahnsinn. Mutter, mit Tränen in den Augen, winkt mit einem Taschentuch, als solle ich in den Vietnamkrieg ziehen. Ich steige ein.

»Fahr.«

Christa quatscht mich voll, ich kapiere nichts. Sie weint gelegentlich. Dann versucht sie es mit Englisch, das ist noch schlimmer. Mein ohnehin schlechtes Englisch habe ich in den letzen fünf Monaten vergessen. So werde ich nie erfahren, was sie mit mir besprechen wollte, eigentlich schade, es hätte mich interessiert.

Wir kehren eine halbe Stunde später zurück, sie mit Tränen in den Augen, aufgelöst, ich erleichtert, dass sie mich doch nicht ermordet hat. Die Schaulustigen warten bereits. Dass sie nicht klatschen, ist ein Wunder. Marian steht ebenfalls, wie ein Stier, vorne in der Gruppe und beobachtet uns. Ich steige aus dem Wagen, ebenso die zerbrechliche Christa, die wahrscheinlich mit Marian noch ein Hühnchen rupfen möchte, keine Ahnung, was sie vorhat.

Marian kommt uns energisch entgegen und schlägt Christa mit der Hand kräftig ins Gesicht. Ich bin erschüttert, ziehe mich zurück. Ein Gewitter von Beschimpfungen und Beleidigungen folgt. Zwei Hyänen gehen aufeinander los, und keiner mischt sich ein. Warum helfe ich ihr nicht? Ich weiß es nicht. Es fließt noch kein Blut, wahrscheinlich deshalb. Außerdem tut sie mir nicht leid. Meine Mutter zieht mich an sich, fragt mich, ob noch alle Organe an mir dran sind und ähnlichen Blödsinn.

Warum glotzen alle nur? Findet sich niemand, der Marian aufhalten kann? Keiner, der den Streit beendet? Das geht nicht in meinen Kopf rein, denn Christa sieht elend aus. Ich hasse die beiden, ich hasse die Schaulustigen, ich hasse auch mich.

Marian packt Christa an der Hand und geht mit ihr zum See. Sie sind so laut und hysterisch, dass man sie noch lange hört.

Das Thema »Marian« ist hiermit für mich abgehakt. Ich verliere die Achtung vor diesem Mann und meine Liebe zu ihm. Er versichert mir, dass Christa nie wieder auftauchen wird, bombardiert mich mit heißen Liebesschwüren, dennoch trenne ich mich von ihm.

Er widert mich an.

SPRECHENDE BANANENSCHALE & CO.

Liebe Nadja und Lenka,
Oma geht es schlecht, und Ben wurde letzte Woche eingeschläfert.
Onkel Jarek.

Das steht im Telegramm.

Meine Mama schluckt und sucht sofort Hilfe bei Herrn Smrček. Dem Heiler aus dem Asylantenlager.

»Herr Smrček, helfen Sie mir, ich bin so depressiv, ich kann nicht mehr, meiner Mutter in Přerov geht es schlecht, sie spuckt alles aus, was sie isst, und ich kann ihr nicht beistehen. Ich kann ihr aus der Entfernung zusehen, wie sie stirbt«, fleht meine Mutter Herrn Smrček an.

Herr Smrček schaut sie liebevoll an, hält inne, bietet ihr ein Glas Wasser an.

Mutter betritt sein Zimmer, ich bleibe draußen. Ich würde zu gerne wissen, was er mit ihr macht. Mutter erzählt wenig, als sie mit einer ungeöffneten Flasche Mineralwasser wiederkommt. Sie sagt, dass es toll sei, mit ihm zusammen zu sein, es gehe ihr jetzt besser. Großmutter hingegen kann niemand mehr helfen. Das Wasser trinkt Mutter zweimal am Tag in langsamen Schlucken. Ich darf nichts davon kosten, es ist für sie bestimmt.

Ich möchte auch Herrn Smrček kennenlernen. Deshalb schließe ich mich den Kindern vom Lager an, denn Herr Smrček und Kinder bilden eine Art Symbiose.

»Halte die ungeschälte Banane an deine Brust.«

Herr Smrček macht es vor. »Genau so.«

Er lächelt ständig, wahrscheinlich kommen die vielen Lachfalten in seinem Gesicht daher. »Halte sie fest in der Hand. Strecke den anderen Arm aus. Waagerecht ausstrecken.«

Ich tue es. Die Kinder, die sich um uns herumdrücken, kreischen vor Aufregung.

»Wenn dir diese Banane, so wie sie ist, guttut, gesund für dich ist, dann wirst du in dem ausgestreckten Arm Kraft haben. Ich werde ihn keinen Millimeter runterdrücken können«, sagt er mit seiner schwachen, belegten Stimme.

Eine Frau kommt, ohne anzuklopfen, herein und ruft ein Kind zur Brotzeit. Das Kind will auf keinen Fall gehen, hat keinen Appetit auf eine Radieschenstulle, es will dableiben. Seine Mutter zerrt es aus dem Raum. Der Kleine wehrt sich verzweifelt, muss aber die Hochspannung bei dem Zauberer sausen lassen.

»Herr Smrček, Sie sind ohnehin stärker als ich, natürlich drücken Sie meinen Arm runter, wenn Sie wollen«, antworte ich nach dem Drama mit der Stulle und klopfe mir klug an die Stirn.

»Nicht mit meinem kleinen Finger.«

Er zeigt ihn, streckt ihn hoch, den kleinen Finger, wie ein Lehrer.

»Wenn ich den Arm nicht halten kann, was ich mir nicht vorstellen kann, was heißt das dann?«

»Du solltest die Banane schälen.«

»Aha. Ein Hinweis darauf, dass ich Bananen schälen soll.«

»Vielleicht.«

»Herr Smrček, das ist Quatsch. Das weiß ich selber«, lache ich und zwinkere dabei den Kindern zu.

Es ist herrlich, die Kleinen zu beobachten, wie ernsthaft alle Themen von ihnen aufgenommen werden.

»Du kannst es auch mit Zigaretten probieren.«

»Hm.«

Ich bekomme auf einmal kalte Füße, fühle mich ertappt, als wüsste er, dass ich heimlich rauche. Er schnorrt sich eine Camel auf dem Gang. Seine Wirbelsäule ist gekrümmt, er hat etwas Greisenhaftes, obwohl er von seinem Alter her noch einige Jahre Zeit hat.

»Erst mal die Banane. Mach mal … streck den Arm aus.«

Ich tue es. Spannung baut sich auf, alle Kinder verstummen, kreisen unbewusst mit ihren Zungen in den Mundhöhlen, während der Meister einen Zaubertrick zeigt. Langsam drückt Herr Smrček mit dem kleinen Finger meinen angespannten Arm herunter, als wäre ich eine Marionette. Mein Arm ist willenlos, er gehorcht mir nicht. Die Zuschauer stehen still um uns herum, sperren die Münder noch weiter auf, starren. Es fällt mir schwer zu glauben, was ich gerade erlebe.

»Noch mal! Wie ging das?!«

Herr Smrček drückt wieder meinen Arm runter, obwohl ich mich äußerst anstrenge. Keine Chance.

»Wie geht das denn?« Ich ärgere mich über die Überrumpelung. Er hat immer recht.

»Schäle die Banane, vielleicht hast du damit mehr Glück.«

Smrček lässt seine Augen über die Runde wandern wie ein Zirkusclown, der weiß, wie die Geschichte ausgeht, es aber nicht zeigt, quasi für die Kinder den Dummen spielt, um die Vorstellung noch spannender zu gestalten. Während ich mir die geschälte Banane vor die Brust halte, gelingt es Herrn Smrček nicht, meinen Arm auch nur einen Millimeter zu bewegen, nicht mal, als er sich einen jungen Zuschauer zu Hilfe holt. Verblüffend. Ich habe den Arm eines Bodybuilders.

Dasselbe Experiment machen wir mit der Camel. Dass meine Arme herunterhängen wie die nassen Flügel einer Fliege, muss ich nicht extra erwähnen. Herr Smrček klopft sich vor Lachen auf die

Schenkel. Das ist für mich jedoch kein Anlass, mit dem Rauchen aufzuhören, ich habe ja kaum angefangen.

»Zigaretten sind auch für ungesunde Leute der Welt ungesund, Herr Smrček, das kannst du dir schminken, Onkel Smrček«, wendet ein Mädchen mit blonden Löckchen ein, die kleinen Händchen hochhaltend, wie es die Erwachsenen tun.

Ihr S zischt entzückend zwischen ihren Milchzähnen. Das Mädchen genießt das Zischen, in jedem verwirrten Satz befinden sich eine Menge S. Es ist einmalig, ihm zuzuhören. Herr Smrček streichelt es zärtlich am Kopf, die Symbiose offenbart sich.

»Ja, da hast du recht, Ivanko. Sie sind auch für ungesunde Menschen ungesund.«

Welch schöne, sinnlose Debatte. Ein altes Problem fällt mir ein, ich geniere mich, es anzusprechen, zögere einen Moment.

»Herr Smrček, wann gehen meine Bauchschmerzen weg, wenn ich … hm, ja, wenn, ich meine … wie soll ich sagen …«

»Wenn du heiratest.«

»Wenn ich heirate?«

»Nachdem du ein Kind geboren hast.«

Solche Ansagen fühlen sich entblößend und unangenehm an.

»Sagt meine Mutter auch.«

»Sie ist auch eine kluge Frau, Lenko.«

»Hm.«

Das ist ja blöd, das dauert sicher noch ewig, bis ich heirate, denke ich. Ich hab nämlich gar nicht vor zu heiraten.

»Ich muss mich also damit abfinden, ein Leben lang Schmerzen zu haben«, maunze ich leise vor mich hin.

»Herr Smrček, darf ich Sie noch was fragen?«

Die Tür wird rasant geöffnet, das Kind, das des Radieschenbrotes wegen gehen musste, stürzt herein. Es muss das Brot in Windeseile aufgegessen haben. Es sind nur wenige Minuten vergangen.

»Was soll ich tun, damit ich eine gute Haut bekomme?«

Die Kinder sind noch zu klein, die kennen noch keine Pickel, die mit ihren Pfirsichbacken. Unser Gespräch langweilt sie.

»Verzichte auf Seife«, sagt dieser kleine, etwa vierzigjährige Mann.

»Wie?«

»Iiih, du wirst stinken. Lenka wird stinken!«, ruft eine kleine Göre in der Ecke.

Plötzlich ist der Teufel los. Manche riechen an ihren Füßen, stellen unsäglichen Gestank dar und krümmen sich vor Lachen. Bei vielen fehlen die Schneidezähne, ein Vogel könnte reinfliegen, wenn es einen Vogel gäbe, und ich weiß nicht, ob ich auch lachen oder ihnen eine Ohrfeige verpassen soll. Andere spielen feine Dame, die zwischen den Beinen stinkt und Ähnliches. Ach, wie albern, denke ich. Sind die albern. Die Gören.

»Schnauze, ihr Bengel!«

»Nein, das wird sie nicht«, kommt mir Herr Smrček zu Hilfe.

»Ja, aber soll ich mich denn gar nicht mehr einseifen, ich meine am ganzen Körper? Füße? Unter den Achseln und …«

Die intime Stelle lasse ich lieber unausgesprochen, sonst werden die kleinen Halbwüchsigen noch Tage danach ein Heidentrara draus machen.

»Nein, nirgendwo einseifen, es sei denn, du bist schwarz vor Dreck.«

Die kleine Ivanka, die mit dem zischenden S, hält sich die kleinen Händchen vor den Mund und wiederholt das Wort »stinken« immer wieder, damit sie das S in all seiner Vielfältigkeit zelebrieren kann.

»Wie der Schornsteinfeger!«, fügt sie dann piepsig hinzu.

»Ja, genau Ivanko, wie der Schornsteinfeger muss die Lenka schmutzig sein, dann braucht sie eine Seife, ganz sicher.« Die Streicheleinheit von Herr Smrček kommt pünktlich wie die Kirchturmuhr.

»Stinkt man wirklich nicht?«, frage ich dazwischen.

»Nein.«

Ich folge seinem Rat. Unser Deodorant, die Fa-Seife und das Duschgel werden von nun an von mir abgelehnt. Außerdem: Seit Maria im Knast sitzt, könnten wir nicht einmal eine Stecknadel stehlen, insofern kommt mein Drogerieartikelverzicht nur gelegen.

Die Pickel sind zwar da, aber nicht mehr so aggressiv, na, wie soll ich sagen, nicht mehr so gelb. Die Haut fühlt sich gut an, sie riecht nach mir.

Mama findet es zwar widerlich, seift sich aber auch nicht mehr ein.

»Du hattest vor zwei Jahren einen Unfall«, sagt Herr Smrček.

»Stimmt.«

Als ich mit fünfzehn in meinem elitären Tanzverein Rock 'n' Roll tanzte, die Beine um meinen Tanzpartner herumschwang, der dünn wie ein Spagetti war, passierte es. Wie unglaublich, dass mich dieses Streichholz tragen, rollen, fangen und sogar werfen konnte. Aber einmal fiel ich doch aufs Knie. Meinen Tanzpartner »Spagetti« traf keine Schuld, doch er wurde von schweren Gewissensbissen geplagt. Der Fehler lag bei mir. Ich hielt mich nicht an unsere Verabredung und überraschte ihn von der anderen Seite. Ende. Das Knie erholte sich nicht wieder, zumal ich es nicht für notwendig hielt, zum Arzt zu gehen. Rock 'n' Roll-Wettbewerbe schaute ich mir von da an ausschließlich im Fernsehen an. Auch schön. Danach tanzte ich zwar weiter, aber mit der Akrobatik war es vorbei. Das Knie ist für mich der Seismograf der Gefühle, des Bauches und des Wetters. Geht es mir schlecht, tut das Knie weh.

»Herr Smrček, das wird nie wieder gut werden.«

»Doch, lass uns mal dein Knie anschauen.«

Herr Smrček hält mit seinen Kräften nicht nur mein Knie, sondern das halbe Lager in Schach. Hast du Grippe? Husten? Migräne? Hinkst du seit deiner Geburt? Stotterst du? Ab zu ihm. Vor seiner Zimmertür bilden sich Warteschlangen wie in einem Ostblocksupermarkt. Als gäbe es Kakao. Er nimmt alle dran, und keiner muss zahlen, wenn er kein Geld hat. Seiner blassen Frau und dem kleinen, zierlichen Sohn stahl er nachts Energie, die er tagsüber an die Patienten weitergab, wie ein Vampir. Deshalb übernachtet er in seinem Zimmer allein. Auch unsere Chefin ist seine Patientin, da dürfte das mit dem Einzelzimmer kein Problem gewesen sein.

Seine exzellente Fähigkeit, zu heilen (mein Knieschmerz ist binnen weniger Tage verschwunden), spricht sich in der Gegend herum, es stehen mittlerweile nicht nur Albaner, Slowaken oder Tschechen in der Warteschlange, sondern auch Deutsche, sogar Bayern, die, hätten sie keine Not, niemals die Schwelle unseres Asylantenlagers überschreiten würden.

Eine neue Familie landet im Asylantenlager. Zwei Kinder, zwei und vier Jahre alt. Das Mädchen ist zierlich, blass, der Junge hübsch, mit blonden Härchen auf dem Nacken und einer seidenen goldenen Haut.

Sie wirken äußerst verstört und reden mit niemandem. Im Zimmer neben uns sperren sie sich ein, als gäbe es eine Großfahndung nach ihnen. Auf ein »Guten Morgen« antworten sie, wenn überhaupt, nur mit einem Nicken, die Kinder klammern sich ausschließlich an die Eltern und wechseln mit niemandem einen Blick. Manchmal höre ich diffuse Geräusche hinter der Wand, als würde jemand stöhnen, weinen oder merkwürdig singen. Manchmal gibt es Streit, von der schlimmen Art. Der Vater riecht extrem nach Schweiß, eine Badewanne scheint er nicht zu kennen. Und der Alkohol hält ihn fest im Griff.

Herr Smrček darf sie besuchen, um mit ihnen zu sprechen. Sonst niemand. Aber auch er schweigt wie ein Grab. Nur er kennt ihre verborgene Vergangenheit. Oder ihre Ängste. Eine dubiose Familie.

ES IST AN DER ZEIT, DAS WORT »LANDRATSAMT« ZU LERNEN

Eigentlich finde ich es schade, dass ich die Zeit im Lager, die Zeit des Wartens, nicht sinnvoll nutze. Die Belanglosigkeiten, mit denen wir uns tagelang beschäftigen, nehmen kein Ende, und ich werde das Gefühl nicht los, Lebenszeit zu verlieren. Kurz vor dem Abitur bin ich weggegangen und habe keinen anständigen Abschluss geschafft, in Deutschland habe ich also nichts vorzuweisen, ich bin ein Nichtsnutz. Ein Parasit der Gesellschaft. Mama stört es weniger, sie hat in ihrem Leben so viel gearbeitet, sie ist froh, eine »Oficína«-Pause einzulegen. Mich lässt es nicht schlafen, ich fürchte, in der Gosse zu landen, wenn das Schicksal entscheidet, dass wir in Deutschland bleiben dürfen. Bei den älteren Flüchtlingen spielt die Zeit vielleicht nicht so eine große Rolle …

Wie eingebildet. Ich denke mir einen Mist zusammen! Natürlich spielt es für sie eine Rolle. Umso mehr. Sie haben nicht mehr so viel Zeit wie ich. Allein die fremde Sprache ist im fortgeschrittenen Alter nur noch im Zeitlupentempo zu erlernen, das ist nicht zu unterschätzen. Ich sehe es bei meiner Mutter. Im Lager lernt niemand Deutsch.

Nun bin ich weder Schauspielerin noch Tänzerin, ich bin ein Nichts, ein Teenager ohne Abitur, der nichts kann, nichts gelernt hat und keine Perspektiven hat. An die Schauspielerei zu denken, wage ich erst gar nicht. Dieser Traum ist aufgrund der Sprachbarriere endgültig wie ein Wölkchen verflogen. Um dem Dilemma etwas entgegenzusetzen, mache ich mich auf den Weg nach Berchtesgaden, zum Landratsamt.

»Gute Tag, liebe Herr, ich habe Frage.«

Der Satz klingt, nachdem ich nähere Bekanntschaft mit der Holzbestuhlung der Abteilung für Ausländer-Angelegenheiten geschlossen habe, etwas künstlich. Diese Warteräume sind erstaunlich voll, als gäbe es in Oberbayern mindestens zehn Lager wie das unsere. Weshalb man sich die Mühe gemacht hat, sie so unwürdig und scheußlich einzurichten, ist mir auch nicht ganz klar.

»Grüß Gott.«

Der Herr wäre bestimmt daran interessiert, mich, die gerade in sein Büro eintritt, offiziell und anständig zu begrüßen, doch seine Beamtengesetze – er kann ja nichts dafür (in der Tschechoslowakei ist es das Gleiche) – erlauben es ihm nicht, mich wahrzunehmen. Um kompetent zu wirken, muss er Oberwasser behalten. So schaut er, wie üblich, weiter in seine Unterlagen, und ich fühle mich wie Luft.

»Fragen Sie, dafür bin ich da«, sagt er unglücklicherweise in so starkem Bayerisch, dass mir der Sinn des Satzes entgeht. Ich errate aber, was er sagt, und nicke wie ein Dummchen.

»Ich mächte gehen in Schule. Mein Name ist Lena Hróz.«

Was, unter uns, nicht stimmt, in Wirklichkeit heiße ich, Hrózová, und auch mein Vorname lautet nicht Lena, sondern Lenka, aber was tut man nicht alles für die Integration in die neue Gesellschaft. Möglichst deutsch soll mein Name klingen, das ist mein höchstes Ziel.

»Bitte, ich mächte wie Gast in Schule hären. Ich bin in Asillantelager in Känigsä, und ich mächte in Schule hären wie Gast. Mächte deutsche Sprache lernen.«

In diesem Augenblick erbarmt sich der glatzköpfige ältere Herr, von dem Mutter sicher sagen würde: »der hat aber einen ganz kleinen«, und hebt den Kopf.

»Ich weiß nicht, was Sie von mir wollen.«

Zumindest setzte ich mir den Sinn seiner Worte so zusammen, vielleicht sagt er auch etwas völlig anderes.

»In Schule hären!«

»Hören?«

»Ja, hären.«

»Sie können nichts in einer Schule hören«, antwortet er verzweifelt.

»Ja! Ich kann! Ich mächte mit andere Schuler zusammen deutsche Sprache lernen!«

»Ach lernen?! Sie meinen lernen? Das ist was anderes.«

Dann brummt er ganz unverständlich vor sich hin, während er noch ein Blatt Papier abstempelt. »Ich hab was total anderes verstanden ... hören in einer Schule, hab ich verstanden ...«

»Ja, hären!«, sage ich.

»Hier in der Gegend ist keine Sprachschule für Ausländer und außerdem – solange Sie kein Asyl haben, ich gehe davon aus, dass Sie kein Asyl haben, solange es also noch offen ist, ob Sie in Deutschland bleiben oder nicht, wäre es für Sie sinnlos, in eine Sprachschule zu gehen. Sonst weiß ich nicht, wie ich Ihnen helfen soll. Wozu? Sie sollen jetzt kein Deutsch lernen.«

»Ich brauche! Ich verstehe Sie nicht, was sagen, aber Sie verstehe mich auch nicht!«, verteidige ich mich eisern. »Ich mächte in deutsch Gymnasium wie Häregast gehen, nur sitze mit Deutsche Schuler, verstehe? Bitte!«

Meine Handarbeit zur Unterstützung meines offenbar sehr komplizierten Wunsches führt zu völlig abstrusen Gesten.

Er schweigt eine Weile. Es gibt wahrscheinlich in seiner dreißigjährigen Sesselerfahrung – und ich nehme Gift drauf, dass er wenigstens dreißig Jahre lang diesen Beruf ausübt – nicht viele Asylbewerber, die eine so absurde, unverständliche und für ihn sinnlose Idee haben, in eine bayerische Schule gehen zu wollen, als

Fremder, Gast, Zuhörer, Ufo, als Asylant eben, der sich blamiert, wie ich es vorhabe. Ich finde ihn jetzt ganz nett.

»Geben Sie mir mal Ihren Namen. Ich werde mir das notieren und fragen, was sich da machen lässt. Das war eine schwere Geburt.« Auch dies verstehe ich nicht genau, es sind erneut Vermutungen, Gefühle, grobe Menschenkenntnis, Charakterbeobachtungen, wie in der Schauspielschule. Sie lassen mich glauben, dass er mich versteht und mir weiterhilft. Ein Abenteuer. Ich fahre alleine mit dem Bus zurück und fühle mich sehr selbstständig. Klug. Mutig. Die wunderschönen, mächtigen Berge glänzen im Sonnenlicht des herbstlichen Mittags, ich kann noch kurze Ärmel tragen, so mild ist es heute. Das macht glücklich.

BOTULIN

Ein Brief von Jarek liegt an der Pforte. Ich denke, es wird nichts Gutes heißen. Wie immer.

Liebe Nado und Leni,

am Anfang meines Briefes möchte ich euch, meine Lieben, herzlich grüßen. Ich hoffe, es geht euch sehr gut und ihr habt in Deutschland Geborgenheit und Glück gefunden. Bei uns geht alles drüber und drunter. Oma musste gestern ins Krankenhaus gebracht werden. Ich weiß nicht, was euch Opa schon erzählt oder geschrieben hat, aber seit ihr weg wart, verschlechterte sich ihr Zustand rapide. Ich glaube, sie versteht immer noch nicht, was mit euch passiert ist, denn sie fragt jeden Tag nach euch und wartet darauf, dass ihr sie besucht. Ich bin mit meinem Latein am Ende. Ihr Sehvermögen ist so schlecht geworden, dass sie ein Pflegefall ist, und hätte sie nicht den Opa, müsste sie in ein Pflegeheim. Für einen Menschen, der das Leben lang die gesündesten Augen in seinen Augenhöhlen barg, wie wir es immer nannten, muss das Gefühl der Blindheit unerträglich sein. Selbst die einfachsten Dinge, wie auf die Toilette gehen, sich etwas kochen, essen, sich waschen, einkaufen, sich anziehen usw. sind extrem schwierig für sie. Nun hat sie den Opa, was großartig ist, da ihr nicht mehr für sie da seid. Er ist der Einzige, der sie in den schwierigsten Momenten ihres harten Lebens tröstet. Opa spritzt ihr regelmäßig, d.h. dreimal am Tag, Insulin, eine höhere Dosis als die, die ihr gespritzt habt. Omas Zuckerspiegel ist enorm hoch, womit offensichtlich ihre Blindheit zusammenhängt, ausgelöst durch eure Flucht. Daran lässt sich aber nichts ändern. Vor zwei Wochen fing sie an, nach jeder Mahlzeit ein ungutes Gefühl im Magen zu haben, ein Unwohlsein, was dann dazu führte, dass sie brechen musste. Der Arzt, der viel zu spät kam, gab Oma Medikamente gegen Übelkeit, die allerdings keine Wirkung zeigten, da Oma alles sofort wieder erbrach. Sie trocknete wortwörtlich vor unseren Augen aus, was uns in Sorge und Kummer versetzte. Und als sie so schwach war, dass sie nicht mehr aufstehen konnte, und die Übelkeit nicht mehr aufhörte, obwohl sie nichts aß, erst da entschied der Arzt, sie ins Krankenhaus einzuliefern. Eine unverantwortliche Handlungsweise, denn Oma quälte sich schon seit einer Ewigkeit. Und dann die äußerliche Veränderung! Sie ist nicht mehr wiederzuerkennen. Aus der üppigen, übergewichtigen Frau (wie oft haben wir uns darüber lustig gemacht) voller Kraft, Energie und Vitalität ist ein Gerippe geworden, ein schwaches Häufchen Elend, eine kranke Frau. Dies ist meine Nachricht an euch, und ich wünschte, ich könnte euch eine fröhlichere schicken.

Eure Jarek und Maria

Was ist in ihn gefahren? Ist er sauer auf uns, weil er sich nun alleine um Oma kümmern muss? Das würde ich noch verstehen, aber dass er das nicht direkt sagt, sondern uns durch diesen Schwafelbrief ein schlechtes Gewissen in unsere Köpfe implantieren möchte, finde ich nicht fair. Immer dieses Rumgerede. Jarek schreibt doch sonst nicht so sulzig. Wir brechen trotzdem in Tränen aus, denn im Kern steckt sicherlich etwas Wahres. Es ist beklemmend zu wissen, dass unsere geliebte Oma so krank ist und dass wir sie vielleicht nicht mehr wiedersehen werden, ein schier unerträglicher Gedanke. Dass wir ihr nicht beistehen, ihre Hand halten, sie streicheln, ihr Trost spenden und einfach für sie da sein können.

Mama schimpft, dass das Krankenhaus in Přerov so schlecht ist, hoffentlich hat sie keine unangenehmen Vogelscheuchen als Krankenschwestern. Schade, dass sie nicht mit uns hier sein und sich von den Spitzenmedizinern in Deutschland behandeln lassen kann. Sie sucht einen Schuldigen. Unser geliebtes, süßes Omachen tut uns so sehr leid, dass das Herz in tausend Stücke auseinanderspringen möchte. Was geht wohl in ihr vor? Was denkt sie wohl? Hat sie Angst oder freut sie sich auf den Tod?

Ich erinnere mich an ein Ereignis, das natürlich nicht im Geringsten mit dem Leid meiner Großmutter zu vergleichen ist. Ich erinnere mich, wie ich damals dachte: »Lieber Gott, lass mich sterben.«

Es war vor zwei Jahren. Da wollte ich sterben. Es war nicht harmlos, denn an so einer Fleischvergiftung kann man tatsächlich sterben. Sie kam von einer abgelaufenen Dose Leberwurst. Das muss es gewesen sein, anders kann ich es mir bis heute nicht erklären. Der Deckel der Dose war nach außen aufgebläht, doch da der Geruch nichts Unangenehmes verriet, aß ich sie gierig auf, gemeinsam mit meinen drei Freundinnen aus der Klasse. Aber das Fleisch war schlecht, und die Vergiftung machte sich drei Stunden nach dem Verzehr bemerkbar. Kotzen, kotzen, kotzen war angesagt. Der arme Busfahrer musste meinetwegen an jeder Ecke halten (unsere Klasse befand sich damals auf einem Schulausflug). Vor all den Zuschauern hinter den Glasscheiben des Busses würgte ich alles aus, was möglich war, doch auch als nichts mehr kam, als mein Magen absolut leer war, ließ die Übelkeit nicht nach, im Gegenteil, sie wurde immer schlimmer.

Wir kamen wieder zu Hause an. Ich schleppte mich langsam, meinen Rucksack auf dem Boden hinter mir herziehend, nach Hause und würgte dabei in jeden Mülleimer, den ich unterwegs fand. Die Suche nach dem Mülleimer hätte ich mir aber sparen können, es kam nichts mehr aus mir heraus. Meine Energie schwand dahin. Wie ein Auto ohne Benzin kehrte ich in Zeitlupe nach Hause zurück. Mutter schrie auf, als sie mich sah, und zerrte mich in die Wohnung.

»O Gott, Kind! Kind! Was ist mit dir passiert!«, rief sie entsetzt.

Wäre ich nicht so schwach gewesen, hätte sie mich aus lauter Verzweiflung geschlagen, weil ich nicht antwortete. »Sprich! O Gott, sprich! Wer hat dir das angetan? Sprich, was ist passiert! Du siehst schrecklich aus!«

»Ich kann nicht mehr stehen, Mama ... ich weiß nicht ... mir ist so furchtbar schlecht. Ich möchte nur brechen, hab aber nichts mehr im Magen.«

Mutter schlug die Hände überm Kopf zusammen und betrachtete mich mit verzerrtem Gesicht.

»O Gott! Kind! Gebrochen? Was hast du gegessen?« Ihre Stimme wurde weinerlich und zittrig.

»Nichts Besonderes. *Rohlík* mit der Leberwurstpastete, die du mir als Proviant eingepackt hast.«

»Großer Gott! Und was noch?«

»Nichts sonst.«

»Schokolade, Eis, Eier?«

»Morgens Rührei mit geräuchertem Speck, zum Frühstück. Mami, hilf mir, mir ist so schlecht!«

»Wann hat das angefangen?«

»Den ganzen Tag geht das schon so.«

Meine Stimme wurde so leise, dass sie das letzte Wort kaum verstand.

»Das könnte auch das Frühstück gewesen sein! Das Fleisch! Das Fleisch! Das verfluchte Fleisch!«

Sie nahm mich fest in die Arme und drückte mich, als sollte es das letzte Mal in unserem Leben sein. »Du legst dich sofort ins Bett, und ich rufe im Krankenhaus an. Vielleicht sollte ich dir einen Kamillentee kochen.«

Sie überlegte eine Weile. »Ja, das ist eine gute Idee, ich koche dir einen Kamillentee, Lenička.«

Sie deckte mich zu, nein, sie wickelte mich ein wie eine Mumie und schaute mir besorgt in die Augen. Ihre Hände zitterten, das konnte ich noch erkennen, ihre vielen goldenen Ringe und die rosa lackierten Fingernägel glitzerten im Schein der Nachttischlampe. Danach kochte sie in Rekordgeschwindigkeit den Tee und telefonierte.

»Der Arzt wird bald da sein«, sagte sie beinahe freudig, als wäre die ganze Strapaze beendet. »Versuch einfach zu schlafen, schlafen wird dir guttun. Du wirkst so mager. Schlaf, Leni!«

Und während ich unwillig den Tee in mich hineinschlürfte, fielen mir die Augen, die ohnehin schon die ganze Zeit um Ruhe flehten, langsam zu und ich schlief fest ein. Ich träumte. Wild und unappetitlich. In der kurzen Zeit, in der ich schlief, träumte ich vom Kotzen. Kotzen, kotzen, kotzen. Ein Meer voll Kotze. Ich wollte brechen, aber es ging nicht.

»Wach auf! Wach auf, Leni! Bitte!«

Ich öffnete langsam und müde die Augen, sehen konnte ich nichts, aber den beißenden Geruch meines Erbrochenen roch ich sofort. Das war so ziemlich das Ekelhafteste, was ich in meinem jungen Leben erfahren habe.

»Leni, du musst kurz aufstehen, ich werde das Bett frisch beziehen. Nein, mach dir nichts draus, das sind nur Sachen, die kann ich wieder waschen, mach dir keine Sorgen, ich wasche sie. Kannst du dich kurz auf die andere Seite des Bettes rollen?«

Es ging nicht, ich war gelähmt, zu schwach. Ich schnappte nach Luft, mit weit geöffnetem Mund. Meine Nase fühlte sich verstopft an, obwohl ich alles riechen konnte.

»O Gott, was ist mit deinem Gesicht?! Leni! Wie siehst du aus? ... Deine Nase ist so spitz! Was ist mit deinem Gesicht passiert! Du bist so anders!«

Sie konnte die Tränen nicht zurückhalten, sie bemühte sich auch nicht mehr darum, dafür gab es keine Zeit. »Komm, wir fahren sofort ins Krankenhaus. Wir warten nicht mehr. Es dauert ja eine Ewigkeit! Nein, ich warte keine Sekunde mehr! Komm, ich trage dich, bist eh leicht wie eine Feder!« Und meine arme Mutter warf sich meinen ausgedörrten Körper über die Schulter und schleppte mich zum Auto. Ich versuchte mich mit den Füßen zu stützen, doch sie versagten den Dienst. Feiglinge.

Alles Weitere weiß ich nicht mehr. Ein Gefühl wie ein Albtraum im Delirium. Bruchstückhaft hörte ich Geräusche und Stimmen, Mutters weinerliche und hysterische Stimme, die Stimmen anderer, mir fremder Menschen, das Geräusch eines fahrenden Wägelchens, auf dem ich wohl gelegen haben muss, die Geräusche anderer an mir vorbeifahrender Wägelchen mit Menschen drauf, undefinierbare Geräusche irgendwelcher Geräte und Schläuche, Knöpfe, Glasgefäße, Plastikmaterialien, Gummihandschuhe und letztendlich das Klingeln eines Telefons. Drei Begriffe konnte ich verstehen. Meinen Namen, Hubschrauber, Brünn. Das alles kreiste in meinem Kopf herum, mischte sich zu einem einzigen unappetitlichen Salat und flog wieder auseinander.

Ich brachte diese drei Begriffe, die bei dem Telefongespräch zu hören waren, nicht zusammen, sie sagten mir nichts. Meine gesamte Aufmerksamkeit galt nach wie vor dem Kampf mit der heftigen Übelkeit. Die Nacht über blieb dieser elende Zustand unverändert. Es nahm kein Ende. Scheußlich. Ich wollte sterben. Das Piksen der Spritzen in meinem Handrücken und Arm spürte ich kaum. Wie das Piksen einer Mücke. Ein Streicheln auf der Haut im Vergleich zum inneren Chaos. Mit der Bettpfanne unter meinem Hintern klappte es nicht, ich machte ins Bett, alles musste frisch bezogen werden, auch das war mir nicht peinlich. Es war nebensächlich. Mutter stand hinter der Glasscheibe der Intensivstation und beobachtete das Drama.

Am nächsten Morgen wachte ich auf. Der Magen fühlte sich mies an, aber besser als am Tag zuvor, und ich konnte besser sehen. Als wäre der Frühling ausgebrochen. Meine über Nacht gealterte Mutter, mit dunklen Augenringen, stand immer noch an der Fensterscheibe im Außenraum und betrachtete mich, sah aber nicht wirklich etwas. Wegen der Müdigkeit. Sie schlafwandelte. Als ich sie ins Visier nahm und lächelte, fing sie an zu weinen. Ich lächelte, denn es war mir klar, dass der Kampf gewonnen war. Niemand sagte es mir, niemand sprach mit mir, niemand beruhigte mich, aber ich wusste es. Sie noch nicht.

Später, als ich über den Berg war, eins und eins zusammenzählen konnte, wurde mir berichtet, dass ich an einer schweren Fleischvergiftung erkrankt war, einer sogenannten Botulinvergiftung. Ein lebensgefährlicher Unfall, eine Dummheit, bei der die ohnehin spärlich vorhandenen Přerovaker »Spitzenärzte« nicht sicher waren, ob ihre Kompetenz in Sachen Vergiftung oder tödliche Erkrankungen ausreichen würde, ganz zu schweigen von der mangelhaften Ausrüstung der dortigen Intensivstation.

Am dritten Tag meines dramatischen Aufenthalts offenbarte sich mir die Außenwelt. Schläuche von unterschiedlichen Ausmaßen schlängelten sich in meine Venen, allerlei Apparate tickten und piepsten um mich herum, ein Konzert, meine Nachbarn, die neben mir lagen, schrien und klagten. Die Betten der Abteilung wurden durch weiße Plastikplanen voneinander getrennt, die abgenutzten und vergilbten Stellen wiesen auf eine Herstellung wahrscheinlich noch vor dem 19. Jahrhundert hin. Es muss ein Kind gewesen sein, das neben mir lag und schrie. Es schrie sich die Stimmbänder wund, ich ließ mir Ohrstöpsel bringen. Die Schmerzen, die es haben musste, schienen unerträglich zu sein. Was dem Kind fehlte, ob es angefahren worden war oder was ihm zugestoßen war, wusste ich nicht. Die Ärzte und Krankenschwestern rannten wie die Eichhörnchen herum. Es gab keinen Moment, in dem ich sie hätte ansprechen können. Das Kind hatte eindeutig Priorität. Das Personal bemühte sich zwar, die Plastikvorhänge ordnungsgemäß zu schließen, doch bei dem Stress und dem Rumgerenne gelang dies nicht immer. Es entstanden immer wieder Lücken zwischen den Planen, durch die ich das blanke Entsetzen erspähen konnte. Es glich keiner meiner harmlosen Vorstellungen. Der fünfjährige Junge besaß, so schien es zumindest, keinen Fetzen gesunder Haut mehr. Ich übertreibe sicherlich, denn in so einem Fall würde das Kind längst nicht mehr leben. Mir blieb jedenfalls dieser rote, blutige Körper in Erinnerung. Kein Mensch kann sich vorstellen, was der Junge durchmachen musste.

Die Hintergrundgeschichte erfuhr ich aus den Telefonaten des danebenliegenden Büros, genauso, wie ich meinen kritischen Zustand erfahren hatte. Das geschundene Kind war in einen Kessel mit kochendem Fleisch gefallen, als seine Eltern ein Schwein geschlachtet hatten. Ich kenne mich nicht genau aus mit den Ritualen einer Schlachtung, solche Aktionen sind mir zuwider. Aber die Art der Töpfe kenne ich, sie sind aus Blech oder sonstigem leichtem Metall, über einen Meter hoch und einen Meter breit. Das Fleisch kocht im eigenen Sud und Wasser, eine Portion Gewürze und andere Geschmacksverstärker landen ebenfalls darin. Danach werden aus diesem Brei Presswürste in den Schweinedarm gepresst. Eine Speise, die mich nie reizte.

Nach ein paar Tagen verabschiedete sich die Intensivstation von mir, und ich erfuhr nicht mehr, ob der Junge überlebt hat.

Mutter versucht mit zittrigen Fingern, auf Jareks Brief zu antworten. Sie regt sich auf wie ein Rohrspatz, schnauft, heult. Ganze drei Seiten schreibt sie, um sie sofort wieder zu zerknüllen.

»Was, soll ich schwafeln wie Jarek? Der kann mich mal. Den werde ich sowieso nie wiedersehen, ist doch so?«

»Ja, Mama.«

»Ich schreib Oma, dass ich einen tollen Job angenommen habe und du studierst. Wie findest du das?«

»Mach das so, Mama.«

»Und dass wir sie lieben.«

Ich nicke und wische mir mein vom Heulen verquollenes Gesicht ab.

EINE GUTE UND EINE SCHLECHTE NACHRICHT

Das Leben besteht aus Wandlungen, Phasen, aus Aufs und Abs, aus Glücklichsein und Traurigsein, Langeweile, Euphorie. Die Dinge sind ständig in Bewegung. Die Widersprüche liegen mit Vorliebe nah beieinander. Auf einer Beerdigung hatten meine Cousine und ich einen Riesenspaß, als sich der trauerredefaselnde Pfarrer versprach, zwar harmlos, aber für uns umso komischer. Oma, mit ihren vom Heulen roten Pausbacken, packte uns rigoros am Kragen und jagte uns vom Friedhofsgelände. Schließlich lag ihre Schwester im Sarg. Wir riefen ihr nach, dass es ihrer Schwester doch egal wäre, woraufhin sie wütend nach einem Stock griff, aber statt uns eine Vase mit verwelkten Nelken traf. Wir lachten noch mehr.

Als der Hund Benny von der Polizei aus dem Lager weggetragen wurde, lachten Mutter und ich. Wir lachten, weil wir uns so komisch und hysterisch benahmen, grotesk über Treppenstufen stolperten, mit der Kleidung an Türklinken hängen blieben, mit den Stöckelschuhen kämpften, uns die Stimmen versagten, sodass kein klarer Satz zu vernehmen war bis auf die Urgeräusche zweier Neandertalerinnen. Für Außenstehende die reinste Show. Der Schmerz wurde dadurch keineswegs geringer, trotzdem haben wir gelacht.

Heute kam ein Telegramm ins Lager. Oma ist gestorben. Im Krankenhaus.

Und so lachen wir jetzt, als es uns nicht gelingt, das Telegramm zu verbrennen. Eine symbolische Beerdigung sollte es darstellen. Stattdessen hantieren wir mit Streichhölzern, die nichts Besseres zu tun haben, als uns aus der Hand zu fallen oder sich gegen das Brennen zu wehren. Es gelingt uns nicht, das blöde Papier anzuzünden, es scheint ein nicht brennbares Telegramm zu sein. Mutter knüllt es zusammen und schmeißt es wütend in den Papierkorb, aber auch das klappt nicht. Sie verfehlt den Korb aus 30 Zentimeter Entfernung, und wir bepissen uns vor Lachen, umarmen uns und weinen laut.

Oma ist tot. Das ist nicht möglich. Diese herzensgute Frau, die mich »du Esel« nannte, während sie mit dem Staubsauger den Boden bearbeitete, auf dem ich mich mit meinem Spielzeug ausgebreitet hatte, genau dort, wo sie mit der saugenden Röhre durchflitzen wollte, und am Schluss ein kleines, vergessenes Püppchen erwischte, das die lärmende Röhre verstopfte. Dieser Mensch lebt nicht mehr. Sie soll mich ruhig »du Esel« nennen, macht mir nichts aus. Sie soll immer in der ersten Theaterreihe stehen und klatschen und allen laut demonstrieren, dass sie meine Großmutter ist. Sie soll mich ruhig bis auf die Knochen blamieren, auch das macht mir nichts aus. Sie soll Tag und Nacht Torte essen und uns beschimpfen, wir Geizhälse würden es ihr nicht gönnen. Und sie soll uns dreißig Mal am Tag den dicken Bauchspeck zur Schau stellen, damit wir ihr die Insulinspritze geben können, auch das nehme ich in Kauf. Aber sie soll nicht sterben.

Unser Brief hatte sie nicht erreicht. Sie konnte sich kein Bild von unserem Leben in Deutschland machen, ahnungslos ist sie in die andere Welt hinübergegangen, im Glauben, dass wir im Bordell gelandet sind. Die Besorgte. Niemand außer uns selbst hätte ihr diese Angst nehmen können. Sie ist zu früh gegangen, wir konnten ihr nicht beistehen, befanden uns mitten in einem Wandlungsprozess, sie ist wie Sand zwischen unseren Fingern ins Niemandsland verloren gegangen. Konnte sie nicht ein wenig warten, die Übereilte? Und was wird aus Opa, jetzt, wo wir nicht da sind? Er kann uns nicht besuchen. Alles zu früh. Zu früh.

Der Schock hält lange an. Die andere Post lesen wir nicht, der Inhalt des Briefs in dem blauen Kuvert interessiert uns nicht die Bohne. Die Worte in Amtsdeutsch müssen wir uns sowieso von jemandem übersetzen lassen, diese Hieroglyphen kann kein Mensch entziffern. Er liegt mehrere Tage einsam auf dem Fensterbrett, neben den Lidschatten und Lippenstiften.

Erst nach einer Woche lasse ich mir von Marian den Brief übersetzen.

Mein Vorschlag, meine Bitte, als Gast eine deutsche Schule besuchen zu dürfen, wurde positiv aufgenommen und somit erlaubt. Nicht nur das. Eine Empfehlung von einem nahe gelegenen Gymnasium liegt bei. Wie paradox. Zu Hause bin ich vor der Schule weggelaufen, hier freue ich mich, wenn sie mich reinlassen. Woher kommt plötzlich diese Disziplin, diese Vernunft?

Das ist fantastisch, denke ich. Wenn nicht ausgerechnet jetzt meine liebste Großmutter von uns gegangen wäre. So ist die Freude nur eine halbe Freude.

»Lydia, Lydia, stell dir vor, wir dürfen in die Schule gehen, in eine deutsche Schule, in ein Gymnasium!«

Ich laufe auf sie zu, als sie meinen Weg in einem der Gänge kreuzt.

»Ja, das ist schön für dich«, antwortet sie weniger begeistert.

»Wir beide! Wir beide gehen hin! Sie werden sicher nichts dagegenhaben, dass wir beide kommen! Wir sind doch fast gleich alt, beide aus dem gleichen Lager, warum sollten sie was dagegenhaben! Du kommst selbstverständlich mit. Ohne dich gehe ich nicht dorthin!«

»Und was tun wir dann dort?«

»Nichts! Zuhören, Deutsch lernen!«

»Lenko, du bist ja völlig bekloppt, was soll ich denn dort? Wozu soll ich denn Deutsch lernen, wenn wir nach Amerika gehen wollen? Ich hasse Deutsch, es klingt wie Holzhacken.«

»Meine Güte, du bist genauso blöd wie all die anderen. Lydia! Entschuldige, dass ich so deutlich bin. Du bist keinen Deut besser als die anderen, die hier auf ihren Ärschen sitzen, saufen, sich die Köpfe vollrauchen und warten, bis ihnen gebratene Tauben direkt in die Mäuler fliegen. Du vergeudest deine Zeit, du wirst hier noch alt, du Märchenprinzessin, das sage ich dir. Und wer weiß, vielleicht bekommt ihr kein Asyl für Amerika und müsst euch mit einem Asyl im langweiligen Deutschland abfinden, was sagst du dann? Gewöhn dich jetzt schon mal ans Holzhacken, du Waldschrat. Rumgesessen und durchgefurzt! Das war dann alles, was du hier getan hast. Vielleicht wartest du mit deinen Alten noch Jahre in diesem verdammten Schuppen! Lern wenigstens eine Sprache!«

»So ein Scheiß! Lass mich doch in Ruhe!«, verteidigt sich Lydia.

Doch ich gebe nicht nach.

»Du weiß doch ganz genau, dass hier manche armen Schweine jahrelang auf Amerika warten, auf euer geliebtes Land der Freiheit, in dem man euch gar nicht haben will! Ein Land, das ihr nicht mal kennt! Aus Amerika kommen die Cornflakes, mehr weißt du nicht.«

»Dafür kennst du Deutschland wie deine eigene Westentasche, oder was?«

»Nein, eben nicht, und deshalb tue ich was dafür. Sei doch nicht dumm, Lydia. Und außerdem gibt es in dem Gymnasium in …«

Ich schaue schnell auf das Blatt, das ich in der Hand halte, um den Namen des Ortes zu lesen, den ich mir niemals werde merken können.

»… Obesalberg …«

Das Wort kommt mir überhaupt nicht über die Lippen, ich

muss mehrere Anläufe nehmen, um »Obersalzberg« aussprechen zu können.« … die haben auch Englisch als Fach und ich garantiere dir, dass der Unterricht hier in Oberslzbr … mit deinen Englischstunden zu Hause, in Pupshausen oder wo du herkommst …«

»Banská Bystrica! Eine große Stadt!«

»… nicht zu vergleichen ist! Lydia, sei doch nicht dämlich! Oder bist du faul? Wenn du nicht faul bist, dann muss es Feigheit sein. Lydia … Ich weiß, dass du manchmal den Arsch nicht hochkriegst, dass du gerne auf ihm sitzt, bis er so breit ist wie unsere Eingangstür, aber dass du auch feige bist, das wusste ich nicht!«

Sie schweigt.

»Das ist doch nur peinlich«, sagt sie leise.

»Feige bist du.«

»Die werden sich über uns lustig machen.«

Ich gehe ostentativ weg, tue so, als ob ich den Glauben an sie verloren habe, und hoffe, dass sie mich aufhält. Sie hält mich nicht auf, die dumme Kuh, ich muss gehen, es wäre zu blöd umzukehren. Ich werde tatsächlich allein in diese Schule gehen müssen, mich allein verarschen lassen, und jetzt weiß ich auch nicht mehr, warum mich der Teufel geritten hat, solch eine blöde Idee zu haben. Ich bereue alles, ich bereue, diesen blauen Brief geöffnet zu haben, ich bereue, dass wegen mir meine Großmutter gestorben ist, ich bereue, dass wegen mir auch noch der Hund gestorben ist und mein Großvater sterben wird, und ich bereue, dass ich hier gelandet bin, in der Hoffnung, etwas zu finden, was eigentlich völlig unwesentlich ist …

»Okay. Ich gehe mit«, sagt Lydia auf einmal. Sie steht in einiger Entfernung, sie muss beinahe rufen, so lange hat sie gebraucht, um diesen Satz auszusprechen.

ZWEI UFOS ON THE ROAD

Mutter fährt uns zur Bushaltestelle. Sie findet es abenteuerlich, was wir vorhaben, bewundert uns irgendwie, ist aber froh, im Auto bleiben zu dürfen. Eine Schar deutscher Kinder aller Altersstufen steigt in den Schulbus, zuletzt sind wir dran, unsere Pobacken zittern vor Angst, Scham und Aufregung. Zwei fremde, fast erwachsene Frauen, inmitten von pubertierenden Kindern einer anderen Nationalität, puh, das ist eine harte Prüfung.

»Sicherlich verarschen sie uns.«

»Das ist erst mal nicht anders zu erwarten.«

Wir setzen uns im Bus auf die nächstbesten Plätze, wie zwei Hühner auf der Stange. Die anderen setzen sich sofort um, möglichst weit weg von uns, damit sie ja nicht von uns, den Leprakranken, angesteckt werden. Lästern ist jetzt angesagt.

Wenige Neugierige oder Mutige schnuppern um uns herum wie junge Hunde. Sie sprechen uns sogar an, was fehlschlägt, da wir nichts verstehen.

Die Fahrt von Berchtesgaden nach Obersalzberg dauert etwa eine Dreiviertelstunde. Steil bergauf quält sich der Bus, kein Fahrzeug kommt uns entgegen, man könnte denken, dass wir auf dem Mond landen werden.

Der Schuldirektor begrüßt uns recht höflich. Einige Unterschriften folgen, dann bittet er uns, ihm zu folgen.

Das Hereinplatzen in die konzentrierte Stille einer Unterrichtsstunde ist unerwartet, unvorbereitet, unpassend. Der Direktor labert, alle schweigen, dann geht er. Mein Körper vibriert vor Aufregung. Im Raum herrscht Ausnahmezustand.

»Na, prost Mahlzeit, das kann ja lustig werden«, sage ich zu Lydia, als die Schüler der 9. Klasse um uns eine Art Ring bilden. Der Lehrer bittet uns, Platz zu nehmen, wir gehorchen. Die Stunde kann allerdings nicht normal weitergehen, die Ablenkung ist nicht wegzudenken, ständig stehen wir unter Beobachtung, manche kichern, manche schneiden Grimassen.

»Hab ich vielleicht zu viel Deo benutzt?«, fragt mich Lydia ernsthaft. Ich nähere mich ihr unauffällig mit der Nase. Nichts. Ihr Deo rieche ich, aber von der Intensität her kann es kein Grund sein, uns so zu meiden. Es ist auch kein tschechisches oder, noch schlimmer, slowakisches Produkt, den beißenden Geruch hätte ich sofort erkannt. Es ist nur ein gewöhnliches Fa. Unsere Lieblingsmarke.

»Ich rieche nichts. Ganz normal. Riecht ganz gut …«, flüstere ich unauffällig zurück.

»Warum sind die denn so komisch, Lenko?«

»Frag mich mal, keine Ahnung, vielleicht ist das normal hier … Aber warum haben sie uns in eine Klasse mit viel Jüngeren gesteckt, frage ich mich. Ich komme mir hier vor wie eine Rentnerin.«

»Ich auch …« Und wir müssen ein wenig schmunzeln bei dem Gedanken, dass man sich in unserem Alter schon alt vorkommen kann.

Wir gewöhnen uns allmählich daran. Kurz darauf verlieren die Deutschen das Interesse, der Unterricht geht weiter.

An diesem Tag passiert nichts. Wir sitzen mucksmäuschenstill auf den hintersten Plätzen des Klassenraums, hören zu, was die Lehrer so unterrichten, oder besser gesagt, täuschen es vor. Wir verstehen nichts. Manchmal machen wir Notizen über Belanglosigkeiten, die nichts mit dem Unterricht zu tun haben, in unsere leeren Hefte. Oder wir spielen heimlich »Vier gewinnt«.

In der Deutschstunde spricht uns der Lehrer aus dem Nichts an. Jetzt wird es peinlich, denke ich. Offensichtlich stellt uns der Lehrer vor oder so was. Mehr als unsere Namen und das Land, aus dem wir stammen, können wir ihm eh nicht bieten, so wird er die gesamte Diskussion abbrechen müssen. Genauso läuft es dann auch.

»Da kriegst du mich nicht noch mal rein! Das garantiere ich dir, meine Liebe! Ich bin doch nicht wahnsinnig. Ich lasse mich doch nicht so erniedrigen!«

Lydias Gesicht ist rot. Sie errötet bei jeder Gelegenheit, was sie abgrundtief hasst. An diesem Tag in Obersalzberg lehnt ihr Gesicht grundsätzlich die vornehme Blässe entschieden ab.

Es war mir klar, dass Lydia bei dem kleinsten Misserfolg schlappmachen würde, es ist mir auch klar, dass ich jetzt einige Überredungskünste anwenden muss, um sie wieder dorthin zu bringen, wo sie schon mal war: Noch mal mit mir in den Bus zu steigen.

So.

Gesetz Nummer 1: Bloß nicht ihre Röte ansprechen!

Gesetz Nummer 2: Nicht sagen, sie wäre dumm, oder ähnliche Beleidigungen.

Gesetz Nummer 3: Nicht selber beleidigt sein!

»Lydia, bitte – das ist doch der erste Tag. Was hast du erwartet? Dass sie dir alle um den Hals fallen? Der Anfang ist doch immer schwer. Du bist ein kluges Mädchen, das müsstest du mittlerweile kapiert haben. Ich verstehe es nicht, wie kann man so ein Angsthase sein? Die haben uns doch nicht gebissen.«

»Ich hab keine Angst, du blöde Kuh! Ich hab nur keinen Bock, den Deppen zu spielen.«

»Gut, ich verstehe, dass du nicht den Deppen spielen möchtest, aber was können dir die kleinen Stinker aus irgendeiner 9. Klasse anhaben? Steh drüber! Zeig Größe!«

»Nein!«

»Bitte.«

»Ich hasse Deutsch!«

Die Geduld ist am Ende. Meine Sicherung brennt durch.

»Dann bleib, wo der Pfeffer wächst, du Analphabetin!«

Lydia geht. Es war ein schwerer Fehler, dies zu sagen. Ich hole sie ein.

»Lydia, warte bitte. Ich bitte dich zum letzten Mal, mit mir da hinzugehen, ich ... ich, wie soll ich sagen ... ich habe Angst alleine. Tu es für mich. Tu es für deine Freundin. Begleite mich einfach nur. Bitte.«

Eine gute Strategie.

Am zweiten Tag setzt sich ein 14-jähriges, schielendes Mädchen zu uns und fragt unermüdlich. Unsere Köpfe müssen sich nach der langen Zeit des Dummwerdens richtig anstrengen, sinnvolle, zusammenhängende Antworten zu formulieren, wir wissen gar nicht mehr, wie das geht. Eigentlich ganz angenehm. Die Seiten unseres Wörterbuchs kommen nicht zum Stillstand. In kürzester Zeit sitzen alle um uns herum und bemühen sich um unsere Aufmerksamkeit. Ist denn das überhaupt möglich? Der Mensch ist ein Affentier, Nachahmer, ein Zugehörigkeitswesen. Ich stelle fest, dass es Mädchen sind, die mit uns den ersten Kontakt aufnehmen. Frauen sind nun mal mutiger, in jeder Beziehung ... Selbst in diesem Unalter.

Ich möchte mich bei dem schielenden Mädchen bedanken, das es gewagt hat, uns anzusprechen, ohne sie wäre immer noch nichts passiert, und Lydia wäre bestimmt nicht noch einmal mitgekommen. Ich schaue sie an und lächle. Das Mädchen scheint eine sehr gute, dafür unbeliebte Schülerin zu sein, wahrscheinlich des Schielens wegen. Sie könnte auch eine Streberin sein. Jetzt, wo alle mit uns Kontakt aufnehmen wollen, dreht sie mir ostentativ den Rücken zu. Vielleicht täuscht sie plötzlich Gleichgültigkeit vor, weil sie sich unerwünscht, störend und zu hässlich fühlt, um mit uns im Mittelpunkt zu stehen. Ich finde es schade, dass sie sich selber so aussortiert, wahrscheinlich ist es immer so bei ihr gewesen, und wahrscheinlich wird es immer so bleiben. Ich werde nichts unternehmen. Es ist ihre Entscheidung.

Still sitzt sie in der Pause auf ihrem Platz und notiert etwas.

DIE RUTSCHPARTIE IST DAS BESTE

Es schneit und schneit. Die Bergspitze, auf der dieses Gymnasium samt Internat wie eine Mütze sitzt, ist mit einer weißen, strahlenden Schneeschicht bedeckt, und wir wollen bei dem Anblick Juchheissassa rufen. Schön sieht es aus. Noch nie habe ich einen solchen satten Winter erlebt.

»Ihr zwei, es gibt eine Abkürzung, die direkt nach Königssee führt. Wusstet ihr das? Man kann sogar runterrutschen, wenn man einen Schlitten hat …«, sagt ein anderes Mädchen aus der Klasse, das eine gewisse Integrations-Verantwortung für uns übernommen hat.

»Schlitten?«

Lydias Augen fangen an zu strahlen. Klar, solche Blödsinnigkeiten findet sie toll. Sie ist halt ein Jahr jünger, und das merkt man. Ein Baby eben. »Wie kommen wir denn jetzt an einen Schlitten?«

»Gute Frage.«

Selbst wenn Mutter das »Erobern« wieder aufgenommen hätte, würde ein Schlitten nicht in ihren Jeansrock hineinpassen. Da das aber, seit Maria im Knast sitzt, längst der Vergangenheit angehört, hat sich die Angelegenheit von selbst erledigt. Kaufen können wir uns ebenfalls keinen.

Lydia schaut mich spitzbübisch an, zieht aus ihrem Rucksack eine alte Aldi-Tüte heraus und lehrt sie aus. Eine geniale Idee. Wir rutschen jubelnd auf den Tüten den schmalen Pfad hinunter, durch den Wald und die ganze wunderschöne, verschneite Berglandschaft. Der liebe Gott hat sich zu uns gebeugt und uns mit einer Prise Kindheit und Unbekümmertheit bestäubt. Der Alltag wird vom wahren Leben erleuchtet.

Die Tannen tragen tonnenschwere Schneemassen, und wenn sich mal was vom Ast löst, bekommen wir kreischend einen nassen Kragen. Ab und zu gehen wir zu Fuß, da der Weg nicht steil genug ist. Die Aldi-Tüten zerreißen nach und nach, die Rutschpartie dauert schon beinahe zwei Stunden, die Kleidung ist durchnässt, egal, wir lachen ununterbrochen. Es ist so spaßig und großartig, dass sich alle weiteren Debatten zum Thema »nicht mehr in die Schule gehen« erübrigen. Dieses Spaßes halber hält Lydia endgültig die Klappe. Die Sonne scheint uns prächtig in die Gesichter, die langen Haare wehen im Wind, und wir fühlen uns glücklich.

Glücklich!

MAGGISTÖPSEL UND PETZIBÄLLE KOMMEN GUT AN

Mark, ein Junge aus unserer 9. Klasse, bildet zwischen uns und den höheren, den viel interessanteren Jahrgängen, eine Brücke. Er ist blond, mit weißen Albinowimpern. Das schadet seinem Äußeren keineswegs. Mark ist sehr attraktiv. Die zwei Jahre, die er jünger ist als ich, also ein Jahr jünger als Lydia, stören uns nicht. Er wirkt reif für sein Alter. Dafür hat er nur Quatsch im Kopf, wie ein Kindergartenkind. Ihm verdanke ich, dass Wörter wie geil, Scheiße, Furz, Arschloch, Wichser und Ähnliches mein Sprachrepertoire bereichern. Durch seine Selbstverständlichkeit, oder Dreistigkeit, gilt er als »cool«, damit ist es ihm erlaubt, mit den Abiturienten schon mal einen Joint, oder wie sich diese Dinger nennen, zu rauchen, und da er noch dazu im Internat wohnt, verbringt der Kölner mit den Älteren mehr Zeit als mit Gleichaltrigen.

Die Abiturienten zeigen ein besonderes Interesse daran, dass wir bei ihrer Party erscheinen, heißt es. Vielleicht, weil wir im Vergleich zu den anderen aus der Klasse recht fraulich wirken. Titten hat dort noch keine, Lydia dagegen hat zwei Petzibälle. Oder es muss eine seltsame, melancholische Ich-bin-ein-Ostblockopfer-hilf-mir-Art sein, die auf ein junges deutsches Herz anregend wirkt. Anders kann ich es mir nicht erklären. Manchmal summen diese deutschen Herzen wie Hummeln um unsere Klassentür herum, schnuppern und schauen neugierig herein, betrachten uns wie Museumsstücke oder sprechen uns auf dem Schulflur an.

Bin ich schön? Manchmal. Wenn ich mich gern habe. Wenn ich länger als drei Stunden geschlafen habe. Also bin ich selten schön. Wenn etwas Besonderes geschehen soll, schlafe ich nicht. An solchen Tagen graben sich die Augenringe besonders tief in mein Gesicht. Ich möchte alle Spiegel, die mir in die Quere kommen, zerschlagen.

Eine gute Figur habe ich. Keine Titten, aber das gleicht Lydia aus. Ich besitze nur zwei Maggistöpsel, wie es unser Zimmernachbar so treffend ausgedrückt hat. Ansonsten habe ich eine gute Figur. Sie kommt in der Caritas-Kleidung, die ich trage, nicht zur Geltung, oder vielleicht doch, nur sehe ich es nicht. Hoffentlich bin ich noch so schmal, wie es mal Mutters Barkeeper Matěj diagnostizierte. Schmal zu sein, das soll doch so schön sein, das ist mein Kapital, meinte der Idiot.

Ich würde gerne wissen, ob Chris deshalb auf mich steht. Ich bin nicht das einzige Mädchen, das ihn gut findet, die meisten aus seiner Klasse sind in ihn verknallt. Der weiblichen Hälfte der Klasse stockt der Atem, wenn Chris unerwartet irgendwo auftaucht.

Ich verliebe mich in diesen Chris. Viel mehr als je zuvor. Ich frage mich nur, ob es normal ist, dass sich die Intensität der Verliebtheit von Fall zu Fall steigert? Wie ist es mit dreißig? Ist die Verliebtheit dann so quälend, so stark, so emotional und unerträglich, dass ich lieber darauf verzichten möchte? Möchte ich dann sofort aus dem Fenster springen? Wie anstrengend und schön. Verliebtheit führt zu Gewichtsverlust. Wie fabelhaft! Eine Diät umsonst. Zwei Fliegen mit einer Klappe.

Christopher, genannt Chris. Achtzehn Jahre alt. Eins achtzig groß. Weiße Porzellanhaut. Feines blondes Haar. Strahlend blaue Augen. Zähne wie aus einem Bilderbuch, brav aneinandergereiht, weißes, perfektes Lächeln. Meine Zähne hasse ich dagegen. Sie sind klein, das Zahnfleisch großflächig, ein Überbiss, den zwar andere nicht wahrnehmen, doch ich kann zwischen die untere und die obere Zahnreihe einen Daumen stecken. Pah. Das quält mich, seit ich denken kann. Ich presse beim Lachen die Lippen verkrampft aufeinander.

Ein Stück meines Schneidezahns befindet sich immer noch im Schlafzimmer einer Zigeunerfamilie. Opa hatte damals in Přerov, als ich das Radfahren lernte, vergessen, mir zu sagen, dass man nach vorne sehen soll, statt die Pedale zu bewundern. So hätte ich mir die dämliche Aktion mit der Karambolage gespart. Ich krachte damals mit voller Wucht durch das offene Souterrainfenster einer Zigeunerfamilie. Dort irgendwo muss meine Schneidezahnecke liegen. Wenigstens kann keiner behaupten, ich hätte einen eingefallenen Mund.

Aber er, Chris, der Glückliche. Seine Zähne. Farah-Fawcett-Verschnitt. Das Lächeln eines Schauspielers. Eines amerikanischen Schauspielers. Ein straffer muskulöser Körperbau, tiefe, starke, klare, männliche Stimme, zarte, sanfte Bewegungen, und dann seine Nationalität, das hält man im Kopf nicht aus: deutsch und englisch, was für eine Mischung! Ich erzähle sogar Mutter, er sei eine Kreuzung aus Robert Redford und Alain Delon. So attraktiv und wunderschön finde ich ihn. Ich spreche mit meiner Mutter sonst nie über solche Dinge.

»Na, das freut mich, dass deine Jungs jedes Mal wie Alain Delon aussehen, wie machst du das bloß?«, verarscht mich Mutter mit dem Feingefühl eines Metzgers.

Vielleicht ist das der Grund, warum ich ihr nie etwas anvertrauen kann. Im Moment berührt es mich wenig, Chris ist für mich schöner als alle Delons auf der ganzen Welt.

Wie ist es möglich, dass dieser Traumprinz seine Pausen in der 9. Klasse verbringt? Wieso versucht er immer wieder Kontakt zu uns, oder besser gesagt zu mir, aufzunehmen? Wie kommt so ein Delon auf eine Ostblocksocke wie mich? Es ist mir ein Rätsel.

Die anderen Mädchen ignoriert er. Das ist Fakt. Mit Mark, dem

Albinojungen, werden zwar wichtige Männerangelegenheiten beredet, doch kurz danach landet Chris an meiner Schulbank. Ich weiß es vorher, ich weiß, dass er meinetwegen das Theater veranstaltet, und er weiß, dass ich es weiß. Der Liebesengel mit seinem goldenen Pfeil trifft mich mal wieder mitten ins Herz. In Lydia rührt sich nichts. Oder sie gibt es nicht zu.

SCHWEIGENDE ÖLSARDINEN IM AUTO

»Kommt ihr heute Abend zur Abschlussparty?« Mark beugt sich lässig zu uns, als Chris weg ist und die Spannung im Klassenraum nachlässt. Die Mädchen packen endlich ihre Pausenbrote aus und beißen gierig hinein. Jetzt müssen sie nicht mehr cool sein.

»Party? Heute?«, stammeln wir beide durcheinander.

Ich schaue Lydia mit Irrsinn in den Augen an und sage auf Tschechisch: »Oh Gott, das geht doch nicht. Das macht meine Mutter nicht mit.«

»Und meine erst! Deine ist wenigstens modern, aber meine lebt im Steinzeitalter! Und vor allem bist du schon siebzehn.«

»Ja, das stimmt. Alleine gehe ich aber nicht. Auf gar keinen Fall!«, flüstere ich.

Mark, der allmählich anfängt, zappelig zu werden, denn es ist nicht cool, nur dazustehen und zu warten, bis sich die Weiber in ihrer Heimatsprache entschieden haben, ergreift erneut die Initiative. Ein neuer und vielleicht letzter Anlauf, bevor er abzischen und das absolute Desinteresse manifestieren wird. »Chris, Alev und ich würden euch mit dem Auto abholen, falls der Transport ein Problem sein sollte.«

Das überlebe ich nicht. Das ist mir zu viel. Bei der Vorstellung, dass diese ahnungslosen Jünglinge zum Asylantenlager fahren und sehen, wo und wie wir wohnen, sich von den Lagersaufbolden, Jugo-Tussen, Tschechen-Landpomeranzen, Slowaken-Gammlern,

Polaken-Gören und Albaner-Schlägern beglotzen lassen müssen – denn so was spricht sich sofort herum –, wird mir ganz anders.

Ich erinnere mich nur zu gut, wie Christa auf dem Hof auf mich wartete. Die gesamte Lagermannschaft schaute zu, nein, das ist ein schwacher Ausdruck, sie fieberte mit wie bei einem Tennismatch. Wahrscheinlich würden sie uns für unterwegs Schnitzel im Graubrot mitgeben, damit wir ja nicht verhungern, dazu eine Thermosflasche mit Tee, und uns zu guter Letzt wohlmeinend eine Porno-Kassette in die Hand drücken, damit wir wissen, wie wir alles richtig machen – natürlich inklusive geklauter Kondome, denn unsere Jugend hängt am seidenen Faden. So geschmackvoll können sie sein, unsere Zuschauer. Ich kenne sie. Das wäre mein Ende. Nein. Niemals!

»Ja, super!«, antwortet Lydia wie aus der Pistole geschossen, nickt zufrieden mit dem Kopf und lächelt den Albino an.

Ich erkenne sie nicht wieder.

»Ja, cool, dann holen wir euch um sieben ab, okay?«

»Ja, super!«, sagt Lydia unverfroren, und meine Nackenhaare stellen sich auf wie Soldaten.

»Wo wohnt ihr genau? Wo in Königssee?«

Wir schauen uns an und machen beide mit unseren Köpfen ein Zeichen, das bedeutet: »Sag du …«

Keine sagt was.

»Wo in Königssee?«, buchstabiert Mark überdeutlich, weil er denkt, wir Hühner würden nichts, aber auch gar nichts verstehen. Dabei haben wir in den vergangenen Wochen erstaunliche Fortschritte gemacht.

Ich hole mit humorlos ernster Miene tief Luft und bin entschlossen zu sagen: »Wir wohnen …«

Nun fällt mir, verdammt noch mal, das Wort »wohnen« auf Deutsch nicht ein, obwohl es Mark vor einer Sekunde selber ausgesprochen hat. Typisch, das passiert mir immer wieder, dass mein ausgebranntes Hirn im entscheidenden Moment kolossal versagt. Ich drehe mich geschwind zu Lydia: »Wie heißt Kruzifix ›wohnen‹ auf Deutsch, verdammt. Glotz mich nicht an und hilf mir, wenn du so eine große Klappe hast! Das hast du uns eingebrockt, und ich soll die Suppe auslöffeln, was? Wenn du es mir nicht sofort sagst, dann, dann, dann … mach schon!«

»Was dann?«, antwortet Lydia in ihrer kaiserlichen Ruhe und provoziert mich mit einem herausfordernden Blick.

Ihre Spezialität. Da ist sie echt gut drin.

»Dann, dann rutsche ich nie wieder mit dir! Mein Ehrenwort!«

Panik überfällt meine slowakische Freundin. Ha! Sie liebt die Rutscherei und antwortet sofort: »Ich weiß es auch nicht!«

Mark verdreht die Augen und ist gewillt zu gehen. Ich fasse ihn schnell am Arm, was höchst erregend auf uns beide wirkt, und sage schließlich: »Wir sind hinter Känigsä, bei die Boote, bei der Wasser.«

»Am See? Direkt am See?«, antwortet Mark mit einer starken Rötung im Gesicht, was bei seiner Blässe fabelhaft deutlich zu sehen ist.

Ich halte nämlich noch immer seinen Arm fest.

»Ja, am See. In Hotel. Der Name ist Sporthotel. Alle in Känigsä kennen Sporthotel.«

»Im Hotel, holla, ganz schön nobel, was?

»Nein nobel …«, gebe ich kleinlaut zurück.

»Na gut, dann kommen wir um sieben zum Sporthotel. Okay?«

»Okay.«

Das Schlucken in unseren Kehlen kann keiner überhören. Ich weiß auch nicht, weshalb ich bei solchen Albernheiten so aufgeregt bin. Schließlich war ich seit meinem fünfzehnten Lebensjahr mit Jungen zusammen, bin mit Männern also erfahren, für mein Alter sogar zu erfahren. Also nicht leicht aus dem Häuschen zu bringen. Vielleicht, weil ich zum ersten Mal in diesem fremden Land einen

Deutschen anfasse, weil ich mich im Deutschen ununterbrochen blamiere, vielleicht, weil Lydia, genauso wie ich, die Sitten unter Jugendlichen in Deutschland nicht kennt, weil wir Minderwertigkeitskomplexe haben, unserer Herkunft und der finanziellen Misere wegen, oder weil ich Mark heimlich vergöttere? Ich denke, ich liebe Chris?! Ein Salat im Kopf.

Was sollen wir uns im Auto erzählen? Wie soll es überhaupt gehen? Wie soll man sich den Deutschen annähern? Das scheint auf einmal so anstrengend, schwierig und unerreichbar zu sein, dass ich am liebsten weglaufen würde.

»Und was wirst du jetzt machen, Lydi? Deine Alten erlauben es dir eh nicht, und dann stehe ich da wie ein Idiot.«

Ich setze mich auf die Tüte und sause hinunter.

»Dann musst du alleine hingehen …«, ruft Lydia hinter mir her. Sie wird immer kleiner, ich verstehe sie kaum, weil ich mich gerade an der steilsten Stelle befinde und wie der Blitz den Berg hinunterrutschte. Herrlich!

»Nein, meine Liebe, du gehst mit, koste es, was es wolle«, kreische ich in den Himmel, sodass alle Waldtiere in der Umgebung flüchten, und halte das Gesicht der Sonne entgegen, ohne zu sehen, wohin ich rutsche.

Ich kenne diese Strecke gut, ich vertraue ihr. Unten angekommen, sitze ich wie ein Sack Kartoffeln auf meiner ramponierten Aldi-Tüte und warte auf Lydia.

»Und was ziehst du an?«

Sie spricht eine äußerst schwierige Frage an.

»Jesusmaria! Schnell, wir müssen ins Lager.«

Die Modenschau zu Hause dauert Stunden und das Auftragen des Make-ups ebenfalls. Unsere Mütter machen keine Anstalten, uns von der Party abzuhalten, was uns beinahe beunruhigt. Sie denken vielleicht, dass wir einen guten deutschen Fang machen? Nanu …?

Das Auto steht pünktlich da, alle drei sitzen drin, und weil im Lager gerade das Abendessen serviert wird, haben die Albaner, Jugoslawen, Tschechen und Slowaken kein besonderes Interesse zu glotzen. Die Leberwurst-Sandwiches scheinen wichtiger zu sein als ihre Neugierde. Alles verläuft erstaunlich harmonisch und nach Plan, selbst unsere Mütter stehen lieber in der Schlange für das Brot, als sich die zukünftigen Schwiegersöhne anzuschauen.

Der Platz vor dem Sporthotel ist stockduster, das kleine weiße Auto steht still, beinahe versteckt in einer Ecke, und ich bereite mir alle möglichen Antworten vor, die ich sicher unterwegs brauchen werde. Vielen Dank. Ich bin siebzehn. Ich heiße Lena Hroz. Das ist meine Freundin Lydia. Ich komme aus Přerov. Lydia kommt aus Banská Bystrica. Ich möchte etwas trinken. Nein danke. Wo ist die Toilette. Wir müssen nach Hause. Ich habe keinen Freund.

Wir haben uns aufgetakelt, keine Frage, vielleicht ist zu viel dran. Das werden wir bald erfahren. Ich habe Angst, bin verunsichert. Die verdammte Sprache ist so schwer.

Alev fährt. Der beste Freund meines Idols. Achtzehn Jahre alt, also absolut erwachsen im Vergleich zu mir. Unglaublich erwachsen wirken sie auf mich. Gediegene Herren. Alev, der wesentlich männlichere Typ, hätte mir gefallen, gäbe es nicht den androgynen Chris, in den ich verliebt bin. Sein kantiges Gesicht, wie das eines strengen Generals, ist von der Bergsonne braun gebrannt, und die dunklen, stark gewellten kurzen Haare sind glatt nach hinten gekämmt. Die Naturwellchen haben es schwer, sich zu behaupten, so viel Gel klebt auf seinem Kopf. Obwohl ich etwas gegen Gel habe, stört es mich bei Alev natürlich nicht. Er könnte sich auch Marmelade ins Haar schmieren, und ich würde es super finden. Von der Statur her ist Alev stämmig. Ein Schrank. Chris sieht neben ihm knabenhaft aus.

Mark, der Albinojunge, ist ein Nichts in dieser Runde. Einer, der zwei Jahre jünger ist, zählt einfach nicht. Nein, ich vergöttere ihn nicht, die Berührung heute morgen war ein Ausnahmefall. Das wäre sonst zu verwirrend.

Meine Güte, wie aufregend es ist. Lydia und ich sind während der gesamten Fahrt nicht imstande, auch nur ein Wort hervorzubringen. Die Sprachbarriere ist größer denn je. Monströs. Wenn ich richtig verstehe, fragen sie nach unseren politischen Verhältnissen, nach der Emigration, wir antworten aber nicht, weil wir nicht wissen, wie. Zu groß ist das Thema, um es genau und richtig zu erklären, zu ernst und differenziert, um verständlich zu machen, warum wir geflüchtet sind.

Ich kann mir sehr gut vorstellen, dass es sie interessiert, wir sind zwei Marsmännchen in fliegenden Untertassen. Ich kann aber doch nicht sagen, dass ich gegangen bin, weil wir kein Klopapier hatten?! Das würden sie nicht verstehen, und doch ist das Klopapier einer der vielen Gründe, warum man es drüben satthatte. Ich müsste ihnen auch klarmachen, dass wir uns über viele Dinge ein falsches Bild gemacht haben. Dass wir dachten, das Glück läge hier, dabei ist es anscheinend ganz woanders. Doch das wüssten wir bis heute nicht, hätten wir nicht diese Reise auf uns genommen. Wir wären in Přerov, in unseren naiven schleierhaften Wertvorstellungen stecken geblieben. Das Leben lang wären wir stecken geblieben. Wie Pavel, Drobina, Trubka, Jarek, Maria, Matěj feststecken und glauben, dass mit einer Flucht die innere Unzufriedenheit zu lösen ist.

Wie die Ölsardinen sitzen wir in diesem Auto. Mark wild gestikulierend neben uns, Chris auf dem Beifahrersitz und Alev am Steuer. Gott sei Dank haben sich die Freunde genügend zu erzählen, sodass unsere Stummheit nicht so auffällt. Dass wir komisch sind, anders als die Mädchen aus ihren Klassen, die sich wild in die Wortschlachten zwischen den Geschlechtern werfen können, ist nicht zu übersehen. Das klebt an uns wie der Kuhfladen am Schuh.

IM ALTENHEIM GEHT ES LUSTIGER ZU, PROST

»Das ist ein Helles«, erklärt Chris und drückt mir das Bier in die Hand.

»Ein Helles«, plappere ich nach, wie so ziemlich alles, was man mir sagt.

»Also Prost.«

»Prost.« Und wir stoßen mit den Plastikbechern symbolisch an.

»Wie sagt man auf Tschechisch?«

»Na zdraví!«, antworte ich euphorisch und mir wird sogleich warm ums Herz.

»Also, na zdraví!«

Wir nehmen einen großen Schluck. Chris verschwindet wieder.

Ich ekele mich vor meiner eigenen Alkoholfahne, greife in die Jackentasche und schiebe mir einen Kaugummi in den Mund. Das hätte ich nicht tun sollen. Ein Pfefferminz-Kaugummi verträgt sich nicht mit Bier. Egal, ich darf nicht nach Alkohol riechen.

Lydia und ich stehen alleine in dieser improvisierten Schuldisco, einem kargen Klassenraum. Nicht gerade festlich ausgestattet. Die Musik, die ich nicht kenne, dröhnt unerträglich, sie gefällt mir überhaupt nicht. Ich sehne mich nach Duran Duran und nicht nach The Cure, das hier ständig läuft.

Alle rauchen. Die Mädchen, fade angezogen, ignorieren uns, und die Typen kommen nur sporadisch bei uns vorbei. Lydia und ich, zu festlich gekleidet, tun so, als hätten wir uns viel zu sagen, was nicht stimmt. Es ist äußerst anstrengend, weil unsere Gesprächsthemen längst erschöpft sind. Na gut, da wir nun einmal da sind, müssen wir es bis zum bitteren Ende durchziehen, denke ich. Es gäbe trotzdem nichts Schöneres, als zu Hause mit Mutter gemütlich fernzusehen. Alles fühlt sich kalt und fremd an, wir verstehen niemanden, mit niemandem können wir plaudern und mit niemandem lachen.

Die immergleichen Fragen, die uns gestellt werden, beantworten wir gut und knapp, aber darüber hinaus geht kein Dialog. Deprimierend. So trinken wir still das Bier, sitzen wie zwei böhmische Glitzerknödel auf unseren Hintern und langweilen uns. Mit Chris wechsele ich ab und zu einen Blick, wenn er mal da ist. Oft sehe ich ihn nicht. Mark ist ganz verschwunden, und Alev bechert exzentrisch viel. Ihm ist alles egal, er kriegt gar nichts mehr mit. Verschwitzt rekelt er sich auf der mickrigen Tanzfläche, nur die Panzerfrisur hält.

»Es war wohl doch nicht so eine gute Idee, oder?«, sage ich schlecht gelaunt und beobachte dabei die Gestalten auf der Tanzfläche, die sich betrunken amüsieren.

»Hm …«, antwortet Lydia.

Mein Mund öffnet sich unfreiwillig, und ich gähne gründlich.

»Ich bin auch ganz schön müde.«

Lydia versteht mich offenbar nicht und fragt: »Waaas?«

»Nichts.«

Lohnt nicht, diesen Satz zu wiederholen.

»Scheiße, wer fährt uns nach Hause?«, fragt Lydia mit einem Schlaftablettenblick.

»Alev säuft. Der ganz sicher nicht. Wir haben ein Problem.«

Lydia seufzt zart. Der Alkohol in mir wirkt. Ich sitze, merke, wie meine Beine tonnenschwer werden. »Eine Siebzehnjährige kann den Alkohol nicht dosieren, das muss man sich mit den Jahren individuell aneignen, den Körper kennenlernen, wie er darauf reagiert.«

Das waren Pavels Klugscheißersätze. Der aufgeplusterte Gockel. Er glaubte, über alles Bescheid zu wissen. »Alkohol darf nicht gemischt werden«, sagte er.

Da können also der Weißwein, den ich am Anfang der Party getrunken habe, und das Bier, das ich jetzt trinke, durchaus Schwierigkeiten machen. Für Pavel war Weißwein tabu. Die ganze Nacht kämpfte er sonst mit übersäuertem Magen. Also trank ich auch keinen. Und schlafen konnte ich nach nur einem Schluck Alkohol sowieso nicht. Der Verlauf dieser Nacht ist somit vorprogrammiert.

Eine Woche vor unserer Emigration beging ich eine Dummheit. Drobina, Trubka und ich wollten ein bisschen feiern. Drobina wusste von meiner Reise ohne Rückfahrkarte, Trubka, die nichts ahnte, feierte einfach nur meinen Urlaub im Westen und hinterfragte sonst nichts. Wie immer. Erfahrung mit Alkohol hatte keine von uns. Hier und da tranken wir mal einen Schnaps auf einer Hochzeit oder ein Bier, um nicht aufzufallen. Harmlos. Was wir uns an diesem Abend, an dem wir uns bewusst betrinken wollten, leisteten, könnte ich als mein Trauma bezeichnen.

Wir kauften uns im Tante-Emma-Laden eine Flasche Wodka. Drobina gab eine Menge Kohle dafür aus. Wir planten die Saufaktion für den Disco-Donnerstag im Nationalgarten. Die Luft war sommerlich mild, unsere Haut, von der prallen Tagessonne gequält, brannte heiß und glänzte unter den bunten Birnen der Lichterketten. Die Hits, eine Mischung aus tschechischen Interpreten und internationaler Musik der Achtzigerjahre, kannten wir Wort für Wort auswendig. Nur die tschechischen Interpreten natürlich.

Der Garten, der einem bayerischen Biergarten ähnelte, füllte sich allmählich mit Jugendlichen. Der Laden war in kürzester Zeit rappelvoll. Wir kannten alle, alle kannten uns. In einer kleinen

Stadt kennt jeder jeden. Pavel, obwohl er immer wieder mit Kumpels wichtige Dinge besprechen musste, beobachtete mich mit einem Auge, so wie ich immer wieder nach ihm schaute. Es war eine stinknormale Disco, doch für uns war sie heimisch, warm, gemütlich, bekannt, und trotzdem noch aufregend, trotzdem noch neu und unerforscht. Genau das, was uns heute an diesem Abend so schmerzhaft fehlt. Damals war ich »zu Hause«.

»Wir können doch nicht hier so öffentlich trinken?!«, sagte Trubi mit aufgerissenen Kinderaugen. Sie bemühte sich, immer ihr Gesicht wie eine Bravo-Berühmtheit zu bemalen, und es sah herrlich grotesk aus. Die grünen Lidschatten leuchteten über dem Rot ihrer runden Wangen. Ich liebte sie für diese Kuriositäten besonders.

Die weniger grelle, aber doch fesche Drobina hielt die dunkelblaue Stofftüte fest in der Hand, deren Henkel von einem durchsichtigen Plastikschlauch verschönert wurden, wie es im Osten üblich war. Jeder Haushalt besaß diese Stofftasche.

»Natürlich trinken wir nicht hier auf der Tanzfläche, Trubi. Das müssen wir anders organisieren!«, sagte Drobi und schaute mich fragend an. »Oder?«

»Wir müssen ihn irgendwo verstecken.« Ich kam mir verdammt clever vor.

»Ja, verstecken!«, rief Trubi.

»Sei still! Nicht so laut!«, keifte Drobina sie an, als wäre sie ihre Mutti. Drobina hatte immer etwas Mütterliches an sich. Ich kann mir sehr genau ausmalen, wie sie mit ihren Kindern kommunizieren wird. »Wie wäre es im Park, im Pavillon?«, sagte sie dann.

»Ja, das ist eine gute Idee«, antwortete ich begeistert, und Trubi machte es mir sofort nach: »Eine gute Idee!«

Wir schlichen wie drei Detektivinnen in den Park, der sich neben der Nationalgarten-Disco befand. Die Dämmerung war schon fortgeschritten, was uns aber keineswegs störte. Im Gegenteil, es wurde immer spannender. Die Flasche platzierten wir hinter einer Parkbank im Pavillon und waren sehr stolz, eine so gute Lösung gefunden zu haben.

»Jetzt nimmt jede einen Schluck, abgemacht?«

Und ich holte die Flasche verschwörerisch aus dem Versteck, öffnete sie und nahm den beißenden Geruch des starken Getränks wahr. »Puh, stinkt das.«

»Zeig …!«

Und schon hielt sich Drobina die Flasche unter die Nase.

»Ich auch«, sagte Trubi, und statt daran zu riechen, goss sie sich einen ordentlichen Schluck in die Gurgel.

»Puah, gib her!«

Ich nahm ihr die Flasche so vehement aus den Händen, dass sie beinahe zu Boden fiel.

»Du spinnst, wir haben noch gar nicht angestoßen und du besäufst dich schon«, sagte ich fast verärgert.

Trubi hustete und zerknautschte das bunt geschminkte Gesicht.

»Das ist ja pisswarm und eklig«, meinte sie, war aber offensichtlich guter Dinge, da sie noch mal nach der Flasche greifen wollte.

»Finger weg!«, sagte ich und zog die Flasche fester an mich.

»Dann hättest du sie bei dir zu Hause in den Kühlschrank stellen sollen, und wenn es dir nicht passt, dann trink das Zeug halt nicht!«, sagte Drobina.

»Du hast sie unter deinem Arm zum Kochen gebracht«, antwortete Trubi, während auch ich einen kräftigen Schluck nahm und das Gesicht auf die gleiche Weise zerknautschte.

»Dann trink es nicht, hab ich dir schon gesagt«, wiederholte Drobina und nahm ebenfalls einen Schluck.

»Gib her«, lachte Trubi.

Ihre roten Hamsterbäckchen glühten himbeerrot.

»Hol sie dir.«

Drobina sprang hoch wie eine Gazelle und ließ Trubi, die wesentlich kleiner und pummeliger war, hinter sich herjagen. Beide rannten um den Pavillon, eine Dicke hinter einer Dünnen, wie Dick und Doof. Die Dünne hielt die Flasche mit den schlanken Armen hoch über ihrem Kopf, Trubi kam auch dann nicht ran, als sie sie eingeholt hatte.

Wir lachten. Über jede Kleinigkeit lachten wir. Nach einer Weile, nachdem der Schweiß halbwegs getrocknet war, gingen wir gut gelaunt in die Disco. In Zeitabständen verabredeten wir uns im Pavillon und nahmen nacheinander einen Schluck von dem warmen, widerlich schmeckenden Spiritus.

Es dauerte nicht lange, bis ich den Überblick verlor. Ich sah Trubi nicht mehr, ich sah Drobina nicht mehr, ich sah gar nichts mehr, alles war wackelig und verschwommen, wie in Watte. Die Welt drehte sich, die Musik machte mich verrückt, und die Beine gehorchten mir nicht mehr. Jede Bewegung machte alles nur noch schlimmer. Der Spaß war vorbei.

Ich legte meinen Kopf in Pavels Schoß und spielte Leiche, schloss die Augen, betete zu Gott, dass das schwankende, äußerst unangenehme Gefühl in der Magengegend nicht schlimmer würde. Pavel saß bis zum Ende des Discoabends an der gleichen Stelle und stützte mich. Ich lag da, irgendwie bewusstlos, schwer wie ein Sack Kartoffeln.

Endlich verstummte die dröhnende Musik, alle Freunde und Bekannten waren im Begriff zu gehen, und ich befand mich immer noch im Alkoholkoma. Pavel hob mich einfach auf seine Schulter und wollte mich so nach Hause tragen. Undenkbar. Auf seiner Schulter hängend, am empfindlichsten Punkt meines Körpers zusammengedrückt, kopfüber hin und her schaukelnd wie ein erlegtes Wild, nein, das war genau das, was nicht ging.

War mir übel? Grässlich. Eine kleine Bande von Zigeunerkindern stand um Pavel und mich, die Volltrunkene, neckte uns und machte sich über uns lustig. An Weiteres kann ich mich nicht mehr erinnern. Der Abend gehört zu den weniger gelungenen, dafür aber zu den unvergesslichen. Eins weiß ich sicher, Wodka und ich werden keinen Pakt schließen, nie.

»Du, Lydia, ich muss mal …«, sage ich plötzlich lallend.

»Ich komme mit«, antwortet sie.

»Nein, bloß nicht, ich brauche kurz Ruhe und frische Luft.«

»Ich auch.« Sie erhebt sich ebenfalls.

»Bitte lass mich, Lydia, wenn du noch ein Wort sagst, dann passiert noch was ganz Peinliches, mir ist nämlich total schlecht.«

Ich gehe schnellen Schrittes aus dem Raum hinaus, kümmere mich um niemanden, sehe niemanden, will mich nur ein bisschen bewegen und frische Luft einatmen. Je näher ich dem Ausgang komme, desto schneller laufe ich, die letzten Stufen renne ich sogar.

EIN NOTARZT MIT DER BESTEN REZEPTUR

Welch ein Segen, die frische Bergluft einzuatmen, welch ein Segen, die Stille zu hören. Das Summen der schrillen Musik klingt mir im Ohr nach. Soll es, halb so schlimm, wenn ich nur die Übelkeit ertrage. Der Schnee leuchtet wunderschön und macht das Schulgelände sichtbar. Wie unzählige Diamanten. Ich gehe geradeaus, habe immer noch Angst, mich zu übergeben, klappere mit den Zähnen. Es sind bestimmt Minusgrade, aber ich bin froh, alleine und hier in der Kälte zu sein. Plötzlich höre ich Schritte hinter mir. Ich beschleunige in Richtung Straße, in die Dunkelheit, weg von der Schule, um nicht in betrunkenem Zustand von irgendeiner Pissnelke oder von Lydia ertappt zu werden. Die Schritte hinter mir klingen ebenfalls nach einer Beschleunigung, so drehe ich mich fast erschrocken um, mit einer gezielten Verfolgung habe ich nicht gerechnet.

»Lydia, lass mich bitte endlich allein!«, rufe ich in meiner Muttersprache. Niemand antwortet. Sie ist es nicht. Statt Lydia erkenne ich, vom Schnee und Mond beleuchtet, eine hell gekleidete Figur. Eine männliche Figur. Mehr nicht. Bilde ich mir das nur ein? »Hallo?«, rufe ich mit tiefer Stimme, damit sich mein Gegenüber auch ein bisschen fürchtet.

»Warte!«, ruft eine Stimme auf Deutsch. Die Stimme kenne ich. Diese Stimme kenne ich gut. Ich kann sie aber nicht einordnen. Plötzlich durchströmt mich ein neuer Energiestoß, durch und durch, denn wenn ich mich nicht irre, klingt die Stimme nach

Chris. Ich stehe da wie eine angewurzelte Möhre, zittere vor Kälte und schaue meinen Traummann an, wie er sich mir nähert. Er kommt, sagt nichts, oder vielleicht sagt er etwas, ich nehme es nicht wahr, er berührt mein Kinn, bettet es in seine Hand und küsst mich.

Ein warmer, vibrierender Impuls durchströmt alle alkoholisierten Nervenbahnen, bis zum letzten Atom meines Ichs. Eine neue Dimension, ein Planet der Sinne offenbart sich. Poesie vom Feinsten. Das Bier, der Biergeschmack, auf den ich so allergisch bin, die Kälte, die ich sonst keine Sekunde aushalten würde, das Unwohlsein im Magen, die Müdigkeit, meine schlechte Laune und selbst die Sprachbarriere, die größte Hürde von allen, nichts davon spielt in diesem Moment eine Rolle. Wir verstehen uns auch so ... Ein gigantischer, internationaler Kuss findet statt.

So etwas nenne ich gesellschaftliche Integration.

Was so ein ersehnter Kuss, ein Aufeinanderpressen der Lippen, nein, vielmehr ein Aufeinanderpressen der Lippen und Austauschen von Körperflüssigkeiten, die sich in der Mundhöhle angesammelt haben, was so ein Kuss, bei dem alle Gefühle auseinanderfliegen, Unbeschreibliches auslösen kann, das ist ein Wunder. Etwas so Einfaches und auf den ersten Blick Banales wie ein Kuss kann im wahrsten Sinne des Wortes Berge versetzen.

So stehen wir eine lange Weile zusammen in der Kälte, zu dünn angezogen, und umarmen und küssen uns wie zwei zitternde Yetis.

EINE ZWISCHENBILANZ

Ich sitze auf der Treppe unseres Asylantenlagers, halte meinen Kopf in den Händen und denke darüber nach, wie es war. Ich weiß nicht mehr, wie diese Situation beendet wurde, wie wir letztendlich nach Hause kamen und was ich Lydia erzählt habe. Wahrscheinlich hat uns doch irgendjemand nach Hause gefahren. Das alles scheint so unwesentlich zu sein, dass es mir tatsächlich wie ein »Blackout« vorkommt. Ein gängiges Wort, das ich vor Kurzem bei den Deutschen gelernt habe.

Mit meiner heimlichen Hoffnung, dass Deutschland nicht auf die dumme Idee kommt, meiner Mutter und mir ausgerechnet jetzt, wo ich so glücklich bin, das Asyl zu verweigern, vergehen weitere Wochen. Die Lage ist allerdings angespannt, denn immer mehr Lagerbewohner, die zur gleichen Zeit wie wir angekommen sind, werden nach Zirndorf eingeladen. Mama und ich sind bereits den siebten Monat hier, jeden Tag könnte so eine Vorladung nach Zirndorf eintreffen. Es dauert zwar dann noch einige Wochen, bis der Bescheid über das Asyl oder eine Abschiebung oder eine Duldung erfolgt, aber unsere Tage im Sporthotel sind gezählt. Gerade jetzt würde ich am liebsten noch eine Ewigkeit hier im Lager hocken, mindestens noch ein Jahr. Das Jahr, das Chris noch in Obersalzberg vor sich hat.

Wahrscheinlich bin ich die erste Asylantin, die sich darüber freuen würde, dieses Haus niemals verlassen zu müssen. Das Gymnasium, Chris und seine Freunde, die deutsche Sprache, die ersten Kontakte mit der »neuen« Gesellschaft, das Aufeinanderprallen zweier Welten, die Gespräche über geistige und philosophische Themen, über Gott, die Liebe und die Unendlichkeit des Alls, Themen, die ich bisher nicht kannte – das alles ist so neu und wunderschön, dass ich diese Welt nicht so schnell wieder verlassen möchte. Alles Dunkle in mir wird hell.

Die Treppe im Gang des Asylantenlagers ist ein ausgezeichneter Ort zum Nachdenken.

Ist es richtig, dass Mutter und ich geflüchtet sind?

Dass ich sie gezwungen habe zu gehen?

Habe ich sie überhaupt gezwungen?

Bereuen wir es?

Was ist mit der westlichen Glitzerwelt?

Wieso stehen wir nicht täglich vor den bunten Schaufenstern und betrachten diese so lange ersehnte Welt?

Wohin ist der Zauber, der nach Fa duftete, verschwunden?

Nichts davon ist geblieben. Ein Schaufenster ist für mich uninteressant, wie all die tollen Autos, die an mir vorbeifahren, wie all die Videogeräte, Kassettenrecorder, Hi-Fi-Anlagen und Fernseher. Ein Bravo-Heft ist die Belanglosigkeit selbst. Meine Kaufsucht ist auf dem Mond gelandet. Ich will in die Gesellschaft hinein, ich möchte mitreden, ich möchte verstehen.

Mama hat Angst vor den Deutschen, sie verkriecht sich, sie lernt die Sprache nicht, hockt mit ihren Landsleuten zusammen und lamentiert über schlechte Zeiten. Sie ist so anders. All das geht mir durch den Kopf.

Aus dem Nichts ertönen Polizei- oder Krankenwagensirenen. Ich stehe auf und will zum Fenster gehen und nachsehen, was los ist. Dazu komme ich aber gar nicht, weil die Sanitäter bereits im Treppenhaus die Stockwerke hocheilen und mir den Weg versperren. Ich muss taub gewesen sein, denn erst jetzt merke ich, dass jemand im dritten Stock schreit. Hinter den Sanitätern bildet sich ein Rattenschwanz von Schaulustigen, wie immer, es ist schwierig, sich überhaupt vorwärtszubewegen.

Das Blut gefriert mir in den Adern. Das Gebrüll und Geschrei kommt aus dem Stockwerk, in dem wir wohnen, wo sich in diesem Augenblick meine Mutter befindet. Ich bete zu Gott, dass sie nichts damit zu tun hat, dass es jemand anderen betrifft. Ich bete, dass ich kein Blut und keine Kotzspuren sehen muss.

Endlich erreiche ich unsere Tür. Sie ist verschlossen. Das Geschrei kommt aus dem Zimmer nebenan, wo die merkwürdige Familie wohnt. Ich versuche mich zu erkundigen, was geschehen ist, bei den umstehenden Idioten. Der Vater der Familie soll ausgerastet sein. Klagelaute, Diskussionen, Kindergeheul. Jetzt kommen drei Polizeibeamte. Während sie uns Gaffer wegschicken, worum sich niemand schert, gehen zwei der Polizisten in das Zimmer. Mehrere Männerstimmen brüllen durcheinander, und ein Gerangel ist zu hören.

Dann wird die Mutter auf einer Trage weggebracht. Sie liegt leblos da, stöhnt nur ab und zu, ihr Gesicht ist mit leichtem Verbandsstoff bedeckt, auf dem sich frische Blutflecken bilden. Ihre Kleidung ist mit Blut befleckt und dreckig, als hätte man mit ihr den Boden gewischt. Ein schauderhafter Anblick. Ein Auge von ihr kann ich sehen, es ist blutunterlaufen, geschwollen und starrt apathisch vor sich hin. Sie ist nicht wirklich da, das Auge schaut in eine andere Welt, eine, die ich nicht kenne. Vielleicht in die Welt, wo sie endlich ihre Ruhe fände.

»Arme Frau«, sagen alle. »Ein Dreckskerl.«

Der Vater weigert sich, aus dem Zimmer zu kommen. Die Beamten müssen ihn unter den Armen packen und wegzerren. Er versucht immer wieder, sich zu wehren, ist aber voll wie eine Haubitze, was es den Beamten deutlich leichter macht. Eine erbärmliche Katastrophe.

Herr Smrček nimmt ihre zwei verstörten Kinder in seine Obhut, solange die Mutter im Krankenhaus liegt. Der Vater sitzt wegen schwerer Körperverletzung in Untersuchungshaft. Keiner weiß, wo und wie lange.

»Sie stehen unter Schock, Leni. Ihre Flucht war sehr tragisch. Frag mich nicht aus, hilf mir lieber, die Kindersachen einzupacken. Hier können die beiden nicht bleiben.«

Ich tue, was Herr Smrček sagt. Mehr bekomme ich aus ihm nicht heraus.

ABENTEUER IN ERDING

Chris nimmt mich im Auto mit nach Erding. Zu seinen Verwandten. Mutter erlaubt es, Chris ist in ihren Augen vertrauenswürdig. Seriös. Stimmt ja auch.

Erding liegt aber weiter weg, als es die Lagergesetze erlauben. Chris weiß das nicht. Die gestatteten dreißig Kilometer überschreiten wir schnell, und obwohl ich das normalerweise locker nehme, zucke ich trotzdem bei jedem vorbeifahrenden Polizeistreifenwagen zusammen, tue so, als müsste ich etwas an meinen Schuhen in Ordnung bringen, und bücke mich tief ins Innere des Wagens.

Der Weg zum Gymnasium in Obersalzberg, das sich zwar oberhalb des Lagers befindet, aber sehr umständlich zu erreichen ist, zwingt uns, mehrere Verkehrsmittel zu kombinieren, also elendlang um die Berge herumzugurken. Wir überschreiten die Dreißig-Kilometer-Grenze täglich. Das Landratsamt hat aber für alles gesorgt. Es hat uns vorschriftsmäßig eine Extraerlaubnis besorgt. Und eine Dauerbusfahrkarte noch dazu. So was besitze ich für meinen Trip nach Erding nicht.

Die Aufregung wächst mit jedem Kilometer, und als wir in Erding ankommen, bleibe ich erstaunt und enttäuscht zugleich im Wagen sitzen. Das soll sie sein. Die Welt meines Idols. Soll das die Welt sein, auf die ich im Asylantenlager seit Monaten warte? Wegen solch einem Spießerparadies habe ich alles aufgegeben? Ein Kaff sehe ich. Ist München oder Berlin anders? Oder genauso trostlos, nur größer?

Die Verwandten öffnen ihre schmiedeeisernen Tore, um uns zu begrüßen. Ich betrachte diese ungeheuerliche Ordnung, die ich nie zuvor gesehen habe. Der Garten ist in geometrischer Genauigkeit geschnitten, das Haus weiß, ohne einen einzigen Vogelschiss, als wäre es gestern gestrichen worden. Die Fenster, klein und quadratisch, erinnern eher an Toilettenfenster oder Dachluken. Der Kunststoff, aus dem die Fensterrahmen angefertigt sind, löst in mir ein klaustrophobisches Erstickungsgefühl aus. Der schmale Weg, auf dem wir langsam voranschreiten, perfekt mit kunststoffartigen Steinimitaten ausgelegt, strahlt penible Sterilität aus. Falls es echte Steine sein sollten, sind sie zur Stein-Unkenntlichkeit entwürdigt. Glatt, quadratisch, abwaschbar. Kein Grashalm verunreinigt den Weg.

Dieser Weg führt uns hinein in die kleinbürgerliche Löwenhöhle. Wie die Gänse watscheln wir hintereinander, damit auch kein Millimeter des mathematisch entworfenen Gartens beschädigt wird. Es wird unheimlich viel gesprochen, ich schweige natürlich, sie sprechen schnell und ich kann nicht mithalten. Der Dialekt klingt ein wenig anders, er ist wohl hochdeutscher als das Berchtesgadener Bayerisch, ein Bayerisch, das an das Bellen einer Dogge erinnert. Nein, das Erdinger Bayerisch ist flinker und keifender.

Im Flur sind in einer wieder beängstigenden Exaktheit rote, glänzende Fliesen verlegt, die wahrscheinlich täglich abgewischt werden. Mich wundert, dass Chris und seine Verwandten ihre Straßenschuhe anbehalten. Ich war nämlich gerade dabei, meine Turnschuhsenkel zu öffnen, als ich feststellte, dass ich die Einzige war. Die drei gingen einfach hinein, ohne sich darum zu scheren, ob einer von ihnen gerade in Hundescheiße getreten ist. Wo ist da die Logik? Natürlich … hier gibt es keinen Hundekot, beruhige ich mich, und binde die Senkel wieder zu.

Zu Hause wäre es undenkbar, mit Straßenschuhen eine Wohnung zu betreten. Selbst das Ausziehen der Straßenschuhe muss draußen im Hausflur stattfinden. Die Schuhe werden nicht in der Wohnung deponiert, sondern in einem selbst gebastelten Schuhschränkchen auf dem Hausflur, wo jeder Fremde Zugang hat. Es gibt aber keine Jil Sander-, Miu Miu- oder Budapester-Schätze zu stehlen, und daher auch keine Angst, dass sie entwendet werden könnten. Wer würde sich an ein Paar abgetragener Spartakiadentreter oder fader Plastikpumps ranmachen, die außer einer Pilzinfektion und Käsegeruch nichts zu bieten haben?

Trotzdem ist es ein Paradox. Wie schaffen sie es, den Boden im ganzen Haus so sauber zu halten, wenn sie gleichzeitig so schlampig mit Schmutz umgehen? Ihr Geheimnis wird gelüftet. Sie haben eine Putzfrau, die zweimal die Woche alles blitzblank poliert.

Ich bin vor den Kopf gestoßen. Zu Hause käme solch ein Luxus nicht infrage, obwohl meine Mutter nicht schlecht verdient hat. Es ist einfach nicht üblich. Dann höre ich den nächsten Hammer: Die Putzfrau ist eine Polin. Es ist wohl immer eine Polin. Haben denn die Ostblockfrauen nicht mehr drauf, als bei reichen Familien die Reihenhäuser abzustauben? Der Onkel und die Tante erzählen enthusiastisch, dass Ostblockfrauen hervorragende Putzfrauen sind. Das ist mir allerdings bisher verborgen geblieben. Im Lager erlebe ich sie durchaus als putzscheu.

Mutter und ich haben schon mal in einem Büro geputzt. War ein netter Nebenverdienst und eine absolute Ausnahme. Ich habe das Gymnasium beinahe absolviert, möchte studieren, und Mutter kann Eifeltürme aus Haaren bauen. Wieso sollten wir all das aufgeben? Gehen Polinnen nicht in die Schule? Sicherlich haben sie auch einen Schulabschluss. Wieso lassen sie sich auf diese schlecht bezahlte Arbeit ein?, geht es mir durch den Kopf, während ich die Frisur der Tante unter die Lupe nehme. Ein Haarschnitt, der es schafft, eine Frau in ein geschlechtsloses Wesen zu verwandeln. Ein Neutrum. Oben kurz, noch kürzer unten am Hals. Die obere Hälfte sieht mir nach einer selbst gemachten Dauerwelle aus, die die Haarstruktur zu einer Krause versaut, die untere Hälfte erinnert an einen Igel. Farbe: grau. Der Onkel beschäftigt sich dafür mit seiner Frisur gar nicht, er besitzt kein einziges Haar mehr auf dem Kopf.

Die Tante heißt Gertrud und der Onkel Jürgen. Das ist das nächste Problem. Zwei hochkomplizierte Namen, die ich ohne Versprecher nicht aussprechen kann. Da ist für mich das Wort »Landratsamt« schon geschmeidiger. Ich versuche die direkte Ansprache zu vermeiden. Andere Sprachfallen auch. Zum Beispiel ist der Vokal Ü der Fiesling überhaupt. Der kommt im Tschechischen gar nicht vor, genauso wenig wie Ö und Ä. Diese Vokale machen sich über mich lustig, ich mache kurzen Prozess mit ihnen und verallgemeinere sie zu einem einzigen E-A-U. Das im Gaumen rollende R führt in meinem Mund zu einer Art Explosion, deshalb versuche ich Wörter mit den oben genannten Gemeinheiten zu meiden und spreche lieber gar nicht.

Chris stellt mich höflich vor, Gertrud und Jürgen führen uns ins Dachgeschoss, wo sich unser schnuckeliges Zimmerchen befindet. Worüber die ganze Zeit gesprochen wurde, kann ich wirklich nicht sagen. Ich verstehe nur Bruchstücke.

Da ich ausschließlich mit dem Auge wahrnehme, offenbaren sich mir die Gewohnheiten, Launen, Rituale und Sitten unserer Gastgeber wie von selbst. Es ist interessant zu beobachten. Vielleicht liegt das gerade an der Sprachbarriere. Wortspiele, Phrasen und Papierkorbsätze vernebeln nicht meinen Geist. Ein Spürhund bin ich, der die Außenwelt aus einer anderen Perspektive betrachtet. Kleinbürgertum, Spießigkeit, Selbstgerechtigkeit treten deutlich zutage. Diese Eigenschaften sind mir nicht unbekannt, weiß Gott, davon kann ich ein Lied singen. Allerdings sind die Tschechen gemäßigte Betonköpfe.

In der Tschechoslowakei ist so ziemlich alles legerer. »Was du heute nicht schaffst, machst du morgen« oder »Wer trinkt, stirbt, und wer nicht trinkt, stirbt auch« oder »Lass die Zeit verstreichen, warte bis morgen«, »Lass uns erst mal ein Bierchen trinken«, »Schlafe eine Nacht drüber«, »Geh damit schwanger«. Das sind die liebsten Grundsätze der Tschechen. Bloß kein Ehrgeiz! Aber wehe, wenn du gegen den Strom marschierst, dann lynchen sie dich!

In Erding muss das Frühstücksei, das perfekt im Eierbecher eingebettet ist, exakt an derselben Stelle stehen wie am Morgen davor. Das Geschirr hat blitzblank zu sein. Die Gästehandtücher werden jeden Morgen an den Gästehaken gehängt. Ich war zu schlampig, es muss jemand sehr früh morgens korrigiert haben. Vor jedem Essen wird gebetet, ich weiß nicht, was und warum, ich mache mit, um keine Debatte über Gott zu entfachen. Ich bewege also artig die Lippen und mache auf religiös. Den ganzen Tag dröhnt der deutsche Schlager aus dem Küchenradio, und Jürgen hat eine Vorliebe für weiße Socken. Jürgen und Gertrud fassen sich nie an. Auch das Einanderwahrnehmen fällt ihnen schwer.

Es wird auch nicht gerne gesehen, wenn ich Chris berühre (obwohl mir oft danach ist).

Kein Fleckchen auf der Tischdecke. Perfekt. Eine gute, teure Spülmaschine blubbert ununterbrochen in der Küche. In der Tschechoslowakei kenne ich niemanden, der eine Spülmaschine besitzt. Ich könnte mir sogar vorstellen, dass die meisten Přerovaker nicht wissen, dass so ein Gerät überhaupt existiert. Ein Farbfernseher mit einer Fernbedienung? Wahnsinn! Ein Hightech-Gerät.

Wenn ich das Mutter erzähle. Mutter hat sich immer für Technik begeistert. Unser Farbfernseher im Asylantenlager, den wir auf der Straße gefunden haben und auf den sie sehr stolz ist, funktioniert weit besser als unsere Schwarz-Weiß-Kiste in Přerov, die wir vor Jahren für teures Geld im Prior erstanden haben.

»Mama, das Essen ist total anders«, werde ich ihr als Erstes berichten. »Salzige Kanonenkugeln alias Semmelknödel bereiten sie zu, nix dicke Stange, die in runde Scheiben geschnitten wird, wie es bei uns üblich ist.«

Mama liebt Knödel, so wie 99 Prozent der tschechischen Bevölkerung auch.

»Die deutschen Knödel sind aus einem anderen Material, Mutter. Aus Semmeln. Dementsprechend sehen sie fleckig aus. Da wirst du blöd im Kopf.«

Vladka, unsere ehemalige Nachbarin in der Siedlung, quälte sich Tag für Tag mit den Knödeln. Denn ihr Mann konnte nicht ohne. Er fraß mindestens zwanzig Stück am Tag. Und sie hasste sie mittlerweile, weil sie viel Arbeit machen und nicht immer gelingen. Allerdings habe ich nie erlebt, dass ihre Knödel nicht gelungen sind. Sie waren immer köstlich. Die Knödel meiner Mutter dagegen erinnern leider an Wackersteine. Zu viel Mehl. Sie solle mit Mehl sparen, sagte ihr Opa bereits vor Jahren, doch Mutter lässt sich nichts sagen und nervt uns nun mit diesen miesen Knödeln.

»Doch hier, Mama, können Knödel fertig in einem runden Plastiksäckchen gekauft und direkt gekocht werden. Sie halten im trockenen Zustand ewig. Wir könnten, wenn wir Geld hätten, ganz viele davon kaufen und Jarek und Vladka welche schicken. Genial, nicht?«

Meine Fantasie findet gar kein Ende.

Ich ziehe mich langsam und unauffällig aus. Ich schäme mich, vor Chris nackt zu sein, obwohl er mich schon oft nackt gesehen hat. Ich schäme mich trotzdem jedes Mal. Diesmal könnte ich Glück haben. Der Hobbykeller mit integrierter Sauna wird von Gertrud und Jürgen nicht allzu oft benutzt. Es ist ziemlich kalt hier. Chris wird, ohne auf mich zu warten, in die Sauna eilen, deshalb versuche ich Zeit zu gewinnen. In der Sauna finde ich es dann nicht mehr so schlimm, vor ihm nackt zu sein. Von mir aus. Dort verunstaltet mich kein Neonlicht. Da macht es mir sogar Spaß, Chris schneller zum Schwitzen zu bringen als sonst. Im schummrigen Dämmerlicht strecke ich mich genüsslich aus, rekele mich hin und her, zerreibe die ersten Schweißperlen auf der heißen Haut. Chris bleibt nichts anderes übrig, als die Sauna frühzeitig zu verlassen.

Mit Chris schlafe ich gerne. Sein Körper regt mich an, ich könnte den ganzen Tag mit ihm im Bett verbringen. Chris ist der einzige Mann, der sich über eine eventuelle Schwangerschaft Gedanken macht. Auch das ist neu für mich.

Chris ist wenig behaart, das mag ich, ich kralle mich mit meinen Fingern in seine feste weiße Haut, während er auf mir liegt, bis sie ganz rot ist, ich umklammere seinen Bauch mit meinen Beinen wie ein Affe, damit kein Fitzelchen meines Körpers einen Spalt zwischen uns lässt. So bin ich ganz mit ihm vereint, und so möchte ich bleiben. Mich nicht rühren. Das macht er aber nicht mit, er bewegt sich. Wenn sich sein Glied in mir ganz groß anfühlt, warte ich ein wenig. Eine Stille. Das lässt sich nicht in Worte fassen. Die Ruhe vor dem Sturm. Und wenn es langsam wehtut, lasse ich ein wenig nach mit dem Druck und bewege mich leicht kreisend. Chris hält es dann nicht mehr lange aus, dann entzieht er sich mir schweigend, bevor sein Glied zu platzen droht. Das bedauern wir beide. Aber Chris ist eben gewissenhaft.

ICH UMKLAMMERE DIE KNIE MEINER MUTTER

»Mama, die hatten eine Sauna!«

»Sag bloß«, antwortet Mutter.

Ich packe meinen Kram aus der Reisetasche. Mutter rührt in einem Topf die Lauchsuppe. Sie duftet herrlich.

»Ohne Scheiß! Eine private Sauna!«

»Solche Ausdrücke mag ich nicht, Lenko.«

Die Reisetasche ist leer, und ich versuche sie an den Haken zu hängen, der stümperhaft an der Tür befestigt ist, in der Hoffnung, dass die Bademäntel und Handtücher nicht mitsamt der Tasche runterfallen.

»Warst du drin?«, sie schaut unentwegt in den Topf und ist merkwürdig bedrückt, gar nicht wie sonst.

Solche Sachen interessieren sie normalerweise brennend. Wieso plötzlich diese Schweigsamkeit?

»Na logisch!«

»Allein?«

»Na klar.«

»Und war's gut?«

»Hm … klasse.«

»Wo war Chris?«

Meine Mutter glaubt wohl, dass wir nur Händchen halten, anders kann ich mir diese Fragerei nicht erklären.

»Der hat draußen gewartet. Er erträgt die Hitze nicht, weißt du, Mama?«

»Nicht?«

»Und wir haben einen Haufen Polizeiautos gesehen«, lenke ich ab.

»Und?«

»Ja, nichts, die sind an uns vorbeigefahren.«

Sie dreht am Knopf des transportablen Elektroherds und holt zwei tiefe Teller aus dem Schrank.

»Was ist mit dir?«

»Nichts.«

»Glaub ich nicht.«

»Du hast einen Brief aus Zirndorf bekommen.« Sie schaut mich immer noch nicht an.

»Was?«

»Ja.«

»Und das sagst du mir erst jetzt?«

»Ja.«

»Wann?!«

»Was wann?«

»Na, wann sollen wir hin! Das ist doch … das ist doch super, Mama!«

Ich bin enthusiastisch und doch nicht unbeschwert, ein kleines Fitzelchen Sorgen lastet auf mir. Jetzt ist es so weit, wir werden bald ausziehen. Die Trennung von Chris steht quasi vor der Tür.

»Du fährst hin.«

Sie spielt die Normalität verdammt schlecht. Die roten Ohren verraten ihre Erregung sofort, die zittrige Stimme kenne ich nur zu gut, sie fürchtet sich.

»Warum?«

»Ich habe keinen Brief bekommen.«

»Das verstehe ich nicht.«

»Der Brief ist nur an dich adressiert! Verstehst du? Nur du bist in Zirndorf vorgeladen! Auf mich scheißen sie!«

»Blödsinn!«

»Nein!«

»Wo ist er?«

»Der Brief?« Sie schluchzt ganz leise, einzelne Tränen tropfen in die Lauchsuppe.

»Mein Gott, ja, Mutter.«

»Auf dem Fensterbrett. Komm jetzt essen.«

Ich springe auf, gehe zum Fensterbrett, und dort liegt er. Den Inhalt des Briefes kann ich leider nicht wirklich verstehen, aber eines steht fest: Es handelt sich tatsächlich um eine Vorladung nach Zirndorf. Für mich allein. Ohne meine Mutter. Ihr Name steht nicht drin.

»Den muss ich mir übersetzen lassen, Mama. Chris muss mir das erklären. Ich hab keine Ahnung, was da steht. Mach dich doch nicht verrückt, wenn wir gar nicht wissen, was da steht!«

»Bin ich mit irgendeinem Sterbenswörtchen in diesem Brief erwähnt?«

Ich durchforsche noch mal Zeile für Zeile. Nichts. Der Brief gilt nur mir, meine Mutter steht nicht drin.

»Ich kann es doch nicht lesen, Mama.«

»Du wirst doch meinen Namen lesen können, oder? Du Esel.« Zum ersten Mal höre ich sie mich schimpfen wie meine Großmutter.

»Mami, dein Brief ist sicher noch unterwegs.«

»Das glaube ich nicht. Ganz sicher nicht. Frau Schmidt hat deinen schon vor drei Tagen gebracht, und sie hat ihn schon seit einer Woche. Sie hat alle Briefe dann auf einmal mitgenommen …«

»Und hat Frau Schmidt etwas zu dir gesagt?«

Frau Schmidt ist unsere Helferin, eine herzensgute Person. Eine treue Begleiterin für alle Ausländer im Lager. Was würden wir ohne Frau Schmidt tun? Nebenbei arbeitet sie auf irgendeinem Amt, keine Ahnung, wo genau. Sie überbringt uns wichtige Post, liest sie und erledigt bürokratisches Zeug für uns. Sie ist quasi der Gegenpart zur korpulenten Chefin, die uns nicht riechen kann und deren Namen ich noch immer nicht weiß, allein schon, weil ich nicht an sie erinnert werden möchte. Frau Schmidt und die dicke Chefin hassen sich. Manchmal kommt es zu Zwischenfällen. Frau Schmidt verteidigt uns so tapfer mit ihrem angeborenen Bayerisch, dass ihre Gegnerin ins Stottern gerät. Sie ist großartig. Ohne Frau Schmidt wäre selbst das Sichlangweilen und Zeittotschlagen im Lager, das Kochen, Essen, Waschen, Sprechen, Leben, Atmen verboten. Die Hexe würde uns am liebsten das Sein verbieten.

»Die werden uns doch nicht trennen, Mama! So ein Quatsch. Warum sollten sie?«

»Na ja, mich wollen sie halt nach Hause schicken. Ich bin zu alt und uninteressant. Hab diesem verdammten Land nichts zu bieten, im Gegensatz zu dir.«

Sie sinkt auf ihrem Stuhl völlig zusammen, und ich sehe ihr an, wie verzweifelt sie ist. »Ich wusste, dass es keine gute Idee war, zu emigrieren. Jetzt wollen sie dich allein hierbehalten.«

Sie schluchzt. Ich bin ratlos, es fällt mir in diesem Moment nichts ein. Ich stehe da wie ein Baum und schaue meine unglückliche Mutter an, am liebsten würde ich mich ohrfeigen für das, was ich ihr angetan habe. Ich knie mich vor ihr hin und umklammere ihre Beine.

»Du irrst dich, Mama. Das ist nicht wahr. Was erzählst du? Du bist genauso wichtig wie ich, wie alle anderen.«

»Frau Schmidt meinte, dass es kein gutes Zeichen ist.«

»Ist Frau Schmidt Gott, oder was?«

»Sie kennt sich aus.«

»Und auf einmal hast du verstanden, was sie sagt? Wie denn?«

»Sie hat es mir mit Händen und Füßen klargemacht. Das würde auch der letzte Idiot verstehen.«

Mir ist sehr bang ums Herz. Sie tut mir so schrecklich leid. Wie sie da sitzt.

»So ein Analphabet bin ich auch wieder nicht«, murmelt sie noch nachträglich in ihr Taschentuch.

Die Tränen, die ununterbrochen an ihrer schönen, kleinen Nase entlangfließen, tropfen auf ihre Hose, weil sie so gekrümmt dasitzt. Das Gesicht ist rot, und bestimmte Gesichtspartien zittern leicht. Sie weint ganz still, kaum zu hören. Unser Kartenhäuschen ist komplett zusammengefallen.

»Maminko, maminečko, niemand wird uns trennen. Kein Mensch auf der ganzen Welt. Das verspreche ich dir. Ich werde bei dir bleiben, hab keine Angst, ich lasse dich nicht alleine nach Hause gehen! Und wenn es nicht anders geht, gehe ich mit dir zurück. Dann gehen wir eben wieder nach Hause. Hab nur keine Angst. Hab keine Angst. Ich werde dich niemals verlassen!«

»Ich versaue dir deine Zukunft.«

Sie schluchzt so stark, dass der Satz kaum zu verstehen ist, es ist grotesk, wäre dieser Moment nicht so entsetzlich traurig, hätten wir beide sicherlich darüber gelacht.

»Was für eine Zukunft? Ich hab hier ohne dich keine Zukunft.«

Wir sitzen eine Weile da und weinen. Es gibt nichts zu sagen. Wir wissen beide, dass wir uns nicht irren, dass Mutter nicht mit im Boot sitzt.

Ich bin ganz ruhig, lege wie ein kleines Kind meinen Kopf auf ihren Schoß. Ich fühle mich geborgen, ich denke, diese Geborgenheit kann nur eine Mutter geben. Ihre Hose ist an der Stelle, in die ich mein Gesicht vergrabe, von meinen Tränen nass und schmutzig von meiner Wimperntusche.

DIE NACHBARIN

Nach einigen Wochen kehrt die verprügelte Mutter, die neben uns gewohnt hat, zurück. Ihre Kinder sind überglücklich, und das zaubert ihr ein Lächeln ins Gesicht. Die gebrochene Nase wurde aufgestellt, sieht eigentlich ganz gut aus, nur eine leichte Schwellung am Kiefer ist noch zu erkennen sowie die gelben Male auf der Haut, die erst blau, dann violett und nun gelb geworden sind.

Ihr Mann ist noch nicht zurück, und es wird noch eine Weile dauern, bis ihn die deutsche Polizei an die tschechische ausliefert. Dass sie ausgewiesen werden, ist jetzt schon klar. So ein »Pack« hat hier nichts verloren. In meiner Mutter regt sich völlig unerwartet ein sozialer Zug, was zur Folge hat, dass sie unsere Nachbarin täglich zu sich lockt. Die dunkelhaarige Schöne taut ein wenig auf, und wir erfahren sogar, dass sie Barbora Hejduková heißt.

»Frau Hejduková, kommen Sie doch mal zu uns. Ich koche Ihnen einen Kaffee! Einen guten tschechischen Kaffee, wie zu Hause. Mit Satz. Was sagen Sie dazu? Frau Hejduková, bringen Sie doch Ihre Kinder mit.«

Frau Hejduková zögert eine Weile und nickt dann. Ihre zweijährige Tochter hält sich an der Mutter fest. Frau Hejduková setzt den Korb mit nasser Wäsche auf dem Boden ab.

»Warten Sie, ich sage Peťa Bescheid, dass ich hier bin.«

Frau Hejduková verschwindet in ihrem Zimmer. »Oh, er ist ja nicht da. Er wird bei den anderen Kindern sein. Frau ...«

»Hrózová«, ruft meine Mama sanft, damit Frau Hejduková ja nicht ihren überraschenden Entschluss ändert.

Es werden langweilige Förmlichkeiten ausgetauscht, ich bin kurz davor abzuhauen. Doch dann …

»Wissen Sie, Frau Hrózová, mein Mann und ich hatten eine schreckliche Flucht, seitdem kommen wir nicht mehr miteinander klar.«

»Oje.«

»Unsere Kleinen sind nicht mehr das, was sie davor waren, wissen Sie, traurig, ach, wie soll ich es Ihnen erzählen …«

»Ach, erzählen Sie, Frau Hejduková, und überhaupt, wollen Sie mich nicht Nadja nennen? Ich bin Nadja«, sagt meine Mutter und reicht ihrer Nachbarin die Hand. Frau Hejduková reagiert positiv, fast glücklich, und reicht meiner Mama ebenfalls die Hand.

»Barbora.«

»Wollen wir uns duzen? Barborko?«

»Na gut. Nadjo.«

Die Frauen lächeln sich an, ich werde gar nicht registriert. Es ist gut so, denke ich, zum ersten Mal habe ich das Gefühl, dass meine Mutter eine Seelenverwandte findet. Dass es aber ausgerechnet Barbora Hejduková sein würde, hatte ich nicht erwartet.

»Barborko, warum tun Sie sich so schwer, warum meiden Sie jeden Kontakt? Das alles wegen der Flucht? Ich habe schon so viele Anläufe gemacht, und es ist mir nie gelungen …«

»Aber jetzt ist es Ihnen doch gelungen … *dir* gelungen«, korrigiert sich Barbora Hejduková.

»Ja, das stimmt. Und ich freue mich so sehr.«

»Ich freue mich auch.«

Frau Hejduková drückt fest ihre Tochter, die auf ihrem Schoß sitzt, und küsst sie ungestüm auf Nase und Auge. Das ist wohl ihr Ausdruck von Freude. Die Kleine bekommt kurz keine Luft.

Es klopft an der Tür.

»Peťo, mein Gold, komm doch zu uns, setz dich, mein Herz.«

Peťa steht unschlüssig da, seine Ärmel sind so in die Länge gezogen, dass man seine Hände nicht sehen kann, er spricht sehr leise, man kann ihn kaum verstehen. Peťa schiebt sich schüchtern vorwärts und sucht hinter der Sessellehne von Barbora Hejduková Schutz. Meine Mutter greift ein.

»Komm, Peťo, steh doch nicht so ungemütlich da wie ein Ypsilon, setz dich drüben auf die Matratze. Leni, mach doch mal Platz. Kannst du uns den Kaffee machen, Leni? Bitte.«

Die Augen meiner Mutter durchbohren mich, als Komplizin weiß ich, was das heißt. Nämlich, dass ich ohne Murren den Kaffee kochen soll, sie weiß nur zu gut, dass ich es hasse, Kaffee zu kochen, zumal ich selber keinen trinke. Da ich aber ahne, dass sie unheimlich scharf darauf ist, die geheimnisvolle Fluchtgeschichte zu erfahren, setze ich mich in Bewegung. Auch ich bin neugierig.

»Wir sind durch einen Tunnel geflohen.«

»Oje.«

DER HORRORTRIP

Wer hat euch denn *das* geraten?«

»Ein entfernter Verwandter.«

»Eine Flucht durch den Tunnel …«

Frau Hejduková schaut mit leerem Blick in die Ecke, lacht kurz verächtlich auf. »Keiner kontrolliert in dieser Gegend. Angeblich. Sagte er.«

»Woher wusste er das?«, frage ich.

»Der Verwandte?« Frau Hejduková erwacht aus ihrer Trance. »Er selber war durch den Tunnel gegangen, allerdings durch einen anderen. Von Jugoslawien nach Österreich. Er kam aber nach einigen Tagen wieder zurück.«

»Warum *das* denn?«, frage ich.

»Ist doch egal!«, faucht mich meine Mutter an.

»Es wird bei *dem* Tunnel ebenso funktionieren, ein Tunnel ist ein Tunnel, egal, ob in Jugoslawien, der Tschechoslowakei oder in Honolulu, hat er gesagt.«

Frau Hejduková gestikuliert wild mit den Händen. Eine unerwartete Geste. »Monatelang haben wir recherchiert und gerechnet, Auskünfte gesammelt, Pläne gezeichnet, die Intervalle der fahrenden Züge gemessen und weiß der Geier was noch …«

»Mit deinen Kindern?«, fragt meine Mama.

»Ja. Mit meinen kleinen Kindern. Das machte die Sache so beschwerlich.«

Meine Mutter zündet sich sofort eine an. Der Raum ist so klein, da haben wenigstens alle was davon.

»Und weiter?«

»Dieser schwarze, ellenlange Tunnel bestand nur aus *einem* Gleis. Könnt ihr euch das vorstellen?«

Frau Hejduková verdeckt ihr Gesicht mit den Handflächen, als wollte sie sich vor der Vorstellung schützen, die sie überfällt. »Aus einem einzigen engen Schienenpaar. Eng wie der Zug selbst. Fährt ein Zug, gibt es keine Möglichkeit, auszuweichen. Man wird zerquetscht wie eine Tomate oder den ganzen Tunnel entlanggeschleift, bis von einem nur noch abgewetzte Hautfetzen übrig sind. Oder man löst sich in Nichts auf. Auch denkbar.« Sie weint plötzlich.

»Oje.«

Mutter nimmt einen tiefen Zug, ohne den Blick von Barbora abzuwenden, und umfasst fürsorglich ihre Hand. Immer noch muss ich mich mit dem blöden Kaffee beschäftigen.

»Nadjo, es war entsetzlich … wir …«

»Barborko, es ist doch alles gut gegangen, ihr seid alle hier angekommen.«

»Nein …«

Sie weint, schweigt. Ich serviere den Kaffee. »Zucker?«

»Ja.«

»Was war weiter?«

Barbora Hejduková sammelt sich, so gut sie kann.

»Wir wollten es um jeden Preis versuchen. Der Herr Ratgeber, besser gesagt der Herr Klugscheißer, saß in seiner Bude und goss sich die Biere, die wir ihm zum Dank geschenkt hatten, in die Gurgel. Der Dreckskerl.«

»Hm …«

Frau Hejduková macht eine abschätzige Bewegung mit der Hand, den Kopf lässt sie traurig hängen. Ihre kleine Tochter holt sich ein paar Müslibrocken aus der Schale.

»Iss, Ivanko, soviel du willst, Peťo, mein Junge, nimm dir das Knabberzeug.«

»Es war unklar, welcher Zug von welcher Seite kommen würde, die Seiten wechselten ständig. Hin und her, hin und her.«

Wieder schneidet Barbora Hejduková die Luft, als hätte sie Macheten in den Händen. »Hin und her!«

»Ich würde lieber durch den Wald flüchten.«

»Nadjo, beim Tunnel gibt es angeblich keine Grenzposten, hat das Schwein gesagt. Keine Grenzposten!«

»Ach so …«

»Hat er gesagt. Wer würde auf die bescheuerte Idee kommen, durch so einen Schlauch zu flüchten! Nackter Wahnsinn.«

Barbora Hejduková macht immer wieder ellenlange Pausen, als hätte sie Schwierigkeiten, sich zu konzentrieren. Mutter und ich wechseln oft Blicke, wagen es aber nicht dazwischenzugehen. Sie merkt nichts. Ihr schönes Gesicht ist auf einmal aufgedunsen, rot, apathisch, genau wie vor einigen Wochen, als sie mit gebrochener Nase auf der Trage lag. »Ivanka und Peťa sind noch zu klein, sie konnten nicht schnell genug laufen. Wir haben sie tragen müssen. Die Flucht musste deshalb in Etappen geschehen. Karel, mein Mann, war der Erste. Er klemmte sich Peťa unter den Arm und wartete die erste Zuglücke ab. Das sah lustig aus. Wie ein Wurm hing er unterm Arm meines Mannes. Wir hielten uns im Gebüsch verborgen. Dann konnte es losgehen.«

»Wieso in Etappen?«, frage ich. »Zwei Kinder, zwei Eltern? Konntest du Ivanka nicht tragen?«

»Doch, die schon …«

»Leni! Lass Barborka erzählen, um Himmels willen«, sagt meine Mama.

»Die Züge fuhren so oft hintereinander, dass Karel, mit Peťa unterm Arm, aus dem Tunnelende heraushechten musste, um unversehrt zu bleiben. Der Zug hätte die beiden beinahe erfasst, die Zeit zwischen den Zügen war viel zu kurz. Er wusste es, ich nicht. Er konnte es mir auch nicht sagen. Wie denn? Er wusste, dass ich mit Ivanka unverzüglich folgen würde. So war es ja abgesprochen. Er schrie, wir sollen bleiben, ich habe nichts gehört.«

»Großer Gott«, sagt Mama.

Barbora Hejduková umklammert erneut ihre Ivanka auf dem Schoß und drückt sie so fest, dass ich kurz davor bin, ihr zu sagen, sie solle sie loslassen, sie bekomme ja keine Luft mehr.

»Ich wartete noch eine Weile auf der tschechischen Seite, im Versteck, bis der nächste Zug vorbeikam.«

Sie schweigt wieder. Mir geht das Getue langsam auf die Nerven. »Der Dreckskerl. Es hieß zwar, dass in dieser Region keine Grenzposten stationiert seien, das bedeutet aber nicht, dass es keine Patrouillen gibt. Mareček sollte alleine im Versteck warten, bis ihn Karel holen würde.«

»Was für ein Mareček?«, fragen wir beide gleichzeitig.

»Mareček. Mein Sohn.«

Mutter und ich schauen uns irritiert an. Barbora schnappt hektisch nach Luft, wie ein Fisch auf dem Trockenen.

»Alles läuft nach Plan, habe ich Mareček gesagt. Du wartest hier im Gestrüpp, bis dich der Papa holt, ja? Ja? Nein, hat er gesagt. Ich daraufhin: Wie nein?«

Frau Hejduková befindet sich bereits in Trance. »Er wieder: Nein, Mami! Marečku, du kannst dich darauf verlassen, dass dich der Papi holt, sei brav und warte hier ganz still! Ich muss Ivanka auf die andere Seite tragen! Nein, ich will nicht, sagt er. Mein kluger Junge. Er wusste alles. Alles. Ich schrie ihn an, beschimpfte ihn. Marečku, das hier ist sehr ernst, was wir hier machen! Verdammt noch mal! Du musst Mami zeigen, was für ein großer, braver Junge du bist. Ich könnte mir die Haare ausreißen, Nadjo, glaube mir!«

»Mareček ist drüben geblieben?«, fragt meine Mutter.

»Nein.«

»Großer Gott!«

»Mareček fing an zu weinen, so wie es Kinder immer im

passendsten Moment tun. Verständlich. Mareček verstand nur zu gut, dass das kein Spiel war. Er verstand, dass wir kaum eine Chance hatten. Nadjo, Nadjo, hätte ich auf ihn gehört! Der Zug war vorbeigerauscht, und ich konnte nicht losrennen. Mareček klammerte sich an mir fest, und Ivanka weinte. Auf der anderen Seite wartete Karel mit stockendem Atem den vorbeirasenden Zug ab. Und da wir nicht kamen, musste er das Schlimmste annehmen.«

»Das ist entsetzlich.«

»Was hätte er also tun sollen? Er hätte mit Peťa auf dem Arm noch mal zurückrennen können und die ganze Aktion abblasen, oder er hätte warten können und hoffen, dass ich einen triftigen Grund hatte, nicht sofort zu folgen, er hätte Peťa irgendwo verstecken können, um mir alleine zu Hilfe zu kommen. Er wartete. Leider. Es dauerte ewig, bis sich Mareček beruhigen ließ. Dann hielt er inne, ich sehe es vor mir. Diese Stille, eine ruhige, stille, friedliche Sekunde. Als der nächste Zug vorbeigerauscht war, rannte ich mit Ivanka im Arm los. Da habe ich Mareček zum letzten Mal gesehen.

»Mareček ist drüben geblieben, oder?«, ruft meine Mama panisch.

»Mutter!«

»Die Steine waren so rutschig, als wären die voller Fett, ich habe sie nicht gesehen, es war stockduster. In weiter Ferne erkannte ich ein winziges helles Loch: der Ausgang. Die Erlösung. Die Zukunft. Die Freiheit. Ich nahm alle Kräfte zusammen und rannte. Ohne Pause rannte ich. Ivanka hielt ganz still, ich stolperte, ein ums andere Mal, als ob meine Beine brechen würden, und ich lief trotz der höllischen Schmerzen weiter. Wie ein Roboter. Noch nicht am Ziel, sah ich hinter mir zwei blendende Augen. Ein überirdisches Monster walzte hinter uns her, um uns für unsere eigene Dummheit zu bestrafen. Nadjo, ich sage dir, hätte ich mich in diesem Moment in den Arm geschnitten, es wäre kein Blut gekommen. Es gefror mir vor Angst in den Adern. Ich lief. Ich lief. Es war die schlimmste Lage, in der ich mich jemals befunden hatte, meine Muskeln resignierten, mein Wille gehorchte nicht mehr, und Ivanka nahm mit jedem Schritt an Gewicht zu. Eigentlich wollte ich aufgeben. Schnell! Schnell! Renn! Der Zug! Der Zug ist hinter dir, brüllte Karel. Ich weiß nicht mehr, wie ich es geschafft habe. Vielleicht kam Karel mir entgegen und riss Ivanka an sich. Vielleicht auch mich. Ich weiß es nicht mehr. Wir haben seitdem nicht mehr darüber gesprochen. Ich weiß nur, dass ich draußen zu Boden sank, weinte, brüllte. Ich brüllte wie ein Tier, schlug mich mit den Fäusten. Dabei ahnte ich noch nicht, was auf uns zukommen würde.«

»Barborko, das ist ja der reinste Horror.«

»Ja. Erst zu diesem Zeitpunkt realisierte ich, wie wenig ich dem allen gewachsen war. Niemals hätte ich mir diesen Horror ausgemalt. Was für eine krankhafte Idee. Ich könnte mich …«

»Und Mareček? Wo ist Mareček geblieben?«

»Mein Mareček …« Barbora Hejduková starrt auf irgendeinen Punkt auf dem Boden. Sie ist wie von Sinnen.

»Und weiter?«, fragt Mama sanft.

»Wo bin ich stehen geblieben?«

»Karel wollte Mareček holen.«

»Ach ja. Genau … Karel wartete, es dauerte ein paar Minuten. Es fühlte sich wie Stunden an. Das Vibrieren kündigte die nächste Höllenmaschine an, diesmal von der deutschen Seite. Ich hasse Züge. Wie ein Geschoss rauschte er an uns vorbei. Karel stoppte die Zeit und rannte los. Ab jetzt weiß ich aber nur noch Brocken. Karel redet nicht. Nicht mit mir. Herr Smrček weiß sicherlich mehr. Wahrscheinlich ist er zum Versteck gegangen. Mareček war angeblich nicht da. An diesem Tag lief alles schief. Er konnte nichts machen. Er durfte nicht rufen. Zu riskant. Die Grenzsoldaten wären sicher aufmerksam geworden. Bei aller Soldatenlethargie trugen sie trotz allem Maschinengewehre und waren darauf gedrillt, sofort auf alles zu schießen, was zwei Beine hat. Karel durchsuchte das Gestrüpp. Nadjo, hast du einen Schluck Wasser für mich?«

Mutter springt auf und schenkt Barbora ein Glas Leitungswasser ein.

»Danke. Erst flüsterte er: Marečku, Marečku. Wühlte im Gras. Nichts. Irgendwann war ihm alles egal, und er krächzte aus vollem Leib: Marku! Marku! Marečku, komm zurück! Die Grenzsoldaten hörten ihn und schossen. Zweimal, dreimal, unter heftigem Gebrüll. In diesem Moment erschien Mareček und warf sich Karel in die Arme. Beide duckten sich ins hohe Gras. Das Gras war gelb, wie im Herbst, sehr schön. Es duftete so trocken. In fester Umarmung lagen sie da. Mein Mareček, mein armer Sohn. Sie zählten die Sekunden, bis der nächste Zug vorbeifuhr, während die Grenzsoldaten irgendwas brüllten. Warum sie brüllten, weiß ich nicht. Karel redete auf Marek ein, so wie ich davor auf ihn eingeredet hatte. Großer Gott. Wenn der Zug von *dieser* Seite kommt, rennen wir beide in den Tunnel, befahl er ihm! Falls ich nicht mitkomme, darfst du dich weder umdrehen noch auf mich warten! Du musst so schnell rennen, wie du kannst, hast du mich verstanden? Abgemacht? Abgemacht, antwortete Mareček. Er hatte manchmal eine so erwachsene Art. Wenn du das schaffst, kaufe ich dir eine richtige Carrerabahn. Mareček hatte sich immer eine Carrerabahn gewünscht. Da muss er noch gelächelt haben.«

»Oje«, seufzen wir beide.

»Es war so weit. Der Zug rauschte vorbei, der letzte Marathon fing an. Die Grenzsoldaten liefen nicht hinterher, sie wussten, es war ein Himmelfahrtskommando. Nach einer Weile spürten sie hinter sich den nächsten Zug. Wahrscheinlich. Selbst ich habe ihn gesehen. Und auch der Lokführer muss etwas gemerkt haben, denn es ertönte ein schrilles Signal. So ein Zug braucht aber lange, um das Tempo zu drosseln. Mareček war schnell von Karel eingeholt, er war erst sechs. Karel nahm ihn auf den Arm, aber es lief sich schlecht, so setzte er ihn wieder ab. Lauf, lauf! Lauf, Marek, verdammt noch mal, lauf!! Dieser Lärm … Karel konnte im letzten Augenblick von den Gleisen springen. Aber Mareček war auf einmal nicht mehr da … er war nicht mehr da.«

Barbora Hejduková weint jetzt so heftig, dass auch wir angesteckt werden.

»Er war nicht da??? Mareček ist …?«

Frau Hejduková nickt, Ivanka bestätigt mit einem kindlichen »Ja« die grausame Realität. Mit ihren winzigen Händchen formt sie den »bösen« Zug, der ihr den Bruder genommen hat.

Wir sitzen still da.

Jetzt wird mir alles klar. Diese Familie wird nie wieder so sein wie früher. Es wird mir klar, warum Karel Hejduk, Barbora Hejduková, Ivanka und Peťa so sind, wie sie sind.

Wir schweigen. Mutter hält Frau Hejdukovás Hand, wäre Ivanka nicht auf ihrem Schoß, würden sie sich sicherlich umarmen.

»Mareček wurde von dem Zug erfasst und starb. Es war ein deutscher Zug.«

Barbara Hejduková sitzt immer noch bei uns, es ist längst dunkel geworden. Ich gehe inzwischen mit Ivanka und Peťa zur Abendbrotausgabe, damit das Essen nicht verfällt. Die kleinen Hände drücke ich übertrieben fest, als wollte ich die letzten Goldstücke der zerstörten Familie schützen. Immer wieder schießen mir Bilder und Gedanken durch den Kopf. Ob man die blutigen Überreste von Mareček sehen konnte? Was haben sie unmittelbar danach getan? Was war mit dem Lokführer? Wusste er, dass er ein Kind überrollt hat, oder nicht? Welcher Tunnel war es überhaupt?

Zum Abendessen gibt es Graubrot, Butter, Leberwurst und Emmentaler. Dazu Hagebuttentee.

AUF DEM STINKIGEN TEPPICH GELANDET

Ich werde immer nervöser, während sich mein Termin in Zirndorf nähert, Mutter hungert wieder. Zirndorf soll ein kleiner Vorort von Nürnberg sein. Für uns unfassbar weit weg, eine Weltreise in die Wüste. In Zirndorf befindet sich, jetzt werde ich wahrscheinlich ungenau, weil ich es immer noch nicht verstehe, die zentrale Stelle für Asylangelegenheiten. Dort soll so etwas Ähnliches wie eine Gerichtsverhandlung stattfinden, aber ohne Gericht. Eine Art »nettes Verhör«, erklären mir die anderen. Der Grund der Emigration soll dort erläutert werden, mithilfe eines Dolmetschers, versteht sich. Die Asylanten wissen alle nicht, was sie dort erwartet, jeder kann nur einmal hin, auch wir, und so erzählt jeder etwas anderes, jeder dichtet sich nach seiner eigenen Fantasie einen bunten Mist zusammen, hält es dann für wahr und verängstigt damit die Neuankömmlinge. Alle fürchten sich vor Zirndorf. Dort wartet die Zukunft oder das Verderben.

Weshalb man die Heimat verlassen hat, wollen sie in Zirndorf erfahren, jeder Asylant soll mit der Wahrheit rausrücken, aber keiner tut es. Die Wahrheit bekommt man dort am wenigsten zu hören, die meisten spinnen sich ein Lügennetz zusammen, um dadurch ärmlicher und unschuldiger zu wirken, um die Chance auf Asyl zu erhöhen. Jeder versucht die Flucht als politisch – und damit meine ich wirklich politisch – darzustellen. Es wird mit Phrasen aus der Politik um sich geworfen, als musste man im Osten fürchten, wegen jeder Lächerlichkeit hinter Gittern zu landen. Die wirtschaftlichen Gründe werden dagegen niemals erwähnt. Dabei sind es oft die einzigen. Aber wieso nicht? Gehören sie nicht ebenfalls zur Politik? Die Pseudo-Verfolgungen glaubt sowieso keiner in Zirndorf. Die deutschen Beamten, die sich tagtäglich diese wilden Stories anhören müssen, wissen bestimmt, was wahr ist und was nicht. Sie kennen die jeweiligen Länder und ihre politische Situation nur zu gut. Das ist ja schließlich ihr Job.

Es wäre also eine Farce, zu behaupten, dass wir von der Polizei verfolgt worden sind, weil Mama nicht in der Partei war. Sie wissen genau, dass die tschechoslowakische Polizei so peinlich harmlose Fische, wie wir es sind, niemals verfolgen würde, nur weil meine Mutter keine eingeschriebene Kommunistin ist. Das kann doch die Chance, Asyl zu bekommen, nur verringern. Ich muss beinahe lachen, wenn ich die tschechischen Hausfrauen erzählen höre, wie sie durch einen Kugelhagel und brennende Häuser um ihr Leben gerannt sind. A la Tunnelflucht der Familie Hejduk. Dabei wirken sie äußerst unglaubwürdig. Etwa so, als würde meine Mutter die Aerodynamik eines Flugkörpers erklären. Auf Japanisch. Sie erfinden die ausgeklügeltsten Geschichten, bunte Auswüchse ihrer Fantasie, von schlimmen Folterungen und Stasimethoden bis hin zu spektakulären Verfolgungen über die Grenze, bei denen sie nur knapp dem Tod entkommen sind. Dass es nur so kracht.

Mit dem Brief in der einen Hand und meinem weißen Handtäschchen aus Plastik in der anderen, durchschreite ich den Eingang des Zirndorfer Gebäudes. An der Pforte stehen viele uniformierte Männer, die für Ordnung und tadellose Organisation sorgen. Außerhalb des Gebäudes drängeln sich unzählige Asylanten aller Nationalitäten und Hautfarben. Mutter steht dazwischen. Sie wurde natürlich nicht durchgelassen, wie denn auch? Keine Vorladung heißt keine Berechtigung, angehört zu werden, selbst dann nicht, wenn das eigene Kind zum Verhör soll. Sie steht da, von den Massen hin und her geschoben, und schaut mir nach, solange sie kann. Es bricht mir das Herz. Ihr Gesicht glänzt. Sie weint.

Die verglaste Wand spiegelt die Sonne. Mutter sieht wahrscheinlich nicht viel, am wenigsten mich, obwohl sie in meine Richtung starrt. Vielleicht weint sie wegen des grellen Lichts ... ich weiß es nicht. Die Sonne ist heute so kräftig, man kann kaum glauben, dass es kurz vor Weihnachten ist. Auch ich heule wie ein Schlosshund, als ich sie so allein in der Menge stehen sehe. Meine Beine verweigern mir den Dienst, sie entscheiden sich, nicht das zu tun, was mein Kopf befiehlt. Ich suche einen Stuhl oder eine Bank, um mich zu setzen, kurz auszuruhen, finde aber natürlich nichts dergleichen, stattdessen nur die Hitze, den Lärm der verschiedensten Sprachen, die Enge, die stickige Luft und vor allem: die Einsamkeit. Ich bleibe stehen, rühre mich nicht, sammele mich. Einsamkeit unter so vielen Menschen!

Ich werde in einen Warteraum gebracht, wie man sie von den Landrats- und anderen Ämtern kennt. Vor mir sehe ich mindestens fünfzig Ausländer mit unzähligen Unterlagen in der Hand schwitzen, hinter mir weitere hundert. Ich trage nur die Vorladung und meinen vorläufigen blauen Asylpass bei mir, der wegen des weißen Plastikhandtäschchens runde Ecken bekommen hat. Die Mode geht vor. Der Direktor unseres Gymnasiums in Přerov hätte sich aufgeregt. Gott sei Dank ist er weit weg. Mein Pass geht ihn nichts an!

Nach circa zwei Stunden darf ich mich vom Fleck bewegen und in ein Büro eintreten. Was macht Mutter wohl? So lang ist es her, dass ich sie zuletzt hinter der Glasscheibe gesehen habe. Wie fühlt sie sich? Sicherlich einsam, so wie ich. Sie tut mir leid. Sie tut mir so entsetzlich leid. Ich erhebe müde meinen Hintern, der wohl am Stuhl festgewachsen ist. Ich bezweifle, dass sich an unserer Situation etwas ändern wird. Daher die Müdigkeit.

»Guten Tag, Frau Hrózová«, sagt der ältere Fettsack in meiner Muttersprache, vermutlich ein Dolmetscher. Er sitzt breit in diesem winzigen Büro, ist aber nicht allein. Außer ihm hockt noch ein junger Typ am Schreibtisch, der aussieht, als käme er frisch von der Uni, eine dünne Bohnenstange. Er mustert mich misstrauisch.

»Guten Tag.«

Ich kann meinen Kummer über Mama nicht verbergen, er bricht aus mir heraus wie aus einem Vulkan.

»Hören Sie, bevor Sie anfangen, mir irgendwelche Fragen zu stellen, will ich *Ihnen* etwas sagen.«

Es ist mir peinlich, was ich da gerade abziehe. Nicht des Themas wegen, das kann ich durchaus ernsthaft vertreten, aber meine Stimme zittert, rutscht hoch in die Kehle, verwandelt mich in Barbie und ist überhaupt nicht zu verstehen. Sie piepst, so wie ich es bei anderen Frauen verabscheue. Hysterisch eben. Auf diese Art und Weise will ich auf keinen Fall mein Herzensanliegen vortragen! Kindisch, inkompetent und unsicher. Ich bin ein idiotisches Würstchen. So erreiche ich nichts! So schicken sie mich zurück und meine Mutter auch. Ab nach Přerov. »Ich … ich … meine … ich, meine Mutter …«

Bitte keine Heulsusennummer, murmele ich, wie ein Mantra, aber keines meiner Organe kümmert das! Je mehr ich versuche, streng mit mir zu sein, umso mehr flenne ich. Umso mehr werde ich zum armen tschechischen Opfer, das noch mehr Prügel erwartet, als es ohnehin schon bekommen hat. Das will ich nicht. Ein Opfer ist passiv. In Passivität zu verfallen würde heißen, sie können mit mir anstellen, was sie wollen.

Nichts geht. Ich löse mich auf. Wie ein Eiswürfel in der Sonne. Wie ein Rauchwölkchen.

»Ich muss dringend mit Ihnen sprechen.«

»Bitte«, fordert mich der Dolmetscher schwerfällig auf. Dann übersetzt er dem jungen blonden Beamten den Satz ins Deutsche und streicht sich mit seiner verquollenen Hand die wenigen Haare aus der Stirn. An seinen hochgezogenen Stirnfalten kann ich erkennen, dass er auf meinen Zirkus, ich kann es nicht anders nennen, bewegt reagiert, obwohl er keine Ahnung hat, worum es geht. Interessant. Ich nehme einen zweiten Anlauf.

»Es muss Ihnen ein Fehler unterlaufen sein.«

Wie schön, dass ich mich auf Tschechisch ausdrücken kann. Wie schön es ist, Informationen, Gedanken und Gefühle in der Muttersprache erklären zu dürfen, statt sich in diesem banalen Infinitivkauderwelsch mitteilen zu müssen, das zu ständigen Missverständnissen führt. »Ein schrecklicher Fehler ist passiert. Sie, Sie haben meine Mutter vergessen. Sie haben meine Mutter einfach außer Acht gelassen, sie da draußen in der Menge stehen lassen, Sie trennen eine Familie!«

»Moment«, sagt der Dolmetscher und zeigt mir seine Handflächen.

»Ich habe doch niemanden mehr als meine Mutter! Bitte, bitte, unternehmen Sie doch etwas, lassen Sie sie doch rein, lassen Sie sie nicht da draußen stehen! Es wird sicherlich irgendwie möglich sein, sie reinzulassen. Wenn man nur will! Seien Sie ein Mensch. Bitte! Was soll ich hier ohne meine Mutter!«

»Wo ist denn Ihre Mutter?«

Der dünne Beamte quatscht ebenfalls auf Deutsch dazwischen. Ein Chaos von drei durcheinandersprechenden Menschen droht zu entstehen.

»Draußen! Sie wartet draußen, ganz allein!«

»Was geht denn hier vor?«, fragt wahrscheinlich die Bohnenstange auf Deutsch. Der Dolmetscher zeigt dem Beamten erneut seine Handflächen, offenbar seine Lieblingsgeste. Er trinkt, das sehe ich, keine Falten sind zu sehen, so aufgeschwemmt ist er. Oder er schluckt eine Menge Medikamente. Auch möglich.

»Warten Sie, Herr Kratzmann, ich werde es Ihnen sofort erzählen, ich bin doch selber noch nicht schlau geworden aus der ganzen Geschichte«, antwortet er vermutlich. »Und wieso ist Ihre Mutter nicht mitgekommen?«, wendet sich der Dolmetscher in einem Ton an mich, als könnte ich nicht bis drei zählen.

»Wieso?! Das weiß *ich* doch nicht? Das müssen *Sie* doch wissen! Fragen Sie den, der neben Ihnen sitzt!«, schreie ich hysterisch.

»Machen Sie mal halb lang. Das werde ich lieber nicht übersetzen. Ist sie nicht ins Gebäude mit reingekommen? Ihre Mutter? Weshalb?«

»Herr Potocky, um was geht es denn?«, fragt Herr Kratzmann.

Er täuscht Autorität vor, wenn auch unglaubwürdig. Die Nervosität seiner Finger bemerkt selbst ein Blinder. Der Bleistift in seiner Hand zittert, und das Gesicht glänzt.

»Moment, bitte«, antwortet der Dolmetscher streng.

»Sie wurde nicht eingeladen!«, schreie ich.

»Beruhigen Sie sich, beruhigen Sie sich. Das werden wir klären.«

Er wendet sich an den jungen Beamten, der schon ungeduldig auf die Übersetzung wartet. Dabei streckt er wie ein Schwan den Hals in die Länge, um einen besseren Überblick zu haben oder weiß der Geier weshalb. Komischer Kauz.

Ich warte, schluchze immer wieder, es schüttelt mich, ich habe mich nicht mehr im Griff. Herr Kratzmann hört gespannt zu, zuckt mit den Achseln, spricht ein paar für mich unverständliche Sätze zu dem Dolmetscher und schaut mich an. Normalerweise wäre mir jetzt zum Lachen. Seine Brille ist dick und die Augen dahinter wie zwei Kürbisse.

»Herr Kratzmann kann da leider nichts machen. Erstens ist es sein erster Arbeitstag hier, Sie können sich wohl vorstellen, dass er sich mit derart unüblichen Zwischenfällen noch nicht auskennt, und zweitens, wenn sie nicht eingeladen wurde, wird es schon seine Richtigkeit und Gründe haben, ich weiß nicht, was Ihre Mutter für eine Vergangenh...«

»Richtigkeit?«

Meine Galle kocht, und das Herz schrumpft auf Zwetschgengröße zusammen. »Dass Sie sich nicht schämen und Ihr deutscher Kollege mit Ihnen! Richtigkeit! Was soll denn das für eine Richtigkeit haben, eine Familie zu trennen, Mutter und Tochter auseinanderzureißen? Menschen unglücklich zu machen! Er soll sich seinen ersten Tag in den Arsch stecken! Er soll auf der Stelle seinen Hintern bewegen und Mutters Unterlagen raussuchen. Dass Sie sich nicht schämen!«

»Moment, junge Dame. Wenn ich das übersetze, dann können Sie gleich nach Hause fahren, und zwar mit Ihrer Mutter zusammen.«

»Ich werde noch irre hier!«, schreie ich erneut.

»Sie hätten die ganze Emigration nicht auf sich nehmen müssen, damit hätten Sie rechnen müssen, Frau Hrózová.«

»Worum geht es jetzt, Herr Potocky«, mischt sich der Ersttagsbeamte ein. Seine überdimensionalen blauen Augen sind kurz davor, aus ihren Höhlen herauszufallen. Dann müsste man sie schnell einsammeln und wieder an ihren Platz zurückdrücken, damit die feinen Verbindungen hinter den Augäpfeln wieder zusammenfinden und nicht absterben ...

»Moment, Herr Kratzmann!«, antwortet der Dolmetscher in einem noch schärferen Ton. Der Beamte schweigt sofort.

»Lieber Herr Dolmetscher, oder wie Sie heißen, ist das Ihre Antwort? Wo Sie im warmen Westnest sitzen? Im sicheren Nest, direkt an der Quelle? Hier macht es Spaß, die Haare fettig werden zu lassen, oder? Sie sitzen an einem Ort, den Sie sich selbst ausgesucht haben ... und gönnen es den anderen nicht? Erzählen Sie mir was von Ihrer Richtigkeit! Sie sind doch selbst Tscheche!«

»Das entscheide doch nicht ich, oder wir«, sagt der Dolmetscher und zeigt auf die Bohnenstange. »Wer zum Verhör eingeladen wird und wer nicht. Und lassen Sie bitte meine Haare aus dem Spiel.«

»Wer entscheidet das? Kohl? Der Papst?«

Mir ist klar, dass ich jetzt aufs Ganze gehen muss. Ich spiele ein gewagtes Spiel: Ich werde meine dilettantische Schauspielkunst anwenden. Es muss etwas passieren, womit ich die zwei Typen in die Bredouille bringe.

Während der junge Beamte erneut dazwischenredet, ich verstehe nichts von dem, was er sagt, erhebe ich mich mit leidendem Blick vom Stuhl, schreie kurz auf und falle theatralisch in Ohnmacht. Natürlich nur zum Schein. Ich gleite elegant am Stuhl hinunter, wie es die Stars in den Hollywood-Filmen zelebrieren, ich habe es vor dem Spiegel geübt, und lande auf dem schmutzigen grauen Teppich. Gott sei Dank haben sie hier einen Teppich, das macht den Aufprall nicht ganz so unangenehm. Ich strecke mich im letzten Moment aus, damit die Position länger auszuhalten ist, denn so etwas kann auf die Dauer körperlich äußerst anstrengend sein. Meine Zuschauer sollen allerdings nicht auf den Gedanken kommen, ich wäre Epileptikerin, das wäre mir zu kompliziert, und ich habe keine Lust, den fettigen Gürtel des Herrn Potocky zwischen meinen Zähnen zu lutschen, des Beißkrampfs wegen. Also Entspannung statt Starre. Ich schließe die Augen. Den Geräuschen nach springen die Herrschaften energisch auf und bücken sich über meinen leblosen Körper. Panik bricht aus, und ich freue mich maßlos.

»Holen Sie doch ein nasses Tuch, Herr Kratzmann. Stehen Sie doch nicht rum wie Piksieben!«, sagt möglicherweise der Dolmetscher, während er auf mich einredet und sanft meine Wangen klopft.

Ein beißender Schweißgeruch dringt mir in die Nase, die Zähne hat er sich auch lange nicht geputzt, jetzt heißt es durchhalten. Die Stimmen der beiden sind aufgeregt und hektisch.

»Ich hole Hilfe!«, sagt Herr Kratzmann und verschwindet in einen anderen Raum. Das gefällt mir nicht.

Was mache ich jetzt? Wie geht der zweite Akt des Dramas? Hoffentlich holt der dünne Idiot nicht einen Arzt, für den es ausreichen würde, meine zittrigen Augenlider zu heben und sich die Pupillen anzuschauen, um sofort zu erkennen, dass da eine schlechte Schauspielerin vor ihm liegt. Er würde mich ganz sicher sofort verraten, der deutsche Arzt. Da meine medizinische Kompetenz ohnehin nicht besonders ist, würde auch ein absoluter Dilettant mein Kabarettstückchen sofort durchschauen. Was mache ich denn jetzt … keine Ahnung.

Ich höre Stimmen. Sie werden immer lauter. Wenn ich wüsste, dass mich in diesem Augenblick niemand anstarrt, würde ich vorsichtig ein Auge öffnen und die Lage peilen, aber ich bin mir nicht sicher. Was tue ich denn jetzt? Sie kommen genau auf mich zu. Oje. Wie verhalte ich mich?!! Hilfe! Okay, okay, einen kühlen Kopf bewahren! Irgendwas muss ich unternehmen!

»Öh … oeh … hmnmm … öerh … oh … ehhnmm …«, und mit diesem wirklich klugen Text atme ich tief ein und aus.

»Frau Hrózová!«, ruft der Dolmetscher, dessen Mundgeruch jetzt zu wahrer Geltung kommt.

Ich zerknirsche mein Gesicht.

»Sie kommt zu sich!«, prustet er in meine offene Mundhöhle.

Ich wähle den sensiblen Flüsterton.

»Meine Mutter … wo ist meine Mutter. Mama. Mama. Wo bist du, Mama …«

Langsam öffne ich die Augen, noch bevor sich der Arzt, oder wer auch immer es ist, über mich beugt, und flüstere: »Ich möchte meine Mama hierhaben.«

Menschen sprechen durcheinander, sie bilden einen Kreis um mich. Ich wiederhole immer wieder »Mama, Mama«, ganz matt vor mich hin, und hoffe, dass es seine Wirkung entfaltet.

Die dünne Bohnenstange geht aus dem Zimmer. Die Herren um mich herum heben mich vorsichtig hoch und schenken mir ein Glas Wasser ein, das ich gierig austrinke, weil ich nach dem Affentheater Durst habe. Dann werde ich in ein abgelegenes Zimmer gebracht und dort auf einen Stuhl gesetzt. Meine Haare sind zerzaust, und die Ohrläppchen glühen.

Ich warte. Die Sonnenstrahlen leuchten mich an, und ich bin jetzt ganz ruhig. Ruhig wie nach einem Marathonlauf. Ich kann nichts mehr tun. Ich bin fertig mit meiner Aufgabe. Nichts geschieht, nur Stimmen aus dem Nebenzimmer sind zu hören, aber ich kann nichts verstehen.

Stattdessen grübele ich. Ich weiß nicht, ob das Ganze, was in den letzten acht Monaten passiert ist, richtig war. Ich bin mir nach wie vor nicht sicher, ob wir, Mutter und ich, hier glücklich sein können. Ich finde hier keine gebratenen Tauben, die in den Mund hineinfliegen, nein, die werde ich hier niemals finden, so wie ich sie auf der ganzen Welt nicht finden werde. Nichts ist leicht und umsonst, stelle ich fest. Alles hat seinen Preis. Die gebratenen Tauben fliegen genauso in Přerov herum und kacken uns auf den Kopf. Wie irrational. Die Přerovaker glauben nach wie vor, dass hier das Glück auf der Straße liegt. Sie ahnen nicht, dass ihre eigenen Provinzstraßen mit Glück gepflastert sind.

Vielleicht wäre es besser, zurückzukehren, nach dieser niederschmetternden Erkenntnis. Neu anzufangen. Mutter wäre auf alle Fälle glücklicher, egal, welchen Preis sie dafür zahlen müsste. Sie wird in Deutschland niemals ankommen, sie wird hier immer ein Fremdling bleiben.

Es klopft an der Tür und ein anderer Typ, den ich bisher noch nicht gesehen habe, fordert mich auf, ihm zu folgen. Ich gehorche. Ich bin die Ruhe selbst, voller Vertrauen und ohne jede Angst. Ich bin gewillt, allen Menschen die Wahrheit zu sagen, mich auf keinen Fall zu verstellen, einfach ich selbst zu sein.

Mutter sitzt da. Sie lächelt mir müde zu, schweigt aber. Ihr Kajalstift ist verwischt und wieder angetrocknet, wie kleine Landkarten unter den Augen. Sie sieht mitleiderregend aus. Hier darf man nicht rauchen, das macht ihr sicherlich zu schaffen. Der dicke Dolmetscher alias Herr Potocky wendet sich an mich und fragt nach meinem Befinden. Ich versichere ihm, dass es mir gut geht und er sich keine Sorgen zu machen braucht. Dann fragt er mich nach allgemeinen Formalitäten, wie Name, Alter, Geburtsort und so weiter. Mutter schweigt und schaut mich dabei ununterbrochen an.

»Was hat Sie, Frau Hrózová, dazu veranlasst, zu emigrieren?«, fragt er unvermittelt.

Ich wusste, dass früher oder später diese Frage kommen und ich mich entscheiden müssen würde, welche Version ich ihnen servieren möchte. Jetzt wird sich Mutters und meine Zukunft entscheiden.

»Ich hatte viele Gründe«, antworte ich.

»Ja?«

»Ich konnte keine westlich bedruckten T-Shirts tragen.«

»So …?«, antwortet Herr Potocky ungläubig.

»Wissen Sie, Herr Potocky …«

»Nein, Frau Hrózová, ich möchte es aus dem Mund Ihrer Tochter hören«, unterbricht er meine Mutter, die versucht hat, das Gespräch an sich zu reißen.

»Ich durfte nicht Schauspielerin werden.«

Herr Potocky schweigt. Ich denke, dass er nicht zu glauben vermag, was ich da für wirres Zeug schwafele.

»Was hat das mit Ihrer Emigration zu tun?«

»Viel. Meine Mutter besaß nichts, um die Dozenten dafür zu

belohnen, dass sie mich zumindest ordnungsgemäß anhören. Sie hatte auch keine Beziehungen zu den Künstlerkreisen, um bei der Schule für mich einen Vorteil zu erwirken. Eine absolute Notwendigkeit, wissen Sie, Herr Potocky? Talent zählt nicht, habe ich mir von einer Studentin anhören müssen. Als ich Tennessee Williams vorgesprochen habe, wurde ich diskriminiert, weil er ein amerikanischer Autor ist, obwohl er großartig schreibt, Herr Potocky. Kennen Sie Tennessee Williams?«

Herr Potocky verzieht keine Miene.

»Die, die einen russischen Autor im Repertoire hatten, wurden bevorzugt behandelt, obwohl es manchmal der letzte Mist war. Meine Mutter wurde regelmäßig von meinem Schuldirektor schikaniert, weil sie immer noch nicht in die Partei eingetreten war. Ihre Tochter sollte an Festtagen Gedichte von Puschkin rezitieren, statt Rock 'n' Roll in einem Verein zu tanzen, dessen Leiter ohnehin ein Dorn im Auge der Kommunisten ist. Unter uns, ich war die Einzige, die es wagte, vor fünfhundert Menschen in der Aula aufzutreten, sonst hätten die Herren Genossen auf Puschkin verzichten müssen. Ich hasse Puschkin, Herr Potocky. Kennen Sie Puschkin?«

»Den kenne ich.«

»Und als das Atomkraftwerk in Tschernobyl explodiert war, scheuchte man uns Kinder, das war der 1. Mai, das weiß ich noch ganz genau, bei prasselndem Regen auf die Straßen, damit wir Transparente von Husák, Lenin und Marx hochhalten und verlogene Slogans ausrufen. Das war die Tschernobyl-Wolke, die auf uns regnete. Die Regierung wusste das! Von Tschernobyl haben wir ausschließlich von ›Radio Freies Europa‹ erfahren. Jeden Abend saßen wir im Wohnzimmer und hörten leise den von den Kommunisten gestörten Sender.

So erfuhren wir, was eigentlich geschah, denn offiziell galt der Supergau in Tschernobyl als nicht erwähnenswert, vollkommen unbedenklich. Wir hofften, dass uns unsere Nachbarn nicht anzeigten, denn trauen konnten wir ihnen nicht, obwohl sie so taten, als wären sie unsere Freunde. ›Radio Freies Europa‹ zu hören war strengstens verboten.«

Herr Potocky hört sich die ganze Stunde, die ich spreche, an, ohne mich zu unterbrechen. Er übersetzt nicht, obwohl Herr Kratzmann äußerst neugierig ist. Er schaut mich an und hört mir zu. Schon ewig hat mir niemand mehr so lange zugehört. Selbst meine Mutter beruhigt sich allmählich. Sie zittert nicht mehr, mischt sich nicht ein, ist ganz artig.

WEIHNACHTEN ZU ZWEIT

24. Dezember. Mama brät vier panierte Karpfenfilets. Das Zimmer ist vollgeraucht, das heiße Fett stinkt bestialisch. Unser Alltag in diesen acht Monaten verselbstständigt sich auf eine merkwürdige Art. Einerseits wissen wir, dass das Leben nicht so weitergehen kann, denn früher oder später würden wir verrückt werden, wie die meisten hier, die zu lange warten müssen. Andererseits können wir uns ein anderes Leben als dieses hier im Sporthotel nicht mehr vorstellen. Die Vergangenheit, unsere Heimat, ist meilenweit von uns entfernt, die Gegenwart dagegen ist zur Gewohnheit und Normalität geworden.

Mit Drobina korrespondiere ich ab und zu. Selbst die *komančos* sind müde geworden, sie haben sich an meine Briefe aus Deutschland gewöhnt. Ich schreibe Drobina seit dem Vorfall mit dem ersten Brief mit Milde. Auch *komančos* sind Menschen, es ist ihnen langweilig geworden, ihr Eifer lässt nach, und so kommen meine Briefe direkt bei Drobina an. Sie schreibt mir, sie hätte einen Typen kennengelernt, einen Seemann. Er heißt Peter. Ich kenne ihn nicht. Wahrscheinlich ist es die letzte Station ihres Liebes- und Lebensabenteuers, und das ist wohl gut so. Sie suchte immer einen festen Freund, den Vater ihrer Kinder, Geborgenheit und Sicherheit. Selbst wenn sie erst achtzehn ist. Leider sind wir nicht mehr so vertraut, wie wir es früher waren. Der verdammte Brief ist schuld daran. Ich schreibe einer anderen Drobina als der, mit der ich die meiste Zeit meiner Jugend verbracht habe, und sie schreibt nicht mehr ihrer besten Freundin Lenka, wegen der sie so sehr geweint hat, als sie erfuhr, dass sie emigrieren wird, sondern einer ehemaligen Freundin, mit der sie eigentlich kaum mehr etwas gemeinsam hat.

Die Liebesgeschichte mit Pavel ist mir mittlerweile egal, ich liebe diesen Jungen längst nicht mehr. Falls Mutter und ich zurückkehren müssen, was gut sein kann, möchte ich ihn gar nicht sehen. Wir werden auch nicht nach Přerov gehen, die Schmach ersparen wir uns. Wir werden uns in Prag niederlassen, von null anfangen, trotz der schlechten Startvoraussetzungen, die mich und meine Mutter erwarten. Irgendwie wird es weitergehen.

Trubka, meine Cousine, hat mit ihren siebzehn Jahren noch keinen Traummann gefunden. Angeblich ist sie nach ihrer letzten Abtreibung depressiv geworden. Ich habe wenig Kontakt zu ihr, sie wechselt ständig den Wohnort, wie ich von Jarek und Maria erfahre, hat kein Telefon und ist auch sonst nicht zu erreichen. Mal arbeitet sie als Kellnerin, mal als Bardame, sogar als Stripperin soll sie es versucht haben, mit wenig Erfolg. Sie ist zu pummelig.

Der Einzige, mit dem ich regelmäßig im Kontakt bin, ist Radek. Mein Roma-Liebhaber aus Brünn, mein Breakdancer, den ich mal bei einem Tanzturnier kennengelernt habe. Irgendwie verstehe ich mich mit ihm besser als mit meinen »besten Freunden«. Ich mag seine freien Ansichten. Kleinkariertheit, Spießbürgerlichkeit, Neid, die unüberwindbare Konsumsucht, die Pavel, Drobina, Trubka & Co beherrschen, schrecken ihn genauso ab wie mich. Und wenn ich mir das so klarmache, stelle ich fest, dass mich meine Reise nach Deutschland, der ganze Kapitalismus, die Habgierwelt, zum wahren Kommunisten gemacht hat. Ja! Aber nicht zu so einem korrupten, verlogenen Kommunisten, wie er im Osten zuhauf zu finden ist, sondern zum wahren, menschenliebenden Kommunisten. Dafür musste ich nach Deutschland fliehen, meine Heimat verlassen, um zu erkennen, dass ich eine Kommunistin bin? Ich denke unangenehm selbstverliebt.

Ich will nicht behaupten, dass meine jungen Kameraden aus Přerov dumm sind, nein, sie überspringen einfach eine große und lange Phase des Reifeprozesses, des Überlegens, Innehaltens. Sie sind viel zu schnell erwachsen geworden. Sie haben keinen festen Boden unter den Füßen, keine Zeit, sich auszuruhen, auszuprobieren, sich selbst kennenzulernen. Sie sind mit den ernsten Lebensaufgaben so früh konfrontiert, weil sie es anders gar nicht kennen oder gelernt haben, weil sie es von Anfang an so wollten, genau wie ihre Eltern. Niemand findet es zu früh, mit achtzehn zu heiraten, mit neunzehn das erste Kind in die Welt zu setzen, mit einundzwanzig das zweite, sich mit zweiundzwanzig das erste Mal scheiden zu lassen, mit dreiundzwanzig einen anderen Partner zu haben, mit fünfundzwanzig Gedanken im Kopf, als wäre man ein Rentner. Mit dreißig sehen die Frauen und Männer schlaff, müde und fahl aus. Ohne Saft.

Und die Erfüllung des Lebens? Der graue Škoda steht vor dem Haus der Siedlung, und man ist stolz, dass er keine Rostflecken aufweist. Das farblose Haus wartet auf einen neuen Anstrich, denn dann werden alle glücklich sein. Schade nur, dass es momentan keine Farbe für Hausfassaden gibt. Die Urlaube in der DDR und am Balaton werden auch auf die immer gleiche Art verbracht, aber eigentlich träumt man von Jugoslawien. Die Kinder tragen die gleichen hautfarbenen Badehosen, aber wenn Mami genug Kontakte hat, sieht das Ärschlein mit einer gelben Badehose viel besser aus. Und weil alles immer gleich ist, häufen sich wahrscheinlich die Scheidungen. Weil man nicht genug kaufen kann. Weil der Škoda grau ist. Weil die DDR ein langweiliges Land ist und weil sich niemand eine gläserne Villa leisten kann.

Mama paniert weiter, ich mische den Kartoffelsalat, der nie aufgegessen wird. Ich liebe die Atmosphäre des Weihnachtsessens. Ich liebe auch die Fischsuppe, die Mama aus dem Kopf des Karpfens kocht, obwohl ich dessen Fleisch nie esse, weil es zu sehr nach Fisch schmeckt. Mutter schimpft dann, weshalb sie überhaupt einen so teuren Karpfen macht, wenn ich nur die Suppe schlürfe. Ich verstehe es auch nicht. Wieso macht sie einen Fisch, wenn mir am besten die Panade schmeckt? Und warum bereitet sie einen Kartoffelsalat, wenn ich hauptsächlich an der Mayonnaise und den Eiern interessiert bin.

In diesem winzigen, dunklen Zimmer in Königssee freuen wir uns, Weihnachten zu feiern wie jedes Jahr. Wir freuen uns, morgens ein schönes Kleid anzuziehen, den Fernseher einzuschalten und ihn den ganzen Tag laufen zu lassen. Das gehört zu Weihnachten. Eine Tradition. Die schönsten Märchen laufen an diesem Tag. Leider kommen im deutschen Fernsehen unsere tschechischen Weihnachtsmärchen nur selten und synchronisiert, es klingt nicht gut. Egal. Wir setzen die Tradition mit den Defa- und den kitschigen USA-Märchen fort und sind letztendlich genauso zufrieden.

Ich liebe es, mich ganz festlich zu schminken, mit buntem Lidschatten, den Mund pink, damit das Bild vollkommen ist. Der Weihnachtsbaum ist diesmal klein. Kein Geld und niedrige Decken sind dafür verantwortlich. Auch egal. Ihn aufzustellen und zu schmücken, bietet Anlass zum Streit, weil Mutter natürlich besser weiß, wie der Weihnachtsschmuck drapiert werden muss, damit keine einzige Nadel zu sehen ist. Auch das wiederholt sich Jahr für Jahr. Ich, der dumme Esel, der alles falsch macht, beziehungsweise keinen Sinn für Ästhetik hat, wie sie sagt, lasse es über mich ergehen und wende mich lieber anderen Festritualen zu.

Ich liebe es, die Geschenke einzupacken, die diesmal recht spärlich sind, da wir nicht mehr stehlen. Den Tisch zu decken, mit buntem Sperrmüllgeschirr, währenddessen Plätzchen zu mampfen, sodass ich abends keinen Hunger mehr habe, Nachbarn zu besuchen und deren Weihnachtsbäume zu bewundern bzw. so zu tun, als ob, denn unser Baum ist selbstverständlich der einzig wahre.

Schließlich weinen wir noch ein wenig, weil wir diesmal nur zu zweit feiern und Oma, Opa und Ben uns besonders fehlen.

Opa ist allein. Mutter hat ihn kurz angerufen. Er feiert mit Maria und Jarek zusammen, trotzdem ist er allein. Sein erstes Weihnachten ohne Oma. Ich liebe Weihnachten, bin aber nicht fröhlich. Das legt sich noch, denke ich. Verdammt.

EINE VERRÜCKTE NUDEL AUS DEM NICHTS

Um 17 Uhr, gerade als Mama die Fischsuppe in den tiefen Tellern servieren will, klopft es an unsere Tür. Entnervt verdrehen wir die Augen und lassen gleichzeitig das typische »Tzz« erklingen. Eine Geste des Missmuts, die ich von meiner Mutter geerbt habe. Es ist klar, dass irgendein Idiot Salz, Eier, Mehl oder sonstige Zutaten vergessen hat einzukaufen und wir mal wieder die Samariter sein sollen, die ihm aus der Patsche helfen. Es stört uns, in diesem außerordentlich wichtigen, traditionellen und traurigen Moment aus der Harmonie gebracht zu werden, auch wenn es sich nur um Salz, Eier oder Mehl handelt. Es könnte auch ein Vorwand sein. Keine Seltenheit. Die Einsamkeit kriecht heute bedrohlich durch die Knochen der Einzelgänger, und die brauchen wir nicht. Nicht heute Abend.

»Mach mal auf, Leni, sag, wir haben keine Zeit zu quatschen, und wenn es Zbyněk ist, dann wimmele ihn einfach ab, sag gar nichts und mach die Tür wieder zu. Der saugt mir eh das Blut aus den Adern. Wird jetzt schon hackevoll sein. Man wird ja wohl noch am Heiligen Abend in Ruhe essen können. Wo sind wir denn hier? Im Zirkus, oder was!«, ärgert sich Mutter, während sie den Teller anhebt und den Schöpflöffel in die Suppe taucht.

Ich quäle mich schwerfällig aus dem Sessel und schiebe dabei die aufgeweichten Plätzchen im Mund von einer Seite zur anderen, um die Flüssigkeit rauszusaugen, eine alte Gewohnheit. Ich richte meine verdrehte Strumpfhose und ziehe sie mit einem

Ruck hoch, damit der Schritt nicht so unangenehm in den Knien hängt, und nachdem ich all diese lebenswichtigen Angelegenheiten erledigt habe, sperre ich die Tür auf.

»Oh, Frau Schmidt?! Was macht hier? In Lager. In Heilige Abend?«, stottere ich überrascht.

Ich bin in diesem Moment nicht auf deutsche Konversation und all die gespreizten Umgangsformen vorbereitet. Frau Schmidt steht dick und breit vor der Tür, ihre Augen funkeln, als wäre sie der Weihnachtsmann persönlich, die Wangen erinnern an zwei glühende Bälle.

»Lenka, lasst euch nicht stören. Ich bin gleich wieder weg. Bestelle deiner Mutter viele liebe Grüße …«

Mama erscheint im Türrahmen.

»Frau Schmidt! Das ist viele nett. Wieso kommen?«

Mutter hat manchmal eine etwas direkte Art. Zu direkt, denke ich. Sie steht kerzengerade da, die Arme leicht gebeugt und lässig baumelnd, in der einen Hand ein Geschirrtuch, in der anderen den tropfenden Schöpflöffel. Kampfbereit.

»Ach, Frau Nadja, entschuldigen Sie die Störung, ich wollte Ihnen nur etwas Kleines übergeben. Ich habe es schon seit mehreren Tagen bei mir. Nun möchte ich Ihnen diesen Brief gerade heute Abend geben, quasi als Weihnachtsgeschenk.«

Irgend so was in der Art muss sie gesagt haben.

Frau Schmidt gibt mir einen roten Umschlag in die Hand und grinst dabei. Alle schweigen.

»Nanu …??«, stottert Mutter. »Was ist das?«

»Überraschung.«

»Iberaschung …« Dann wendet sie sich an mich und sagt auf Tschechisch: »Was ist ›Iberaschung‹?«

Ich ziehe mein Gesicht in die Länge und antworte, ebenfalls in meiner Muttersprache: »Einladung … vielleicht.«

Mama dreht sich erneut zu Frau Schmidt.

»Warum Iberaschigung? In Hause zu dir? Keine Zeit: Weihnachte. Wir … Weinacht hier in diese Zimmer.«

Frau Schmidt unterbricht Mutters abstruses Geschwätz, sie ahnt, dass wir völlig aneinander vorbeireden, sie kennt sich aus, die Gute, und verhindert, dass dieses Gespräch möglicherweise in einen unnötigen Streit ausartet.

»Nun bitte, nehmen Sie schon den Brief.«

»Viele Dank, Frau Schmidt. Das ist sehr gut. Wir freuen uns viele. Viele Dank«, antworte ich höflich, bemüht, die peinliche Situation zu retten.

»Frau Schmidt, wir haben keine Brief oder Iberaschingange für Sie, entschuldigen.«

Frau Schmidt lacht kurz auf und schaut Mama liebevoll an.

»Nein, nein, Nadja, was fällt Ihnen ein, Sie müssen mir gar nichts schenken. Außerdem ist der Brief nicht … aber was rede ich überhaupt. Haben Sie einen schönen Heiligen Abend, wünschen Sie mir auch einen schönen Heiligen Abend, und damit hat sich die Sache erledigt. Auf Wiedersehen.«

»Scheene Heilige Abend«, sagen wir gleichzeitig, wie auf Befehl.

Das Ganze ist merkwürdig, wir verstehen nichts. Frau Schmidt lacht nur, winkt mit ihrem dicken Arm und geht.

Ich lege den roten Umschlag unter den Baum zu den anderen Geschenken und vergesse ihn. Wen interessiert auch eine Weihnachtspostkarte von Frau Schmidt.

Es dauert eine Weile, bis es zur Bescherung kommt, da noch unzählige Personen vorbeischauen, die Salz, Eier oder Mehl brauchen, sowie die Einsamen, die aufgenommen werden müssen, weil sie uns doch irgendwie leidtun. Zbyněk schicken wir, obwohl er Tränen in den Augen hat, rigoros zurück in sein Zimmer, mit der Begründung, dass es uns zwar enorm leidtut, aber dieser Abend gehöre nur uns und niemandem sonst. Zbyněk ist zu betrunken. Er randaliert gerne, und man wird ihn nie los.

Mama schenkt mir ein rotes Strickkleid, das ich gleich anprobiere. Erstaunlich, dass sie es diesmal geschafft hat, meinen Geschmack zu treffen. Das Kleid kratzt zwar, sieht aber sehr modern aus, daher werde ich es aushalten müssen. Für die Mode bin ich zu allem bereit. Bequeme Kleidung hebe ich mir für die Rente auf.

Ich habe Mama auch ein Kleid geschenkt. Kurios. Auch sie zieht es an, es passt ihr aber nicht, es ist zu groß. Es ärgert mich, ich wünschte mir, dass sie es ebenfalls anzieht wie ich und allen zeigt, wie gut es ihr steht und welch tollen Geschmack ihre Tochter hat. Nein, sie schwimmt geradezu darin, ich werde es bei C&A umtauschen müssen, und falls sie es nicht mehr in ihrer Größe haben, bin ich echt aufgeschmissen.

Glücklicherweise wartet auf sie noch der silberfarbene Lidschatten, damit kann ich nichts falsch machen, und so geht meine Mama an diesem Abend nicht ganz leer aus. Opa hat eine Postkarte geschickt, der Inhalt ist unglaublich fad, er hat nichts mitzuteilen, wahrscheinlich ist ihm alles egal, da er niemanden mehr um sich hat. Der Lebensantrieb ist dahin. Vielleicht tue ich ihm unrecht und es ist eher so, dass meine Großmutter immer die Weihnachtspostkarten geschrieben hat und er darin nun mal ungeübt ist.

»Mach den Brief von der verrückten Frau auf. Eine verrückte Nudel, hier so an Weihnachten mir nichts dir nichts, reinzuplatzen«, sagt Mutter ganz müde.

Ihre Augen glänzen verschleiert und sind leicht gerötet, sie hält sich die Hand vor den Mund, weil sie gähnt. Ich nehme den Brief, freue mich gar nicht mehr so richtig, da die ganze weihnachtliche Zeremonie im Grunde vorbei ist. Es gibt keine Geschenke mehr, und unsere Mägen schreien nach einer Esspause in der Waagerechten. Ein Berg schmutzigen Geschirrs wartet darauf, abgewaschen zu werden.

Ich reiße den Brief langsam auf.

»Hey, guck mal, Mama, da drin ist noch ein anderer Brief. Ein blauer Brief …«

Ich drehe den ein wenig kleineren Brief hin und her und versuche, mich aufzurappeln, das heißt, mein Hirn in Gang zu setzten. Plötzlich erkenne ich etwas. Ich erkenne ein Wort. Ein bloßes Wort, und mir wird schlecht. Ein Wort, das ich kenne, das ich sicher nie vergessen werde. Nur ein Wort, wie der Kosename meines ersten Liebhabers, meiner besten Freundin oder wie meine Heimatstadt. Das Blut stockt in meinen Adern. Ich sehe zu meiner Mutter, die ebenfalls aus ihrer Trägheit aufgewacht ist.

»Zirndorf.«

»Oh Gott!«, sagt meine Mutter.

»Allerdings.«

»Was steht drin?«

»Warte.«

Ich hasse es, wenn sie mich sofort mit Fragen bombardiert, die ich ihr nicht beantworten kann. Schnaufend versuche ich den Absenderstempel zu entziffern, und es wird mir langsam immer klarer, was der Brief bedeutet. »Mutter, das ist ein wichtiger Brief …«

»Ja?«

Sie holt rasch eine Zigarette aus dem Päckchen, das auf dem Tisch liegt, und steckt sie nervös an. Sie wirkt klein und verängstigt, ein nasses Käferchen. Sie sagt das »Ja« so leise, als wünsche sie sich, dass ich es nicht höre. Ich möchte sie umarmen und trösten. Aber ich tue es nicht, weil sie mich auch irgendwie nervt mit ihrem Gejammer.

»Ein furchtbar wichtiger Brief, Mama.«

Mutter wendet den Kopf zum Fenster und zieht kräftig an ihrer Zigarette.

»Muss uns diese Frau den Heiligen Abend versauen, das ist wohl das Letzte. Mach ihn auf …«

Ich lese. Ich lese lange. Verstehe nur Bruchstücke. Bruchstücke, die ich mühsam versuche zusammenzusetzen. Mutter schweigt und starrt mich an. Ihr Herz steht still. Ich lese noch mal. Ich will es genau wissen. Von der Fensterbank hole ich das deutsch-tschechische Wörterbuch, will mich vergewissern, dass ich mich nicht irre. Noch einmal kaue ich Wort für Wort durch, ich möchte meine Mutter nicht mit einer falschen Hoffnung belasten.

Dann schaue ich sie an.

»Mami, wir haben Asyl bekommen ... beide.«

Mama sagt nichts, schaut nur zu Boden. Ich beachte sie kaum, weil ich nach wie vor das Geheimnis des Briefes zu lüften versuche.

»Warum weinst du, Mama?«

Sie steht auf, antwortet nicht, holt sich ein Taschentuch und schnäuzt sich kräftig.

»Ich verstehe dich nicht, Mama. Bist du nicht froh?«

»Das war's wohl.«

»War wohl was?«

»Jetzt kommen wir nie wieder nach Hause. Gemeinsam.«

»Willst du das, Mutter?«

»Ich hatte gehofft, dass ...«

»Willst du zurückgehen?«

Sie schweigt. Weint. »Wenn du hier nicht bleiben willst, dann ...«

Sie weint noch mehr. »Mama, ich bin schon siebzehn. Du sollst dein Leben nicht für mich opfern.«

Sie weint nur. Wir sitzen schweigend nebeneinander.

»Ich kann nicht gehen«, sagt sie dann leise. »Ich kann ... ich kann dich hier nicht allein lassen. Wenn du nicht mit nach Hause kommst, dann ist dort nicht mein Zuhause. Du bist mein Zuhause. Niemand ist dort, der mich halten würde. Das wirst du erst verstehen, wenn du eigene Kinder hast. Eine Mutter liebt ihre Kinder bedingungslos.«

ENDE VOM ANFANG

Es ist wohl immer so, dass man sich über Dinge, die man so sehr herbeisehnt, gar nicht freuen kann, wenn sie plötzlich da sind. Vielleicht, weil sie unerreichbar schienen. Weil sie nicht realistisch und greifbar waren. Weil man sich auf das Alte, Gewohnte, Sichere eingestellt hatte und es akzeptierte. Alles, was neu ist, macht Angst.

Ein großes, übergroßes Tor öffnet sich, und wir sind nicht imstande, die Türschwelle zu übertreten. Wir hätten geweint über die Abschiebung, wir weinen ebenfalls über das Asyl. Nicht aus Glück, sondern der Veränderung wegen, wegen all dessen, was wir bereits erlebt haben. Wegen des Karussells im Herzen, der Enttäuschung, der Erkenntnis, des Verlusts, des Erwachsenwerdens. Unsere Naivität ist dahin, weggeflogen, was übrig bleibt, ist die Realität. Sie erwartet uns, egal, wohin wir gehen, wir haben unsere Vergangenheit hier verloren. Freunde, Familie, die Muttersprache, unsere Wurzeln. Jetzt segeln wir ziellos durch die Wirrnis der Fremde und müssen es aushalten. Wir haben es so gewollt.

Am 3. Januar 1987 packen wir unsere Sachen, steigen in den gelben Fiat und fahren nach München. Wir bereuen nicht, wir wissen.

Zwei Jahre später heiratet meine Mutter einen tschechischen Zahnarzthelfer und lebt seitdem mit ihm in München.

Weitere zwei Jahre später beginne ich mein Studium an der Otto-Falkenberg-Schule in München, einer der renommiertesten Schauspielschulen Deutschlands.

NACHWORT

Ich sitze auf einem Holzstuhl. Mir gegenüber sitzt ein Junge aus dem Kosovo. Er strotzt vor Energie. Sein hübsches Gesicht wird ihm in unserer Gesellschaft vielleicht manches erleichtern. Aber vielleicht stellt er sich ungeschickt an und muss in zwei Jahren einen mies bezahlten Job annehmen. Von einer Hauptschule hat man es nicht leicht, Karriere zu machen. Zumal, wenn man ein Kosovo-Albaner ist. Ich schaue ihn oft an, nein, meine Augen suchen ihn unbefangen. Ohne Hintergedanken, ich schaue ihn nur gerne an. Ich bin vierzig. Für ihn also eine Großmutter.

Seinen Namen kann ich mir nicht merken. Mir wurden nämlich gerade zwanzig Jugendliche vorgestellt, mit den wildesten Vornamen. Aus der ganzen Welt. Wir arbeiten gemeinsam an einem Theaterprojekt der Münchner Kammerspiele. Es geht darum, wie junge Emigranten mit der deutschen Wirklichkeit zurechtkommen. Meine Geschichte? Nein, die Geschichten von zwanzig jungen Menschen, die zwanzig Jahre nach mir hier ankamen.

Ich behalte nur einen Alexander aus der Ukraine im Kopf. Es liegt auf der Hand, dass ich mir einen russischen Namen am leichtesten merke. Alexander ist aber keineswegs ein schöner Junge, er ist ein versteifter, stiller Siebzehnjähriger mit starker Akne. Möglicherweise versteht er mich nicht, wenn ich mich vorstelle. Ich rede nämlich gerne schnell. Zu schnell für manche Deutschen. Alexander stiert mit seinen kleinen Augen durch mich durch. Am liebsten würde er vielleicht verschwinden und mit dem ganzen

Affentheater nichts zu tun haben. Aber vielleicht irre ich mich, vielleicht entfaltet sich gerade so einer besonders, wenn man nur genug Zeit für ihn hat. Wenn man ihn kämpfen lässt.

Mein Dank gilt denen, die auch gekämpft haben, insbesondere für dieses Buch. Allen voran meiner Lektorin Dorit Engelhardt, meiner Agentin Cristina Bernardi, meinem Mann René Dumont und zu guter Letzt meiner Mutter, die für mich eine Quelle der Inspiration ist, die nie versiegt.